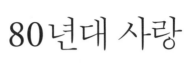

80년대 사랑

예푸 지음 | 조성진 옮김

KB079460

앨피

차례

서문을 대신하여 1980년대, 폐허에서 자라난 '좋은 시절' / 4

80년대 사랑 / 11

후기를 대신하여 그 시대에 올리는 소박한 제사 / 252
역자 후기 글쓰기, 사악한 시대와의 영원한 불화不和 / 261

1980년대, 폐허에서 자라난 '좋은 시절'

징원동敬文東
작가, 베이징 중앙민족대학 교수

토가족土家人 출신 예푸野夫는 전설적인 인물이다. 문혁文革 때에
는 어린 나무꾼 노릇을 했고, 문화혁명이 끝난 뒤에는 3류 대학
과 유명 대학을 다녔으며, 공무원을 하고 어엿한 경찰이 되었
다. 체제 안에서 앞날이 환한 간부의 자제로서 그는 휘몰아치는
시대의 폭풍 속에서 감옥살이를 했다. 감옥 안에서는 기적처럼
간수들과 친구가 되어 노동개조대勞動改造隊에서 춘완春晚(음력 설
전날에 하는 설맞이 공연)의 연출을 맡았으며 처음으로 죄수들을 위한
도서실을 만들었다. 감옥을 나와서는 생계를 위해 출판사를 운
영하였는데, 민간의 서적 출판과 발행 분야에서 신중하고 성실
하게 사업을 꾸려 가면서 유명해졌다.

　그는 이와 다른 직업들도 많이 거치면서 강호에서 매우 다양
한 경험을 했다. 나를 포함해서 많은 사람들은 그와 오랜 기간

교제해 왔음에도 그가 지나치게 술을 좋아하여 몸을 가누지 못할 정도로 술을 마셔 대고 열정적이며 호방한 사람이라는 것만 알지, 굉장히 우수한 시인이며 작가라는 것은 모른다. 아마도 그것은 그의 본업과 옛 신분이 오랫동안 가려졌기 때문일 것이다.

새로운 세기 이래로 예푸는 사람들의 이목을 끄는 깊이 있고 힘찬 글을 써냈다. 〈지주의 죽음地主之殤〉, 〈조직 후의 운명組織後的命運〉, 〈무덤가 석등墳燈〉, 〈강가의 어머니江上的母親〉, 〈말세에 태어나 운이 없구나生於末世運偏消〉(조설근曹雪芹(1715~1763)의 소설 〈홍루몽紅樓夢〉 속 여성 인물 가탐춘賈探春이 지은 시의 한 구절), 〈이별 뒤 고향 꿈 흐릿하니 가는 세월 한스럽네別梦依稀咒逝川〉(마오쩌둥毛澤東이 쓴 한시 〈칠률·소산에 이르다七律·到韶山〉의 제1구.), 〈혁명기의 낭만革命時期的浪漫〉 등. 이들 글의 주지는 그 자신과 가족, 또는 친구의 불행한 처지를 통해 이전의 시대가 고귀한 인간성을 어떻게 파괴하였는지, 중국인들이 대대손손 의존하며 삶을 꾸려 왔던 가치관을 어떻게 끊임없이 잠식해 왔는지를 드러내는 데에 있다.

이 글은 사람으로 하여금 깊이 생각하게 하며 오랫동안 그 마음에서 지워지지 않는다. 이 글은 몹시 슬퍼서 그저 독자로 하여금 구석에서 혼자 흐느끼게 하며, 그 몰래 흘리는 눈물로부터 가슴 아픈 역사를 꿰뚫어 보게 한다. 중국어의 빛은 예푸의 펜 아래에서 회복되었고 널리 퍼졌다. 그의 언어는 성실하고 진실하며 더할 데 없이 절제되어 있다. 하지만 의아하고 놀랍게도 아픔과 억눌림이 지극한 이야기 속에서 예푸의 표현은 더없이 날렵하고 조금도 정체되어 있지 않으며, 바람이 물 위를 지나갈 때의 느낌처럼 기껏해야 흩날린다. 그저 자유를 향하는 바람이 이야기에 살짝 이끌릴 뿐이다.

무거움沈重은 땅과 관련이 있고, 흩날림飄逸은 하늘에 이어져 있다. 이는 중국어가 적극 성취해야 할 두 극점이다. 예푸는 중국어의 땅의 특성과 하늘의 특성을 충분히 드러내고 있다. 그의 글에는 땅과 하늘이 어떤 비율로 신비롭게 섞여 있다. 중국의 역사는 매우 무겁고, 땅의 특성은 이 때문에 줄곧 중국어의 초점이 된다. 중국어의 하늘 특성은 반드시 중국어의 땅의 특성에 제한을 받는다. 중국어의 하늘은 줄곧 현세와 서로 섞여든 하늘이며, 땅을 두려워하며 떠는 하늘이다.

예푸는 중국어의 양극성兩極性을 꿰뚫고 있다. 그것은 그의 글쓰기 소재에 대단히 좋은 대응물과 파생물을 제공했다. 언어를 따르되 정감을 더 따라야 한다. 무엇보다 정감 중의 무거운 역사적 요소를 따라야 한다. 예푸는 중국어 내부의 가장 올바르고 고상한 자질을 회복하였다. 이러한 자질로부터 예푸는 관료 체제에 의해 유린된 지 오래인 언어를 구해 냈다.

* * *

예푸의 전설적인 삶을 잘 아는 친구들은 아마 독일 쾰른에서 완
성한 중편소설 〈80년대 사랑〉이 실제 있었던 이야기를 어느 정도
가공하고 윤색하여 고쳐 쓴 것임을 알 것이다. 시인 자오예趙野는
예푸와 아주 친한 사이였는데, 예푸에 관한 산문에서 이 소설의
원형을 방증하였다. 그가 보기에 현실의 실제 여주인공은 "비록
세월이 흘러 세상이 변하고 꽃다운 나이도 이미 지나갔지만, 그
의 얼굴에는 자색姿色이 여전히 남아 있다."

1980년대의 풋풋하고 순수했던 청년은 이제 살쩍이 하얀 중
년에 이르렀으며, 1980년대의 첫사랑은 일찍이 추억거리가 되
어 버렸다. 그것은 그 시대를 지나온 사람들의 기억 속 깊은 곳
에 자리 잡은 은근한 통증이다. (1996년 노벨문학상 수상자인 폴란드의 시
인) 비슬라바 쉼보르스카Wislawa Szymborska의 시 중에 훌륭한 구
절이 있는데, 세상사 변화무쌍함이 그 안에 다 담겨 있다. "새
사랑을 첫사랑으로 여기려고 옛사랑에 사과하네." 세상의 변화
에 대한 감각은 세심한 사람에게 시간이 주는 증정품이다.

예푸는 방문학자로 독일 쾰른에 있으면서 잠을 이루지 못하
는 밤에 조국에 남겨 둔 청춘과 첫사랑을 되돌아보았다. 이는
마치 자신의 전생을 되돌아보는 것과 같았다. 경험자는 기꺼이
인정하겠지만, 1980년대는 기적이었으며 공화국 역사에서 보기

드문 순수한 시대였고 폐허에서 자라난 좋은 시절이었다. 그때, 예푸는 젊었으며, 사랑은 더더욱 젊었다. 그때, 예푸는 순결했으며 감히 신성한 사랑을 모독할 수 없었다. 1980년대에, 손잡고 석양이나 달빛 아래를 걷는 것은 언제나 통하는 연애 공식이었다. 권력과 돈을 멸시하며 문학적 재능과 예술을 숭상하는 것이 사랑이 갖추어야 할 최소한의 기준이었다. 모든 것을 돈으로 규정하는 지금과는 달랐다. 그러므로 그 '전생의 사랑'은 예푸 마음속의 비밀스러운 자랑이 되었고, 온전히 한 세대의 자랑이 되었다. 그는 80년대를 되돌아보고 있는데, 그것이 오늘날을 치유하기 위해서인지, 풍자하기 위해서인지, 아니면 자신에게 살아갈 힘을 보태기 위해서인지는 모르겠다.

분명한 것은 예푸가 픽션에 뛰어난 사람이라고는 할 수 없다는 점이다. 그는 그저 논픽션의 궁중 고수일 뿐이다. 그에게는 다행스러울 테지만, 그의 전설적인 경력 그 자체가 곧 소설이다. 그것은 이야기가 결핍된, 있어도 빈약하고 재미없는 우리 같은 사람들의 눈에는 확고한 픽션이다.

〈80년대 사랑〉이 사람을 깊이 감동시키는 것은 독자들의 문학적 맛봉오리를 자극하며 독자들의 눈물샘을 시험하는 능력이 있기 때문이다. 또한 이야기 구성이 복잡하지 않고, 중국어의 두 극점을 예푸가 교묘하게 잘 활용하고 있기 때문이다. 하늘의 특성이 필요한 때에는 독자들로 하여금 마음이 흔들리게 하여 첫사랑의 회상 속에 빠지게 한다. 그리하여 가벼움과 부드러움, 감상感傷과 먼 곳에 대한 그리움이 독자를 사로잡는다. 땅의 특성이 필요한 때에는 독자들로 하여금 마음이 아래로 가라앉고 추락하게 하여 그 황당한 역사에 대한 사색에 잠기게 하며, 아득하게 멀고 넓어서 끝이 없는 무거움이 독자를 지배하게 한다. 서술 과정에서 예푸는 하늘의 특성과 땅의 특성이 끊임없이 엇갈리도록 이들을 번갈아 가며 사용한다. 독자들의 마음을 어루만지며, 처음부터 끝까지 그들이 롤러코스터를 탄 것 같은 상황에 놓이게 함으로써 아드레날린 수치가 높아지고 그에 맞추어 심장 박동이 50퍼센트나 더 빨리 뛰게 한다.

중국어의 양극성을 다시금 확인하고 교묘하게 사용하는 것은 지금까지 예푸의 문학 창작 전체에서 가장 큰 특색을 이룬다. 이는 그가 다른 모든 중국 작가들과 차별을 이루는 까닭이며, 얼마 되지 않는 작품과 소설 몇 편으로 수많은 독자들을 철저히 정복한 까닭이다. 중국 전체로 시야를 넓혀 볼 때, 중국어의 양극성을 중시하고 그에 의존하며 심지어는 중국어의 양극성을 지나치다 싶게 개발하고 사용하는 사람은 예푸말고는 달리 찾을 수 없을 것 같다. 이런 점에서 그의 글은 북위北魏의 비각碑刻의 서체와 닮았다. 곧, 예스럽고 소박하며, 기이하고 독특하며, 반듯하고 점잖으며, 허정虛靜을 유지하며 침묵하는 태도는 겉으로 보면 조금도 현대적이지 않다. 하지만 무한한 힘이 그 안에 담겨 있어서 작은 힘으로도 사람을 죽일 수 있을 만한 경지에 이르게 된다.

〈80년대 사랑〉이 얻은 성과는 소설계를 뛰어넘었고, 독자로 하여금 이야기를 넘어 언어 표현의 핵심에 곧장 이르게 했다. 이로써 독자들은 단순히 이야기에 국한되지 않고, 언어 자체를 감상하게 된다. 이는 자연스럽게 첸종수錢鍾書의 소설 〈웨이청圍城〉을 연상하게 한다. 만약 언어 자체의 즐거움과 자유로움, 일탈이 없다면 〈웨이청〉은 아마 3류 애정소설로도 쳐 줄 수 없을 것이다. 만약 '북위의 석각' 같은 언어의 뒷받침과 응원이 곁에 없다면, 소설 〈80년대 사랑〉은 얼마나 빈약해졌을까. 〈웨이청〉처럼, 〈80년대 사랑〉도 언어 자체를 발굴함으로써 응당 얻어야 할 지위를 차지하였다.

2013년 5월 8일

베이징 쯔주위안紫竹院에서

눈물은 달빛 아래에서 은빛으로 투명하게 빛나며,

허공에 드리워진 두 줄기 폭포처럼

1980년대 초의 추운 겨울에 영원히 응결되었다.

일러두기

— 중국어 고유명사 표기는 국립국어원의 외래어표기법 규정을 따른다.
— 본문의 괄호 안 설명과 주석은 모두 옮긴이의 것이다.

베이징과 분위기가 비슷한 도시, 오후의 찻집은 쓸쓸하고 조용했다.

나는 햇빛이 나른하게 비치는 창가에 앉았고, 맞은편 그림자 속엔 한 여인이 앉아 있었다. 그녀는 애인 같기도 하고 그냥 여자 친구 같기도 한, 그게 아니면 또 다른 애매한 관계에 가까운 사이였다. 그녀의 얼굴이 햇빛 뒤에 숨어 버려서, 그저 섹시한 목소리만 격자창이 만들어 낸 빛줄기를 넘어 산만하게 내 귀를 어루만졌다.

묻는 것 같기도 하고 아닌 것 같기도 한 말로 그녀는 내게 관심을 보였다.

"아주 피곤해 보여, 게다가 울적한 것 같기도 하고."

나도 기운 없는 목소리로 대답했다.

"응, 고향 산골에서 막 돌아왔어."

그녀는 무언가를 암시하는 듯, 아울러 기대하는 듯이 말했다.

"이렇게 격식을 차려 가면서… 날 만나자 하고, 무슨 일인데?"

나는 말을 하려다가 멈추었다. 잠시 우물거리다가 말했다.

"영화를 찍고 싶은데, 네게… 도움을 구할까 하고."

그녀는 그다지 우습지도 않은 농담을 들었다는 듯이 빙그레 웃었다.

"너, 배우한테 치근대고 싶어서 그러는 건 아니겠지?"

나는 쓴웃음을 지으며 말했다.

"이번엔, 우리 좀 진지하게, 그렇게 가볍게 얘기하지 말고, 어때?"

그녀는 짐짓 정중한 척하면서 물었다.

"너처럼 무술도장을 연 사람이, 무슨 영화를 찍을 일도 없을 텐데, 명백히 저의가 불량한 것 아니냐고."

나는 조금 화가 났지만, 차를 마시며 참았다. 그 순간 문득 지난 40여 년의 삶이 떠올랐다. 마치 갑작스러운 깨달음 끝에 하늘눈天眼이 열린 것 같았다. 이미 지나온 날들이 어렴풋하게 보였다. 영화 필름이 한 칸 한 칸씩 다시 방영되는 것 같았다. 가슴속에서 내 것 같지 않은 소리가 울렸다. 그 소리는 낮고 묵직하지만 아주 단호했다. 혼잣말로 중얼거리는 것 같으면서도 그녀에게 들려주는 것 같기도 했다.

나는 20세기를 유일하게 아름다운 시대로 기념하고 싶다. 그 시대는 그때를 지나온 사람들의 마음속 깊은 곳에, 오랫동안 금지되었다가 되살아난 낭만적인 심성과 절대적으로 아름다운 순

정을 남겼다. 우리들은 그때 막 시작된 해금解禁의 햇살 아래에
서 진실함과 선량함으로 서로를 사랑하는 법을 배웠고, 불타는
격정으로 우리들이 갈망하던 생활을 쟁취하려 했다. 하지만 결
국에는, 그 모든 것이, 자라나던 어떤 여명 속에서 먼지로 흩어
져 버렸다.

지금, 그때를 되돌아보는 눈에는, 일찍이 존재했던 이상理想과
격정이 동화처럼 비현실적이면서도 아름답게, 영원히 마르지
않을 눈물 자국처럼 감상感傷과 추억의 숨결로 가득 차 있다.

1

80년대 초, 산속에 놓인 향진郷鎭(지방 행정 단위)의 울퉁불퉁한 도로는, 매듭을 지어 뜻을 나타내던 결승문자의 삼으로 꼰 새끼줄처럼 구불구불하게 골짜기 사이로 이어져 있었다. 좌석이 38개인 낡은 버스는, 온몸으로 딸랑딸랑 소리를 내는 황아장수처럼 용을 쓰다가 쉬다가 하면서 산길을 달렸다.

내리막길 끝에는 오래된 나무가 한 그루 있었고, 그 나무 뒤편으로 어렴풋하게 용마루 기와가 보였다. 보통은 여기를 길 어귀라 하고, 실제 거리는 구불구불한 산비탈 바위들 뒤에 숨어 있었다.

버스는 비탈을 따라 돌진하면서 일찍부터 브레이크를 밟은 까닭에 끼익 하면서 괴성을 질렀다. 심지어 브레이크 패드가 마찰되면서 검은 연기가 피어올랐다. 버스는 한 마리 노린재처럼 구르고 기면서 미끄러져 내려갔다. 지독한 냄새를 품은 연기가 산길에 자욱하게 깔렸다. 그래도 버스는 변함없이 정확하게 좁은 길 어귀에 섰고, 마지막으로 완전히 멈추기 전에 휘청거리면서 차에 탄 사람들 모두를 흔들어 깨웠다.

나는 기타를 안고 가장 먼저 버스에서 내려 길가에 기타를 내려놓았다. 같은 차를 탔던 시골 사람들, 길에 있던 노인과 아이들 모두 호기심 어린 눈으로 그 괴상하게 생긴 악기를 뚫어져라 쳐다보았다. 나는 버스 뒤편에서 지붕의 화물대로 기어 올라갔다. 짐을 묶은 그물을 풀어헤쳐 짐을 찾아 들고 뛰어내렸다. 당황한 얼굴로 길을 묻고는 미심쩍어 하면서 향공소鄕公所(향鄕에 설치된 관공서)를 향해 걸었다. 길가의 구둣방과 이발소 사람들, 그릇을 들고 밥을 먹고 있던 어른 아이 할 것 없이 모두 유행을 따른 차림새의 외지인인 나를 이상하게 쳐다보았다.

그때는 1982년 가을이었다. 그해 대학을 졸업한 나는 바로 이곳 공무자이公母寨라고 부르는 향진으로 일자리를 배정分配*받았다.

---

* '펀페이分配'는 규정에 따라 음식이나 생필품 등을 인민에게 나누어 주고, 노동력을 합리적으로 배치하는 것을 가리키는 경제학 용어이다. 대학 졸업자는 공산당이 정해 주는 곳에서 일을 해야 했는데, 이러한 '졸업 펀페이' 제도는 1990년대 중반 이후 실질적으로 사라졌다.

2

/

공무자이는 어시鄂西(후베이성 서부 지역, '어鄂'는 후베이성의 약칭) 리촨현利川縣에서도 가장 외진 곳에 있는 토가족土家族의 향진이었다.

읍鎭子은 철통 같은 높은 산으로 둘러싸여 있고, 어디에서 흘러오는지 분명하지 않은 강이 희죽거리며 길옆으로 구불구불 이어져 있었다. 강가에 늘어선 집들은 모두 토가족의 전형적인 조각루吊脚樓(토가족·묘족 등의 전통 가옥)였다. 나무 다락집의 반은 강물 위 돌 기초에 세워진 나무 기둥 몇 개에 비뚜름히 떠받쳐져 있었다. 이 오래된 집들은 오랫동안 수리를 못한 탓에, 위에서 내려다보면 차례대로 겹겹이 올린 기와지붕들이 대부분 비스듬히 휘어져 있었다. 마치 삿갓을 쓴 술 취한 남자들이 몸을 따뜻하게 하려고 서로 꼭 기대어 있는 것처럼 보였다. 그중 한 집을 뽑아내면 온 거리의 집들이 도미노처럼 연이어 쓰러져 버릴 것 같았다.

나는 문혁文革이 끝난 뒤 처음 치러진 시험을 보고 대학에 들어갔다가 그해 졸업한 대학생으로서, 도회지에서 이렇게 가난하고 힘 빠지는 시골에 배정받았으니 지극히 우울하지 않을 수 없었다. 내가 보기에, 그때의 나는 향진과는 전혀 어울리지 않는 짐을 지고 중용되지 못한 인재라도 되는 양 뚱한 얼굴로 거만하게 우쭐거리면서 향공소를 찾아갔다. 그 모습을 떠올리면 지금도 부끄러워진다.

향공소는 윗길의 담으로 둘러친 오래된 저택院子 안에 있었다. 문 앞에 나무 팻말 몇 개가 걸려 있어서 그곳이 기층 정부基層政府 사무실이라는 것을 알려줄 뿐 일찍이 토사土司(소수민족의 우두머리들이 주로 맡았던 변경의 벼슬)의 관아가 있었던 곳으로는 보이지 않았다. 다만 문 앞에 웅크려 앉은, 쓸데없이 크고 조잡하게 생긴 데다 팔다리가 떨어져 나가고 훼손된 상처투성이 돌사자 두 마리 때문에 그 저택이 예전에는 그래도 위엄 있는 곳이었음을 알 수 있었다.

나는 저택 안으로 들어가 누군가에게 물어 저택 뒤쪽 깊숙한 곳에 있는 당위원회 사무실을 찾아갔다. 서기書記에게 추천서를 내밀었다. 그는 우선 이 시골과 어울리지 않는 내 옷차림을 훑어보았다. 그리곤 머리를 숙여 현縣 정부 인사국에서 써 준 추천서를 읽었다. 나는 조금 초조하고 불안해서 주변을 흘끔거렸다. 인생에서 만난 첫 번째 상사가 내게 어떤 처분을 내릴지 알 수 없었다.

서기는 추천서를 다 읽은 뒤 몸을 일으켜 진중하게 악수하며 친절하게 말했다.

"어서 오게, 샤오관小關.* 자네는 정말 우리 향에 온 첫 번째 대학생이네. 인사국이 우리에게 전화를 했네. 자네더러 고향으로 돌아온 인재라고 말하더군."

그는 몸을 돌려 문 밖을 향해 소리쳤다.

"라오텐老田, 초대소招待所 방은 치워 두었는가? 이분은 새로 온 선전 간사일세."

라오텐이라고 불린 그 늙은이는 소리와 동시에 주방에서 고개를 내밀고 나왔다. 손을 비비며 머리를 끄덕이고 허리를 굽히며 말했다.

"왔습니까? 금방 정리하러 갈게요, 금방."

서기는 그 말이 조금 못마땅해서 한 마디 중얼거렸다.

"벌써부터 잘 좀 치워 놓으라고 했더니만, 씨발, 코 비뚤어지게 퍼마시고는 잊어버렸지?"

라오텐은 말없이 급히 내 가방을 들고는 저택 뒤편의 나무 다락집으로 걸어갔다. 나는 서기에게 머리를 숙여 사의를 표하고 곧바로 라오텐을 따라서 내가 묵을 집으로 갔다.

방은 아주 작았고, 약간 곰팡이 냄새가 났다. 다락집의 마룻바닥은 걸을 때마다 삐걱삐걱 소리가 났다. 마치 천식 환자가

---

* '샤오小'는 자기보다 어린 사람의 성이나 이름 앞에 붙여 친근함을 나타내는 말이다. 주인공 관위보關雨波를 지칭함.

같이 살고 있는 것 같았다. 방은 침상과 탁자, 의자를 하나씩밖에는 더 들일 수 없을 만큼 좁았다. 침상 나무판에는 새로 거둬들여 말린 볏짚이 깔려 있었다. 라오톈은 우물거리며 말했다.

"막 새로 깔았으니 빈대는 없을 겁니다."

그는 내가 가지고 온 솜이불 등을 까는 것을 도와주었고 하나밖에 없는 작은 창문을 열면서 환기 좀 하겠다고 말했다. 창밖에서 콸콸 물이 흐르는 소리가 들렸다. 몸을 구부려 창밖을 보았다. 유일하게 친근한 느낌이 드는 이름 모를 개천이 흐르고 있었다. 비취색 맑은 물결이 크기가 다양한 조약돌 위에서 꿈틀거리면서 햇빛 아래에서 반짝거렸다. 문득 삶이 따뜻하고 부드럽게 느껴졌다.

라오톈은 한눈에 봐도 말이 좀 어눌하면서 성실한 사람이었다. 온몸에 기름때가 번들거려서 지저분하게 보였다. 나중에 알게 되었지만, 그는 유일한 취사원이었으며 동시에 향공소의 온갖 잡일을 맡아 하였다. 게다가 청소하고 정원 돌보는 등등의 일을 책임지고 있었다. 그는 현에서 파견한 젊은 간부인 내 앞에서는 여전히 어색하고 어려워하는 표정을 짓고 있었다. 그의 미소 속에는 시골 사람들의 소박함 외에도 어떤 두려움이나 불안함이 깔려 있었다.

그는 내 짐을 정리해 주다가 실수로 기타와 부딪혔는데 갑자기 기타 소리가 크게 울리자 화들짝 놀란 것 같았다. 그는 왜 소리가 났는지도 모르는 물건을 불안하게 쳐다보면서 두렵고 당혹하여 어쩔 줄 몰랐다. 그때 나는 학교를 막 졸업한 대학생의 그 씨발 같은 꼬락서니가 아직 남아 있어서 허세를 부리면서 말했다.

"괜찮아요, 이건 '기타'예요."

라오톈은 당혹스러워선지 다시 한 번 말했다.

"기타?"

그러면서도 이해가 안 된다는 듯 쓴웃음을 지었다. 그는 나더러 먼저 좀 쉬라고 하면서 이따가 밥이 다 되면 다시 와서 나를 부르겠다고 말했다.

그 당시 향공소 사무실에서 일하는 사람은 몇 명 되지 않았다. 향진 간부들은 일 때문에 거의 날마다 농촌으로 가야 했다. 관할 구역이 깊은 산속에 있고 그 넓이가 아주 커서 한번 들어가면 며칠씩 머물러야 했다. 중요한 회의가 열리는 때가 아니면 향진 간부 모두가 한자리에 모이는 일은 아주 드물었다.

이른바 선전 간사인 나는 1급 기층基層 당위원회의 필수품 같은 존재였지만, 실제로는 내게 정해진 일은 따로 없었다. 나는 그저 윗사람을 도와 각종 문건과 연설 자료를 작성하거나 현수막에 뭔가를 써서 거리에 내다 거는 일을 맡곤 했다.

서기는 기층의 늙은 관리로 배운 것은 많지 않았지만 경험은 풍부했다. 뚜렷이 드러나듯이, 그는 나처럼 도시 출신의 이른바 지식인을 결코 좋아하지 않았다. 하지만 도시에서 자란 나 같은 관료 자제한테 밉보일 필요가 없다는 것도 곧바로 알아차렸다. 나는 이미 그의 권위에 맞서 경쟁을 벌일 사람이 아니며, 더욱이 아주 빨리 다른 곳으로 옮겨 갈 수도 있고, 심지어 미래엔 그의 윗사람이 될 수도 있기 때문이었다. 그래서 그는 내게 임무를 주면서도 비굴하거나 거만하게 구는 일은 없는 것 같았다. 다른 하급 관리들을 자주 호되게 꾸짖곤 하던 것과는 분명 달랐다.

서기는 나를 농촌으로 파견하려 하지 않았다. 내가 농촌으로 가더라도 일에 아무런 도움이 안 될 뿐만 아니라 도리어 농민들에게 부담이 될 것을 알았기 때문이다. 그래서 그는 나더러 사무실을 지키게 했고 가끔 이렇게 말했다.

"샤오관, 이 문건 몇 가지를 자네가 먼저 보고 당보黨報의 견해에 따라서 '오강사미삼열애五講四美三熱愛'' 관련 궐기대회의 초안을 잡아 보게."

나는 대개 자리에서 일어나 문건을 받거나 머리를 끄덕이고, 앉아서는 무료하게 신문을 보거나 문건을 쓰거나 하면 되지, 이밖에 괜히 멋쩍어하면서 할 말을 찾을 필요는 없었다. 언젠가

---

* 1981년 2월부터 시작된, 사실상 정부 주도의 국민계몽운동. 5강(중시해야 할 5가지)은 講文明(교양)·講禮貌(예의)·講衛生(위생)·講秩序(질서)·講道德(도덕)이며, 4미(아름답게 해야 할 4가지)는 心靈美(마음)·語言美(언어)·行爲美(행동)·環境美(환경)이며, 3열애(뜨겁게 사랑해야 할 3가지)는 熱愛祖國(조국)·熱愛社會主義(사회주의)·熱愛中國共産黨(중국공산당)이다.

한번은 일이 급해서 향공소의 칸막이 없는 변소로 뛰어들어 갔다가 마침 서기가 얼굴 가득 고뇌하는 표정으로 거기 쭈그려 앉아 있는 것을 보았다. 그 새하얀 엉덩이에 어쩐지 몸서리를 쳤다. 하지만 나는 도로 나갈 수는 없었다. 거기 쪼그리고 앉아 좌락 힘차게 쏟아내는 수밖에 없었다. 다 큰 남자 둘이 엉덩이가 서로 거의 닿은 채로, 각자 천지를 울리며 똥을 쌌다. 그 상황은 어쨌든 쑥스러울 수밖에 없었다.

서기는 정말 인정세태에 밝은 사람이었다. 주의를 돌리고 이처럼 분위기가 무겁고 악취가 진동하는 국면을 타파하기 위해 먼저 내 사생활에 관심을 보였다.

"샤오관, 자네 사귀는 사람은 있나?"

그때, 연애라는 화제는 특히 변소에서 꺼내기 딱 좋은 토론거리였다. 나는 얼굴이 빨개지는 것을 참으며 머뭇거리며 말했다.

"연애를 하긴 했습니다만, 동창이랑요. 그 사람은 성도省都에 있어서 끝까지 갈 수 있을지는 하늘이나 알겠지요."

서기는 힘겹게 한 덩어리 변을 짜내고 난 다음 의미심장한 말로 나를 달랬다.

"인생의 대사大事는 그래도 조직에… 의지해야지. '늦게 결혼하기晩婚'나 '첫 아이 늦게 갖기晩育'도 좋지만 '계획적으로 낳고 기르는 것計劃生育**이 정말 중요하네. 자네, 우리 향진을 우습게 보면 안 되네, 허허. 사실 좋은 아가씨들이 좀 있거든. 중심가 초등학교에 마침 한 명 있는데, 아마 자네한테 어울릴 걸세."

나는 방귀가 나오고 오줌을 지릴 정도로 놀라서, 고맙다는 말을 하면서도 한편으로는 서둘러 일어나 바지를 추켜올리고는 도망쳐 나왔다. 어쨌든 직속상관과 이처럼 친밀하게 벌거벗은 모습을 서로 내보였으니 쪽팔리지 않을 수 없었다. 나는 그가 미혼인 나더러 정관수술을 하라고 권할까 봐 걱정하기까지 했다.

---

* 1982년 '중국인민공화국헌법'에 규정된 중국의 출산 정책. '계획적으로 아이를 낳고 기르자'란 말처럼, 늦게 결혼하기(晚婚), 첫 아이 늦게 갖기(晚育), 적게 낳기(少生), 건강한 아기 낳기(優生)를 주요 정책 수단으로 내세웠다.

3
/

향공소 간부들은 집이 모두 향진 중심가나 근처 마을에 있었
다. 일이 끝난 저녁에는 나와 라오톈만 남았다. 말하자면 저녁
밥은 나와 라오톈만 먹었다. 점심땐 먹는 사람도 많고 기름진
음식도 더러 있어서 저녁은 기본적으로 점심에 남은 밥과 반찬
을 먹었다. 라오톈은 말수가 적었고, 날마다 아주 피곤해서 정
리를 한 뒤에는 바로 자기 방에 들어가 잠을 잤다. 그는 비록 나
랑 친해졌지만 애써 말을 걸려고 하지는 않았다. 혼자 남겨진
나는 적막하고 텅 빈 저택 안에서 외롭게 기타를 치거나 책을
보고, 때론 권법을 익히기도 하였다.

이렇게 지내는 날들이 한 달이 지나면서 조금은 싫증이 나는
것은 어쩔 수 없었다. 꽤 오랫동안 여자 친구의 답장을 받지 못
해 마음속에는 쓸쓸함이 더욱 커졌다. 토요일은 퇴근이 일러서
간부들은 가족들과 함께 지내려고 모두 집으로 돌아갔다. 석양
이 산봉우리 높은 곳에 걸린 산골 마을을 비추고 있었다. 나는
초라한 방 안에서 괴로운 얼굴을 하고 있다가 담배꽁초를 눌러
꺼 버리고는 잔을 하나 찾아내어선 문을 나섰다. 아마도 라오톈

이 말한 적이 있는 그 공소사供銷社*가 떠올랐던 것 같다. 거기엔 술이 있고, 언젠가 술자리에서 그가 나랑 어울릴 것이라고 얘기 했던 아가씨도 있었다.

나는 라오톈에게 음식을 준비하라고 이르고는 내가 돌아올 때까지 기다려 같이 술 마시자고 했다. 그는 내가 큰 머그잔을 들고 있는 것을 보더니 아래쪽 거리 입구의 모퉁이에 공소사가 있다고 알려 주었다.

"거긴 술을 근으로 달아 팔아요. 옥수수를 구워 만든 술인데 아주 깔끔하답니다."

길에서 마주치는 사람들 모두 도시 출신인 나를 차츰 알아보 게 되었다. 그들 토착민이 입는 대금對襟(두 섶이 겹치지 않고 가슴 한가 운데에서 단추로 채우게 되어 있는 중국식 윗옷)과 비교했을 때, 내가 입고 있 던 항삼港衫(옷깃이 있고 가슴 좌우에 주머니가 하나씩 있는 홍콩식 여름 반팔 셔츠) 과 나팔바지는 아주 기이하게 보였던 것이다. 거리의 아주머니 들은 종종 내가 거리로 나서면 서로 귓속말로 소곤거리며 나를 뚫어져라 쳐다보았다. 큰 머그잔을 두 손으로 받쳐 들고 공소사 로 걸어가는 동안 향진 사람 모두가 나를 바라보고 있는 것 같았 다. 칼 한 자루 들고 사지에 뛰어든 아무 생각 없는 멍청이가 반

---

* 공소합작사供銷合作社'의 준말. 농촌의 농업 생산과 생활 필요를 충족시키기 위해 만든 상업기구. 농기구와 생활용품을 팔고 동시에 농산품과 그 밖의 생산품을 사들였다.

사동盤絲洞(《서유기》에 나오는 '칠선고七仙姑'라는 여자 거미 요괴 일곱이 사는 동굴)에 싸우러 가는 것처럼 나는 왠지 비장감이 가득했다.

그 순간 주위는 그야말로 조용했다. 나는 등 뒤의 시선들을 뿌리치고 아무것도 모르는 듯이 멍한 표정으로 아래쪽 거리를 향해 성큼성큼 걸어갔다. 멀리서 보이는 공소사의 외관은 초라했고 몰락한 집안처럼 길바닥에 옆으로 드러누워 있었다. 문 안쪽은 어두컴컴했으며 선반은 단출했다. 갖가지 일용품들은 먼지를 뒤집어쓰고 있었고 손님은 하나 없었다. 마을 사람들로선 부득이해서 오는 게 아니라면, 사치품을 사러 굳이 거기에 올 일은 없을 것 같았다.

그 전설의 아가씨는 과연 문을 등지고 아름다운 몸매를 드러내고 있었다. 그녀는 마침 발돋움하며 손을 뻗어 선반 위에서 먼지를 뒤집어쓰고 있는 백주白酒을 꺼내려고 하였다. 그리곤 꺼낸 술병의 먼지를 꼼꼼하게 닦아 내었다. 길게 땋은 머리가 몸의 움직임에 따라 오르내리며 흔들렸다. 꽃무늬가 촘촘히 박힌, 그녀의 하늘빛 엷은 셔츠는 낡았지만 몸에 딱 맞았다. 뒤에서 보더라도 어떤 기품과 자태를 분명히 알아볼 수 있었다. 이 때문에 그녀는 이곳 시골 사람들과는 구별되었다.

나는 조용히 문 안으로 들어갔다. 보기 드문, 그녀의 뒷모습에 혼자 흐뭇해하면서도 그녀의 고요한 시간을 방해할까 봐 두려웠다. 그러나 한편으로는 그녀의 얼굴을 당장 보고 싶었다.

나도 모르게 긴장하며 말했다.

"동지, 술 한 근 주세요."

그 시대엔 사람들 사이에, 특히 공공기관에 몸담고 있던 사람들은 모두 서로를 '동지'라고 불렀다.

내 말이 끝나자 그녀는 갑자기 얼어붙은 듯 그 자리에 서 있었다. 그 순간 나는 그녀가 감히 돌아서지 못하고 머뭇거리는 것처럼 느꼈다. 마치 못에 박혀 그 자리에 걸려 있는 그림 같았다. 내 손목시계는 째깍거리며, 두근거리는 심장과 달리기 시합이라도 하듯 그 적막한 순간에 요란하게 울렸다. 참으로 긴 순간이 지나고, 그녀는 몸부림치며 전생으로부터 다시 태어나는 것처럼 어렵게 탈태하듯이 고개를 돌렸다. 눈이 마주치는 순간, 우리 두 사람의 얼굴엔 놀라움과 의아함이 가득했다. 그녀는 대낮에 귀신을 본 것처럼 놀라며 손에 든 술병을 떨어뜨렸다. 병이 깨지는 소리가 울리며 공기 중으로 여러 해 묵은 술 향기와 취기가 가득 퍼졌다. 성냥 한 개비로도 불을 붙일 수 있을 것만 같은 공간에서 두 사람은 감히 함부로 몸을 움직일 수 없었다. 순간적으로 우리는 깊은 침묵 속으로 빠져들었다. 조금 이따가 내가 벌벌 떨면서 물었다.

"어떻게 네가? 리윈麗雯!"

"넌 어떻게 여기 있는 거니?"

눈 깜짝할 사이에 차분함을 되찾은 듯, 그녀는 일부러 무심하게 물어 왔다. 나는 되도록 흥분을 억제하려고 애쓰면서 말했다.

"대학 졸업하고, 현에서 성도에 사람을 보내 달라고 요구해서 내가 여기로 배정되어 온 거야. 현 위원회에서는 다시 반년 동안 단련하라고 시골로 날 파견했고. 한 달 전에 막 왔어. 넌? 넌 어떻게 여기 있는 거야?"

그녀는 내 물음을 피하는 듯 되려 물었다.

"어디서 지내고 있어?"

나는 향공소에 머물고 있다고 말했다.

"너 재수하고 다시 시험 본 거 아니야?"

그녀는 감정을 억누르며 쓴웃음을 지었다.

"산골은 공기가 아주 차. 넌 막 왔잖아, 일상에 늘 주의해."

그녀는 말하면서 구석으로 가서 빗자루를 꺼내어 몸을 돌려 바닥을 쓸었다. 옛 동창을 다시 만났을 때 응당 보일 법한 뜨거운 정은 조금도 없었다. 그녀는 조금도 놀랍지 않은 듯, 깊은 얘기를 나눌 마음도 없다는 듯 무관심한 태도를 보였다. 갑작스레 내 마음은 적이 실망했다. 그런 속에서도 조금은 상처를 받은 듯 아련한 아픔을 느꼈다.

나는 억지로 차분한 척할 수밖에 없었지만, 조금은 삐친 듯이 말했다.

"고마워, 술 한 병 줘."

그녀는 부드럽게 말했다.

"이 산쥬散酒(국자로 떠서 무게를 달아 파는 술) 사 봐. 산골 사람들이 직접 담근 거야. 머리가 아프진 않을 거야!"

나는 조금 이해가 안 된다는 듯한 표정으로 그녀가 술을 뜨고 돈을 받는 것을 지켜보았다. 그녀는 거스름돈을 돌려주려고 계산대 아래 서랍을 뒤지다가 5편分(1위안元의 100분의 1)이 모자란다고 중얼거렸다. 내가 "안 받아도 돼, 괜찮아."라고 말하자 그녀는 엄숙하게 말했다.

"그게 어떻게 괜찮니."

그러고는 집 안으로 들어가 자기 돈 5편을 가지고 나와 내게 주었다. 나는 문득 흥이 깨져 버렸고 아주 쓸쓸하기도 했다. 아무 감흥 없이 그녀에게 인사하고 침울하게 공소사 밖으로 나왔다.

4

갈 때는 길에 석양이 비쳤지만, 돌아오는 길은 도리어 곳곳이 진창과 같았다. 나는 술이 담긴 머그잔을 철탑을 받쳐 들 듯 들고 걸음걸이가 무거워 걷다 서다를 되풀이했다. 마치 넋이 나간 것처럼 얼떨떨하였다. 나는 여전히 정신을 차리지 못했다. 몽유병에 걸린 것처럼 조금 전의 해후를 도저히 믿을 수 없었다. 나는 은연중에, 거리에서 그릇을 들고 밥을 먹고 있던 사람들이 모두 젓가락질을 멈추고 호의라고는 전혀 없는 눈초리로 패배하고 돌아가는 나를 쳐다보면서 등 뒤에서 손가락질하며 비웃고 있는 것 같다고 느꼈다.

그녀가 내 중고등학교 동창 리원이란 말인가. 내 짝사랑이자 첫사랑, 그녀의 사랑은 한 조각도 얻어 본 적 없지만, 그렇다고 한 번도 포기한 적이 없었던 그 여자애? 1점 차이로 나와 같이 대학을 다닐 수 없었던 재원才媛, 그런 그녀가 어떻게 여기에 나타난 거지? 고등학교를 졸업한 지 4년밖에 안 되었지만, 마치 그와 반세기나 떨어져 있었던 것 같았다. 줄곧 소식 하나 없이 묘연했던 그녀가 어떻게 내 고독한 저녁에 뜻밖에 다시 나타난

단 말인가. 그녀는 아마도 내 삶에서 반드시 나타나야 하는 이 정표로서 내 운명의 길에 이미 설치된 것 같았다. 나는 아주 먼 길을 돌아 결국 이 단단한 돌덩이 앞으로 돌아왔다. 그러나 예전과 마찬가지로 여전히 그녀의 위엄에 부딪쳐 마음이 아팠다.

나는 라오톈과 술을 마시기 시작했다. 그는 잿더미 아래에 콩 한 움큼을 묻어 두었다. 콩은 깜부기불 속에서 익어 가다가, 마치 시냇물 속의 물고기처럼 팔딱거리면서 뜨거운 잿더미 밖으로 튀어나왔다. 그러면 우리는 한 알씩 주워 손바닥으로 비벼서 먼지를 털어 내고는 곧장 입 안으로 집어넣어 안주로 삼았다.

음력 8월, 산골에서는 벌써부터 바닥화로火塘[*]를 피웠다. 가운데 들보에 걸린 전등은 전력이 부족해서 결막염에 걸린 눈처럼 깜박거렸다. 발 아래 숯불이 나와 라오톈의 침묵을 비추었다. 그러나 내 마음은 여전히 차가웠다. 나는 홀아비 라오톈의 쓸쓸한 삶에서 내 청춘의 적막함을 엿보았다.

내가 왜 결혼을 안 했는지 묻자, 라오톈은 술 몇 잔을 뱃속에 털어 넣고서야 갑자기 말문을 열었다. 그는 자신이 명예회복平反

---

* 네모로 땅바닥을 파고 주위에 돌을 둘러 만든 화로. 가운데에 돌 3개나 쇠 삼발이를 두어 음식을 요리하고 난로로도 활용한다. 소수민족 사람들에게 바닥화로는 매우 중요한, 삶의 일부여서 해마다 바닥화로에 제사를 지내며 집안 사람들의 평안과 건강을 빈다.

이 막 이루어져 잘못을 바로잡은 '우파右派''라고 했다. 그 첫 마디에 나는 마음이 눌렸다. 일개 취사원이 뜻밖에도 우파였다니! 마음속에서 의심이 들어 자초지종을 물었다.

라오톈은 1957년(정풍운동) 이전에는 이 향진에 있는 초등학교의 선생이었다고 했다. 그는 평소 서예를 좋아했는데 당에서 지식인들더러 나라에 의견을 제출하라고 호소했을 때, 많은 교사들이 의견서를 써서 그를 찾아와 대자보에 옮겨 적어 학교 담벼락에 붙이자고 하였다. 그 뒤 반우파투쟁反右運動이 벌어지자 학교에서는 우파 두 사람을 가려내라는 목표치를 할당하였다. 하지만 모두들 자신은 의견을 제출한 적이 없다며 부인하였기 때문에 현 교육국이 필적을 감정하러 왔고 결국 그를 우파로 몰 수밖에 없었다.

그는 다른 동료들에게 책임을 떠넘기고 싶지 않았기에 혐의를 인정했고 곧장 공직에서 쫓겨났다. 그리고 농촌으로 하방되어 사상이 개조될 때까지 감시를 당했다. 그의 아내는 다른 지역으로 새로 시집갔다. 명예회복이 이루어지고 새롭게 일자리

---

* 1957년 5월 중국공산당에서 정풍운동整風運動이 일어났을 때 적극적으로 의견을 개진했다가 사회주의와 중국공산당의 통치를 반대하며 '자본주의를 추종하는走資本主義道路' 세력으로 몰려 반우파투쟁의 숙청 대상이 되었던 지식인과 민주 인사. 극소수 공산당 당원과 간부도 포함되었는데 그 수가 55만 명에 이른다. 1979년 9월이 되어서야 이들 우파에 대한 전면 조사가 실시되어 1980년 5월 8일에 55만 명 우파 대부분에 대한 명예회복이 이루어졌다.

를 마련해 주는 정책이 실현될 즈음 그에겐 아이들을 가르칠 만
한 능력이 남아 있지 않았다. 향 정부에 배치되어 밥하는 일밖
에는 없었다. 비록 심부름하는 사람으로서 힘든 일을 해야 했지
만, 신분은 사업 편제編制**에 포함되기 때문에 그의 월급은 초등
학교 교사와 같았다.

라오톈은 술을 마시면서, 마치 다른 사람의 일을 말하는 것처
럼 한가롭게 이야기를 하였다. 조금의 원망도 한탄도 보이지 않
았다. 나는 정말 묻고 싶었다. 전처의 소식을 알아본 적이 있는
지, 그녀가 어디로 시집을 갔으며 또 행복은 한지, 한때 부부였던
당신이 길을 잃어버린 그 여자를 아직 마음속에 두고 있는지를.

하지만 이런 물음이 아주 잔인하다는 생각이 들었다. 조금 술
에 취해 나는 기타를 가지고 와서 아무렇게나 화음을 맞추며 줄
을 튕겼다.

"할 줄 아는 노래 있어요? 한 곡 뽑아 봐요."

라오톈은 부끄러운 듯이 헤헤 웃고는 아주 시커먼 이를 드러
내며 말했다.

"안 돼요, 안 돼, 다 까먹었어요."

기타 연주는 가락도 제대로 맞추지 못한 채 나는 정신이 나가

** 정부 기구의 설치, 조직 구성, 정원, 직무 배치 등을 규정한 것으로 이 편제에 속해야 정부 기구에
속한 정규 노동자로 인정받을 수 있었다.

서 술잔을 들고 벌컥벌컥 들이켰다. 나도 모르게, 그해 처음으
로 맞닥뜨린 불행 속에서 취해 쓰러졌다.

5

나는 다시 만난 리원을 잊고 지낼 수는 없었다.

비록 내게는 가까운 듯 가깝지 않은 듯한 성도省都의 여자 친구가 있기는 하지만, 마음속으로 여전히 짝사랑했던 동창을 염려하며 그리워하고 있음을 스스로 분명히 알고 있었다. 그녀가 나를 줄곧 차갑게 대한다 하더라도 나는 그녀의 속마음을 읽어 내고 싶었다. 언제나 고상하고 순결하며 말수가 적은 이 여자의 차가운 아름다움을 읽어 내고 싶었다.

중고등학생 때 남학생들은 뒤에서 그녀에게 '차가운 미인冷美人'이라는 별명을 붙였다. 그녀는 옷차림이 수수했으며 혼자 다녔고, 좀처럼 웃는 모습을 보이지 않았다. 얼굴에는 늘 어떤 도도함이 묻어났지만, 남들에게 상처를 주는 그런 오만함은 아니었다. 그녀는 같은 반 남녀 친구들 모두와 일정한 거리를 유지하고 있었는데, 세상의 가장자리를 혼자 걸어가는 것 같았다. 우연히 운동장에 날아들어 날개를 쉬고 있는 비둘기처럼 언제나 남들에게 경계심을 보였다. 누군가 가까이 다가가려고 하면, 그녀는 곧바로 뒷걸음질 치거나, 심지어 날개를 펼쳐 멀리 날아가 버렸다.

리원은 처음부터 성적이 아주 뛰어나 나와 늘 우열을 가리기 어려웠다. 그러나 그녀의 얼굴과 눈에는 선천적으로 우울함과 단정함이 서려 있었다. 그래서 선생님들도 평소 감히 그녀를 지명하여 물음에 답하라고 시키지는 못했다. 여자애들은 그녀의 괴팍함을 싫어하는 것 같았고, 남자애들은 조금 대담하게 그녀에게 다가갔지만, 모두 그녀의 호응을 전혀 얻어 내지 못하거나 거절을 당했다.

뒤이은 날들 속에서 나는 일하고 싶은 마음이 전혀 없었다. 날마다 따분하게 서류들을 뒤적거렸다. 눈을 뜨고 있든 감고 있든 어느 때나 벽돌과 나무로 지은 공소사를 멀리서 바라보거나 상상하였다. 하늘의 뜻인 것처럼 다시 만난 터이니, 그렇다면 나는 반드시 그녀의 삶으로 들어가야 했다. 그리하여 나는 따뜻한 저녁에 술잔을 받쳐 들고 공소사를 향해 걸어갈 수밖에 없었다.

술을 사는 일은 은연중에 내가 그녀에게 접근하는 유일한 이유가 되었다. 취한 척하고 미친 체를 해서라도 나는 그녀가 어떻게 여기까지 오게 되었는지 알고 싶었다. 풀지 못한 수수께끼인 채로 그녀를 그렇게 내버려 둘 수는 없었다. 나는 살짝 두려운 마음을 안고 가게 안으로 들어갔다. 그녀는 머리를 숙이고 뜨개질을 하고 있었다. 그가 뜨는 옷은 거의 완성된 남자 스웨터로 보였다. 나는 조금 질투심이 났고 불안했다.

그녀는 내가 갑자기 들이닥칠 것을 예상하거나 감지했던 것처럼 머리를 들고 흘겨보더니 다시 머리를 숙이고 작은 소리로 말했다.

"왔어?"

친절하지도 차갑지도 않은 말투였다. 서로 잘 아는 오랜 친구 같기도 하고, 이야기하고 싶은 마음이 조금도 들지 않는 이웃 같기도 하였다. 나는 그녀를 보러 왔다고 고백할 수가 없어서 계속 핑곗거리를 댈 수밖에 없었다.

"술 반 근만 더 줘. 술 좋다, 아주 깔끔해."

그녀는 하고 있던 일을 그만두고 싶지 않은 것처럼 보였다. 숙련된 솜씨로 뜨개질을 하면서 머리도 들지 않은 채, 크지도 작지도 않은 목소리로 조금 나무라듯이 말했다.

"너무 빨리 마시는 거 아냐?"

"여긴 너무 한가롭고 조용해. 정말 심심하고. 술 마시는 거 말고 할 게 없어."

"성도省都가 아무래도 낫지. 여긴 대학생이 있을 곳이 못 돼."

그녀는 짜던 스웨터를 내려놓고 몸을 일으켰다. 말투가 어딘가 모르게 비꼬는 데가 있는 것 같았다. 그녀의 미소에도 조금은 야유하는 느낌이 묻어났다. 나는 황급히 해명하듯 말했다.

"아, 아냐, 오해하지 마. 그런 뜻이 아니었어. 넌 언제 여기 왔니? 왜 여기에 있어?"

리원은 쓴웃음을 지으며 무미건조하게 말했다.

"나? 어머니 돌아가시고, 어머니가 하셨던 일을 이어받은 거
야.* 공소사 계통으로 내가 주도적으로 신청해서 여기로 배정받
아 온 거고."

그녀는 구기를 가져와 술을 따라 주고 돈을 받았다. 깊은 얘
기를 나누고 싶은 마음은 없어 보였다. 나를 안으로 들여 잠시
라도 앉힐 뜻이 전혀 없었고 학교 다닐 때를 회상하고 싶어 하
지도 않았다. 오래된 계산대는, 가시나무로 뒤덮인 흙벽 같았
다. 비록 내가 낯가죽을 두껍게 하여 그 담장 너머로 큰 소리로
외친다 하더라도, 돌아오는 것은 냉대와 자상刺傷의 아픔뿐일
것 같았다.

그녀는 술이 가득 찬 항아리를 내 쪽으로 밀었다. 그 바람에 술
이 분노의 몸짓처럼 출렁거렸다. 하마터면 1량兩(10분의 1근, 50그램)
이나 되는 술이 넘쳐흐를 뻔했다. 그녀는 조금 딱딱하게 말했다.

"이렇게 많이 마시진 마!"

나는 그녀의 냉담한 말에 조금 성이 나서 중얼거렸다.

---

* 접반정체接班頂替. 일정한 절차를 밟은 자녀가 부모가 퇴직한 자리를 채우는 것. 노동자 자녀의 취
  업 문제를 해결하기 위해 도입된 제도로 1970년대 말, 특히 '상산하향上山下鄕' 운동이 없어지고
  대량의 청년실업이 문제되었을 때 많이 활용되었다가 고용제도 개혁이 이루어지면서 1980년대 말
  에는 거의 사라졌다.

"내 돈 내고 내가 사는 건데?"

그녀는 내 언짢은 기분을 알아채고서 뜻밖에 멍한 표정을 지었다. 나를 한 번 흘겨보고는 몸을 돌려 스웨터를 정리하였다. 다시는 나를 거들떠보지 않았다. 그녀만의 타고난 울타리가 이미 세워졌음을 알고 나는 잠시 멍하게 서 있다가 난감하게 나왔다. 가게 문을 나와 길에서 바로 술을 몇 모금 들이켰다. 인정할 수 없다는 생각이 갑자기 들었다. 그녀는 무엇 때문에 이처럼 냉담한가? 내가 그녀에게 상처를 준 적도 없잖은가! 다시 돌아가 그녀와 이치를 따질까도 생각했지만, 몇 걸음 걷고 보니 문득 시시하다는 생각이 들어 그냥 집으로 돌아갔다.

길에서 시골에 일 보러 갔다 돌아오는 서기를 우연히 만났다. 그는 내가 얼굴이 불콰한 채로 술잔을 받쳐 들고 있는 것을 보고는 부드러운 말투로 나무랐다.

"샤오관, 고생스러운 시골 생활이 아직 익숙하지 않지? 그래도 아직 젊은이니 술은 조금만 마시게. 몸 상하게 하지 말고. 더욱이 남들에게 안 좋은 인상을 줄 수도 있으니 적당히 주의하게. 일이 중요하잖나!"

나는 마음이 괴로웠던 터라 살짝 화가 나서 말했다.

"서기 동지, 제가 언제 술 먹고 실수한 적이 있었던가요?"

서기는 내 말에서 어떤 분위기를 감지했는지, 내 어깨를 툭 치고는 당당하게 성큼성큼 먼저 가 버렸다.

書中風景
책 속의 풍경

42
80년대 사랑

6

시골 중학교에서 현성縣城(현 정부 소재지)의 제1중학으로 막 전학
한 때였다.

전학 등록을 하던 날, 수업 종이 울리자 학생들은 다들 예전
앉았던 자리에 앉았다. 중간에 편입한 나만 선생이 아직 오지
않은 까닭에 자리를 지정받지 못했다. 나는 교실 뒤에 서서 머
뭇거리며 어쩔 줄 모르다가, 뒤에서 두 번째 줄에 빈자리가 있
는 것을 보고는 내 마음대로 그 자리에 앉았다. 바로 옆 짝꿍 자
리도 비어 있었다.

담임 선생님은 내가 스스로 자리를 찾아 앉은 것을 보고는 따
로 자리를 정해 주지는 않으셨다. 여학생 한 명이 결석했는데
그 아이가 바로 내 짝꿍이라는 말씀만 하셨다. 그때는 남녀 학
생이 꼭 짝꿍이 되어야 했지만, 서로 절대 말을 나누지 않았다.
책상 위에 금을 긋고 누구도 다른 사람의 영역을 침범할 수 없
었다. 나는 짝꿍이 어떤 여자애인지 몰랐다. 줄곧 그 애가 나타
나기를 은근히 기다렸다.

그러던 어느 날 갑자기 그녀, 리원이 내 곁에 나타났다. 내 자

리는 통로 쪽이라서 그녀가 자리를 드나들 때마다 내가 꼭 일어나서 비켜 주어야 했다. 그녀는 늘 수줍어 머뭇거리며 낮은 소리로 한 마디 했다. "미안해." 이처럼 깍듯한 예절은 당시 학우들 사이에서는 흔히 볼 수 있는 일이 결코 아니었다. 그때 이미 그녀는 대단히 예뻤다. 같은 반 많은 남학생들이 운동장 너머로 멀리서 그녀를 짝사랑하고 있음을 능히 알 수 있었다.

그녀가 오가는 모습은 놀라 날아오르는 기러기처럼 가벼웠다. 내 자리를 지나쳐 갈 때마다 은은한 크림 향내를 남겼다. 나는 심지어 그것이 바이췌링百雀羚(1931년 상하이에서 시작된 유명 화장품 브랜드)의 화장품 향이라는 것까지도 알 수 있었다. 은근한 향이 감미로웠다. 우리는 반의 규칙을 지키며 서로 얘기를 나누지 않았다. 하지만 다른 짝꿍들과 전혀 다른 점은, 우리는 줄곧 남들 모르게 서로를 도와주었다는 것이다. 만약 내 펜이 땅에 떨어지면 그녀는 소리 없이 펜을 주워서 내게 건네 주었고, 우리는 잠깐 마주 보고 머리를 숙여서 감사의 뜻을 나타냈다. 그녀가 선생님이 내 주시는 숙제를 잘 듣지 못했을 때면 나는 시선을 딴 곳에 두고서 혼잣말로 중얼거리며 그녀에게 다시 들려주었다.

그 뒤 오래지 않아, '4인방四人幇'*이 타도되고 문혁文革이 끝났

---

* 왕훙원王洪文, 장춘차오張春橋, 장칭江青, 야오원위안姚文元이 문화대혁명 시기 결성한 정치 파벌. 문혁 초기부터 줄곧 '중앙문혁소조中央文革小組'의 주요 성원이었던 이들은 류사오치劉少奇

다. 곧 대학입학시험高考도 다시 치르게 되었다. 고등학교에서 갑자기 문과와 이과를 나누라고 해서 나는 조금도 의심치 않고 문과를 선택했다. 하지만 그녀는 계속 머뭇거리고 있었다. 나는 끊임없이 큰 소리로 다른 친구들에게 내가 무얼 선택했는지 알렸다. 마음속으로는 그녀에게 알려주고 싶었던 것이다. 그녀도 나의 선택을 따라 주기를 남몰래 갈망했다.

그녀는 누구한테도 자기 선택을 알리지 않았다. 그녀는 이과 성적이 문과 성적보다 눈에 띄게 나왔다. 그러나 결국 그녀도 문과반 교실에 앉았다. 그녀가 나 때문에 그런 선택을 했음을 나는 어렴풋이 느꼈다. 내 눈에는 고마움의 뜻이 가득했지만, 그녀는 조금도 개의치 않았다.

분명한 점은, 리원에게 다가가려고 술을 사느라 내 주량이 늘었다는 것이다. 나는 며칠에 한 번씩 일부러 찾아갔다. 어떤 때는 아예 말 한 마디도 하지 않은 채 머그잔을 계산대 위에 올려 놓았고, 그녀가 술을 담아 주면 돈을 내고는 바로 돌아 나왔다.

와 덩샤오핑鄧小平의 이른바 '자산계급 사령부資産階級 司令部'를 타도하는 데 앞장섰을 뿐만 아니라, 마오쩌둥의 '최고지시最高指示'를 내세워 문혁을 이끌며 막강한 권한을 휘둘렀다. 하지만 1976년 9월 마오쩌둥이 죽은 뒤, 10월 6일 당권을 찬탈하려는 시도를 했다는 혐의로 이들이 체포되면서 문혁 10년이 끝을 맺는다.

마치 화가 났다는 것을 보여 주려는 듯. 내가 방문할 때마다 그녀는 늘 무덤덤하게, 그러면서 자연스럽게 응대하였다. 그녀의 냉정함 탓에 내 상처는 더 깊어졌다. 나는 까닭 없이 솟구치는 화를 애써 참으면서도 꼭 한 번은 폭발시키고 싶은 갈망을 절실하게 느꼈다.

저물녘이 되었을 때, 리원이 울적한 얼굴로 가게 문을 닫을 준비를 하고 있었다. 그녀가 무슨 생각에 잠겨 있는 듯한 때에 나는 얼굴 가득 언짢은 표정을 띠고 그녀의 시야에 뛰어들었다. 문을 닫는 시각에 억지로 가게에 들어가서는 말했다.

"술 반 근만 더 줘!"

그녀는 차가운 얼굴로 나를 살펴보더니 대나무 구기를 가져와 천천히 술을 따랐다. 나는 술을 받아서는 계산대 옆에 기대어 일부러 도발하듯 갑작스레 술 한 모금을 들이켰다. 그녀의 옆얼굴에 평소에는 없던 냉소가 어렸다. 나는 문득 술맛이 이상하다고 느꼈다. 다시 한 번 맛보고는 땅에 술을 내뿜었다. 나는 그녀를 나무랐다.

"네가 판 이 술은 어째서 마실수록 더 묽어지니? 도수도 전혀 맞지 않아!"

그녀는 웃는 듯 마는 듯한 표정을 지었다.

"오래 놔 둬서 김이 빠졌을 테니, 당연히 술맛이 안 나지."

나는 고함을 쳤다.

"허튼소리! 술은 묵을수록 더 좋아지는 법, 술에 물 탄 거 아냐? 어떻게 이런 짓을 할 수 있어? 네가 직접 맛을 봐!"

그녀는 나를 노려보더니 앵두 같은 입술을 깨물고는 대꾸하지 않았다. 몸을 돌려 바닥을 쓸려고 했다. 나는 끝내 참지 못하고 화를 터뜨렸다.

"너, 내가 널 뭐 어쨌다고, 나한테 왜 이래? 이 동네 사람들 중에 내가 아는 사람이라곤 친구인 너밖에 없는데, 날마다 너 보러 오고 싶었는데, 나한테 이렇게까지 해야 해?"

흥분한 내가 말을 더듬으면서 비난하는데도, 그녀는 화를 내기는커녕 모처럼 웃으며 말했다.

"술에, 물 좀 탔어."

"구태여 이럴 필요 있어? 어떻게 가짜 술을 팔 수 있어?"

나는 놀랍고 의아하다는 얼굴로 따져 물었다. 그녀는 계속 쓴 웃음을 지으며 말했다.

"이 술은 널 위해 준비한 거야, 너한테만 파는 거야."

"내 술에 물은 왜 탄 거야?"

나는 여전히 이해가 되지 않아 따졌다. 갑자기 그녀의 얼굴빛이 일그러졌다. 그녀가 눈썹을 추켜세우며 말하는 것을 나는 처음 보았다.

"나… 나는 네가 이러고 사는 걸 보고 싶지 않아. 끙끙거리며, 술로 근심을 푼다고? 너만 때를 만나지 못해서 능력을 펼쳐 볼 수 없다는 거야? 이 산골 마을에 얼마나 많은 사람들이 먹고 입을 것이 부족한지, 시골 관리鄕官라는 네가 알기나 해? 그들을 위해 한 게 뭔데? 이 사람들을 위해 윗사람들에게 선전 활동을 했어, 호소를 했어? 중고등학교 때, 그래도 넌 열심히 했지. 시험을 봐서 산골에서 벗어나 큰일을 이루려고 했어. 그런데 이제 보니 대학 다니면서 술 마시는 것만 배웠어? 이제 막 조금 마음에 안 드는 일을 만났다고 남 탓을 하고 술에나 취해 살아? 너처럼 하면, 여기 농민들은 살지도 못하겠네? 그래, 내가 가짜 술을 팔았어! 돈 돌려줄게, 가서 고발해! 나야말로 쓸데없이 남일에 끼어들었지!"

그녀는 바로 서랍을 열고는 돈을 돌려주려고 했다. 나는 재빨리 그녀를 막았다. 나는 욕을 먹고는 놀라서 눈이 휘둥그레졌다. 그녀의 마음속에 처음부터 나에 대한 관심 어린 사랑이 있었음을 문득 깨달았다. 갑자기 기쁨과 감동이 밀려왔다. 황급히 그녀에게 사과했다.

"내가… 오해했어, 잘… 잘못했어."

나는 어쩐지 감정이 북받쳐서 그녀의 한쪽 손을 잡고는 돈을 돌려주려는 그녀를 가로막았다. 그녀는 눈을 부릅뜨고 나를 노려보다가 내 얼굴에서 부끄러움과 안타까움을 보았던지 그녀의 눈에 어리던 어두운 그림자가 차츰 사라지는 것 같았다. 그녀는 냉정하면서도 예의를 잃지 않고 내게 잡혔던 팔을 뺐다. 마지막

엔 어쩔 줄 몰라 멍한 내 눈을 보면서 한 마디 한 마디씩 또박또박 낮은 소리로 말했다.

"네가 너 스스로에게 떳떳하기만 하면 돼."

7

그날 밤 나는 처음으로, 초라하지만 여성스러움을 잃지 않은
그녀의 침실로 초청받았다. 한바탕 싸우고 난 뒤에, 우리 둘은
아주 뚜렷하게 가까워졌다. 비로소 조금이나마 진정한 옛 동창
을 만난 것 같았다. 우리는 서로 익숙한 화제를 입에 올렸다. 그
러나 나는 여전히 마음이 놓이지 않아서 차를 마시며 얘기하는
가운데 조심스럽게 그녀의 지난 삶을 알아보려고 했다. 나는 그
해의 입시를 떠올리고는 그녀에게 물었다.

"넌, 겨우 1점 모자랐을 뿐인데, 재수했더라면 대학에 붙었을
텐데, 왜 안 했어?"

그녀는 입을 삐죽이며 웃었다.

"1점, 그걸 바로 운명이라고 하는 거야. 내가 입학시험을 볼
때, 아버지는 문혁 시기의 '3종인三種人'*으로 지목되어 격리 조

---

* 1982년 덩샤오핑이 발표한 〈지도 그룹 내부의 삼종인 청산 문제에 관한 통지 關於淸理領導班子
中"三種人"問題的通知〉라는 글에서 '가장 위험한 이들'로 지목된 공산당 안에 존재하는 세 부류
의 사람. 첫째, 린뱌오林彪와 장칭江青 같은 반혁명집단을 좇아 조반造反을 일으키는 사람, 둘째,
파벌주의가 강한 사람, 셋째, 폭력과 파괴 · 약탈을 일삼는 사람이다. 중국공산당은 1983년 10월부

사를 받고 있었어. 내가 시험에 붙었다 하더라도 정치심사政審[**]를 통과하기 어려웠을 거야. 뒤에 어머니 돌아가시고 아버진 농사 지으며 사상을 개조하라는 처분을 받아 여기로 쫓겨났어. 나로선 어머니 하시던 일을 이어받지 않을 수 없었어. 늙고 병든 아버지를 내버려 두고 재수해서 대학을 갈 수 있었겠어?"

그녀의 집안 사정을 나도 조금은 알고 있었다. 당시 대학 입시에서도 분명 엄격한 정치심사가 있었다. 출신 집안이 안 좋은 애들은 대학에 붙더라도 뽑아 주지 않았다. 나는 한숨을 내쉬었다.

"아, 너희 아버지는 대학생으로 현 안에서 글 잘 쓰기로 알아주는 분이셨지, 안 그래?"

그녀는 탄식했다.

"인재! 아버진 재주와 명성 때문에 평생이 어그러지고, 망가졌어!"

나는 그녀를 위로하고 싶었다.

"넌 더 밝게 살아야 해, 모든 게 나아질 거야."

그녀는 입을 삐죽이며 웃었다.

터 1987년 5월까지 전 당 범위 안에서 '세 부류 청산운동'을 대규모로 진행했다.

[**] 당원이나 공무원·군인이 되려는 사람을 대상으로 정치 경력, 가족과 친척을 포함한 사회적 관계, 당의 노선과 정책에 대한 태도, 중대한 역사적 사건에서의 정치 활동 등을 조사하여 합격 여부를 가리는 것.

"난 아주 밝아. 어떤 사람처럼 하루 종일 술로 근심을 달래지
는 않아."

나는 그녀가 나를 살짝 놀리고 있다는 것을 알아채고는 쑥스
러워서 그녀의 말을 끊었다.

"저기, 우리 언제 너희 아버님 뵈러 갈까? 어느 대隊(지방 행정조
직의 편제 단위)에 계시지?"

그녀는 바로 얼마 전에 다녀왔다고 했다.

"다음 일요일에 가자. 아버지도 네가 여기로 배정받아 온 것
을 알고 계셔."

나는 얼굴에 기쁜 빛을 띠고 물었다.

"아버님께 말씀 드린 거야?"

그녀는 무슨 생각이 들었는지 갑자기 말을 멈추었다. 그러더
니, "시간이 너무 늦었어, 너 가는 거 배웅해 줄게"라고 말했다.

우리 둘은 몸을 일으켜 문밖으로 나갔다. 그녀가 다시 몸을
돌려 선반으로 가서는 손전등을 꺼내어 건전지를 넣고 억지로
내게 건넸다.

"길엔 등이 없어. 이걸로 비추면서 가. 넘어지지 말고. 까먹지
말고 내일 손전등 갖다 주면 돼. 파는 물건이야."

나는 배웅할 필요가 없다며 그녀를 막아서서 농담을 건네며
웃었다.

"차라리 내게 강매하면 되겠네."

마침내 우리는 정말 오랜만에 시원스럽게 웃었다. 웃음소리가 처음으로 작은 향진의 거리에 울렸다.

그날 늦은 밤, 향 정부가 있는 저택으로 돌아온 나는 얼굴 가득 기쁨이 넘쳤다. 마치 첫사랑에 빠진 때로 되돌아간 것 같았다. 나는 기타를 꺼내 혼자서 〈엘리제를 위하여Fur Elise〉와 영화 〈러브 스토리〉의 주제곡 같은 애절한 곡들을 반복해서 연주했다. 그러면서 제 풀에 감동하여 기분이 엉망진창이 되고 말았다.

리원이 내게 관심이 있다는 것을 나는 알았다. 그녀는 얼음처럼 차가운 얼굴 아래 줄곧 타고난 따뜻함과 선량함을 숨기고 있었던 것이다. 그런데 이런 관심이 동창으로서의 우정에서 비롯된 것인지, 아니면 또 다른 사랑하는 마음인지, 분명하게 파악하기 어려웠다. 그러나 어쨌든 적어도 우리 사이에 있던 단단한 얼음이 깨지기 시작했으며 봄물이 나날이 천천히 흐르는 것을 처음으로 느꼈다. 얼음처럼 깨끗한 피부 아래에 있는 우리의 핏줄은 있어야 할 온기를 유지하고 있었다. 멀고 깊은 산속, 구름과 안개가 자욱한 곳 꽃가지에서 살포시 꽃이 피는 것을 나는 보았다.

대학 때 연애했던 여자 친구와 애정이 없었다고는 할 수 없다. 그러나 이런 학내 연애는 졸업하고 일자리를 배정받은 뒤에는 종종 깨지곤 했다. 더 중요한 것은, 고등학교 때 리원에게 느꼈던 설렘을 그 친구에게서는 끝내 느끼지 못했다는 점이다. 지금 기이하고 특별한 운명이 리원을 내 곁으로 밀어 보냈다. 이로써 내 마음 깊은 곳에서 원래부터 그녀를 줄곧 잊지 않고 있었음을 비로소 인정하게 되었다.

그런데 리원은 내게 어떤 감정을 갖고 있을까, 아직은 감히 물어볼 수 없었다. 혹여 작은 금이라도 생겨 이 청자靑瓷가 깨져버리지 않을까 두려웠다. 성도의 여자 친구와 시골의 판매원 가운데 누구를 선택하고 싶은지 스스로에게 한번 물어보았다. 만일 후자가 원한다면, 설령 내가 그림자처럼 그녀와 붙어 다니다 이곳에서 늙어 죽는다 하더라도 나는 틀림없이 여기에 남기를 원할 것이다.

8

그날 오후, 초대하지도 않았는데 리원이 갑자기 제 발로 향공소에 나타났다. 서기와 몇몇 간부들이 그녀를 알아보고는 잇달아 놀렸다. 그녀는 거침없이 말했다.

"동창생 이불 좀 빨아 주러 왔어요."

몇 사람이 킥킥거렸다. 나는 조금 쑥스럽긴 했지만, 속으로는 득의양양해서 그녀를 데리고 위층으로 올라갔다. 그녀는 방에 들어가자마자 이불 솔기를 뜯어냈다. 나는 어쩔 줄 몰라 곁에 서 있었다. 그녀는 어머니처럼 잔소리를 늘어놓았다.

"이대로 안 빨다간 이가 생기겠다. 흥, 대학생, 겨우 이 꼴이야? 4년 동안, 독립해서 사는 법을 아직 못 배웠나 보지? 학교 다닐 때 누가 네 바느질과 빨래를 도와주었니?"

나는 속이고 싶지 않아서 머뭇거리며 말했다.

"여자 친구."

나는 조금 안절부절못했다. 그녀는 바로 예민하게 알아채고는 비웃으며 말했다.

"틀림없이 미인이고 똑똑한 여자일 텐데, 집안일도 할 줄 아니, 넌 참 복 받았네."

"그렇게 말할 순 없지. 반엔 여학생이 적고 걔들을 쫓아다니는 남학생은 많았는데, 뜻밖에 그 애가 나를 쫓아다니니 허영심이 생기더라고. 그래서 사귀게 된 거야."

그녀는 사뭇 별 뜻 없다는 듯 편하게 물었다.

"친구는 성도에 남아 있고?"

"응, 거기 출신이야."

그녀는 차분한 목소리로 말했다.

"그럼, 너 열심히 공부해서 대학원 시험 붙어서 돌아가야겠네? 사람 너무 오래 기다리게 하지 마. 날마다 풀이 죽어서 학업을 잊어버리는 일은 없어야지. 더욱이 넌 향진 간부에 어울릴 사람은 아냐. 그저 지나가는 사람일 뿐이야. 바깥 세계야말로 네가 마음껏 날아다닐 곳이지."

이렇게 말하고 나니 서로가 조금 슬픈 느낌이 들었다. 그녀는 갑자기 말을 멈추었다. 나는 무언가 고백하고 싶은 마음이 들었던지 일부러 가볍게 말했다.

"대학원 못 붙으면 그냥 헤어지지 뭐. 각자 자기 길 가야지, 어쩌겠어?"

그녀는 이 말을 듣고 갑자기 화가 난 것 같았다. 낮은 소리로 격하게 말했다.

"사랑이라는 게 그렇게 가벼워? 너 경박하지 않아?"

실언했다는 것을 알고 나는 말문이 막혔다.

"나… 나, 아이고, 내가 무슨 말을 해야 되는데?"

그녀는 나를 흘겨보고는 뜯어낸 이불을 안고 냇가로 갔다.

해질 무렵, 강가의 큰 바위 위, 그녀는 햇살 아래서 이미 마른 이불 홑청을 정리하고 있었다. 목화솜을 털고 이불을 꿰매 주었다. 나는 곁에 앉아서 손 가는 대로 돌을 집어 물수제비를 뜨면서 은근한 눈빛을 머금고 어질고 똑똑한 아내 같은 그녀를 살펴보았다. 그녀는 한 땀 한 땀 바느질을 다 하고서는 이로 실을 물어서 끊었다. 그녀가 내게 당부했다.

"가을이 되니 날이 차. 이불은 자주 꺼내서 햇볕에 말리고 습기를 없애야 잘 때 햇빛의 향내를 맡을 수 있어."

나는 놀라서 말했다.

"햇빛의 향내, 와, 시구가 따로 없네. 사실 난 너를 생각하면 안타까워. 그때 우리 반에서 너야말로 진정한 수재이면서 미녀였지. 지금 널 보면 어쨌든 마음이 아파."

그녀는 정색하며 되물었다.

"내 지금이 어때서, 대학 안 들어가면 잘 못 사는 거야?"

나는 감히 그녀의 아픈 곳을 찌를 수 없어서 기분을 맞추어 주었다.

"그럼, 너 잘 살고 있지. 더 이상 말 안 할게. 화내지 마. 나는 네 웃는 얼굴이 좋아. 넌 좀처럼 웃지 않지만, 한번 웃으면 대단한 매력이 있어. 정말 예뻐. 특히 끝내 가시지 않는 아름다움이 있지. 이 산과 이 물처럼, 처음에는 차갑게 느껴지지만 오래 머물러 살면서 볼수록 더욱 매력이 있어. 진정한 아름다움은 말이 필요 없는 거야有大美而不言.*"

그녀는 빙그레 웃으며 말했다.

"어디다 함부로 비교하는 거야, 낯간지럽지도 않아?"

석양 아래에서 그녀가 웃는 모습을 보니 마음속에서 따뜻함이 가없이 솟아올랐다. 문득 그녀의 진실한 감정을 알아보고 싶었다. 나의 짝사랑을 그녀 앞에서 최종적으로 확인받기를 갈망했다. 그때 나는 열광적으로 시를 쓰는 문학청년이었다. 고요한 밤이 오면 시를 쓰곤 했다. 그 대부분은 그녀를 생각하며 읊은 것이었다. 당연히, 그 미숙한 시대에 시란 것은 그 시대와 마찬가지로 단순하고 솔직해서 조금도 깊은 뜻이 없었다. 마치 우리, 고난의 경험이 없는 나약한 청춘들처럼 심심하였다. 그녀를 떠보려고 말했다.

---

* 《장자莊子》〈지북유知北遊〉편에 나오는 구절인 "天地有大美而不言 , 四時有明法而不議 , 萬物有成理而不說(천지는 큰 아름다움을 지니고 있음에도 말이 없고, 사시엔 뚜렷한 법칙이 있어도 의론하지 않으며, 만물은 생성의 이치가 있음에도 말하지 않는다)"에서 가져온 말. 장자는 '천지의 도道'를 논하며 '大美'를 거론하였다.

"시 한 수 읽어 줄게."

그녀는 듣는 둥 마는 둥 머리를 숙이고 이불을 갰다. 옆을 보면서도 말은 하지 않았다. 나는 용기를 내어 강물을 바라보며 시를 읊기 시작했다.

약속한 적도 없는데 벌써부터 와서
4월의 방초가 강을 따라 늘어섰네.
웃어 준 적도 거의 없는데 바로 떠나야 하니
눈물이 강물 따라 마음에 차고 넘치네.

서로 본 적도 없이 이미 고백을 하고
5월의 낙화落花는 물을 따라 떠도네.
아무 암시도 없이 말없이 가만히 마음을 주니
긴긴 밤 등잔에 불을 붙인 듯하네.

이별 키스도 채 못했는데 벌써 기다리기 시작하여
6월 늦바람에 맑은 이슬 뺨에 가득하네.
드러내 말하지도 못했는데 어느새 수수께끼가 되어
세월 지나 마음속에 깊숙이 묻혔네.

그 한 마디 말은 했으나 하지 않은 것과 같고

그 한 마디 말은 하지 않았어도 한 것과 같네.

시를 다 읊고 나서 나는 무언가 기대하면서 그녀를 바라보며 물었다.

"마음에 들어?"

그녀는 나를 쳐다보지도 못하고 온 힘을 다해 자제하면서 말했다.

"무슨 말인지 잘 모르겠어. 너희들이 쓰는 이런 신시新詩(5·4 신문화운동 이후 중국 고전시가의 전통적인 엄격한 형식을 벗어던지고 일상의 구어로 쓴 시)는 이해가 안 돼."

나는 조금 실망했다. 시를 읊으면서 고백하고 싶었는데, 그녀는 내 이불을 안고 황급히 강가 언덕 위로 올라갔다.

9

공무자이公母寨라는 지명은, 주변의 높은 산 정상에 봉우리 두 개가 따로 우뚝 솟아 있고 사면이 절벽으로 둘러싸여 있어서 붙은 것이다. 높은 봉우리는 남자의 성기 같고 낮은 것은 여자의 젖가슴 같아서 그곳 사람들이 각각 이름을 달리 지어 공자이公寨와 무자이母寨라고 불렀던 것이다.('공公'은 수컷, '무母'는 암컷을 뜻한다.) 산골 마을마다 사람이 살고 있을 텐데 올라가든 내려가든 수천 개의 돌계단을 지나야 했다. 리원의 아버지는 징벌의 의미로 공자이로 하방당해 농사를 짓고 있었다. 일요일에 그녀와 함께 그녀의 아버지를 찾아뵙기로 약속했다.

그 당시 향진의 공소사는 시골에서 유일하게 상품을 사고파는 데였다. 리원 말로는 산골 사람들은 물건 사러 산을 내려오기가 어려워서 자기가 봉사하는 셈치고 일용품을 짊어지고 산골로 올라간다고 했다. 산길이 좁고 산세가 가팔라서 산을 오르기가 힘들었다. 나는 그녀와 번갈아 가며 짐을 지었다. 이제야 비로소 이들 부녀가 고향 아닌 곳에 떨어져 고생스럽게 살아가고 있음을 진정으로 체험하였다. 내 다릿심은 뜻밖에도 그녀와

비교할 수가 없었다. 조금만 걷고 나면 그녀가 이렇게 말해야
했다.

"좀 쉬었다 가, 대학생!"

산길에서도 농촌 여자처럼 익숙하게 멜대를 지고 몸을 흔들
거리며 가는 그녀의 아름다운 모습을 보며 마음속에서 무한한
아픔이 솟아났다. 나는 그녀 어깨에서 짐을 빼앗아 지고 힘겹게
앞으로 나아갔다. 절로 감탄이 나왔다.

"너, 정말 고생한다. 너희 아버지는 어떠시니? 잘 지내시겠
지?"

"시골 사람들이야 순박하고 정치에 관심이 없어서 오히려 아
버지를 잘 돌봐 줘. 짐을 다른 쪽 어깨로 옮겨. 이리 줘봐."

그녀는 고집스럽게 멜대를 도로 빼앗아서는 어깨에 메고 계
속 나아갔다. 산길의 경사에 따라 걸음걸이도 어쩔 수 없이 비
틀거렸다. 내 몸이 힘들어 탈이 날까 염려해서 그녀가 무거운
짐을 스스로 감당하려고 애쓴다는 것을 알고 있었다. 멜대를 지
고 오래된 산길을 비틀거리며 천천히 올라가는 그 힘겨운 뒷모
습을 멍하니 바라보다가 문득 콧부리가 찡했다. 다 큰 사내인
나한테도 버거운 무게를 아름답고 가녀린 어린 여자가 어깨에
모두 짊어지고 있었다.

리원의 아버지는 산꼭대기 위에 있는 코딱지만 한 초막에서 몹시 가난하게 홀로 지내고 계셨다. 일반 농가와 유일하게 다른 점은 방 안이 아주 깨끗하고 침대밑에 책 한 더미가 있다는 것이었다. 50년대에 대학생이었던 그는 예전에 현 위원회 사무소에서 일을 하다가 문혁 시기에 줄을 잘못 서서 문혁이 끝난 뒤 곧바로 시대의 보복을 당했다. 어르신老人은 이미 늙수그레한 농민이 다 되셨지만, 나를 맞이하며 여전히 예의를 깍듯이 갖추어 차를 끓이고 인사말을 건네셨다. 그에게서는 어떤 문아한 기품이 묻어났다.

리원은 아버지께 밥을 차려 드리고 나더러 아버지와 함께 술 한 잔 하도록 했다. 그녀 자신은 서둘러 밥을 먹고는 물을 길어서 아버지의 옷을 빠느라 분주했다. 화로에서 나무뿌리가 타며 피어오르는 불꽃과 연기가 우리 얼굴 앞에서 반짝거렸다. 나는 어르신과 술잔을 기울이며 이야기를 나누었다. 한담을 나눈 뒤에, 나는 그가 살았던 시대의 지식인이 왜 문혁 시기에 노선투쟁에 휩쓸리게 되었는지 물었다. 그는 눈살을 찌푸리며 말했다.

"사실 원래는 관료체제를 겨냥한 투쟁이었네. 하지만 뒤에 군중운동으로 변질되고 곧 일반적인 재난을 초래하게 된 거지. 이는, 우리 세대의 비극일 것이네."

나는 조심스럽게 물었다.

"운동 초기에, 어르신께선 혁명의 흐름이나 결과를 제대로 못

보셨나요?"

그는 낮은 소리로 그러질 못했다고 했다.

"솔직히 말하면, 어떠한 사물이든 그 발전에는 모두 내재적인 규율이 있어서 사람의 의지대로 움직이지 않네. 사람이 이런 내재적인 규율에 휩쓸려 앞으로 나가게 되면, 가야 할 방향을 잃어버려서 그 흐름을 장악할 도리가 없지. 이것이 바로 역사라네."

"예, 무슨 말씀인지 잘 알겠습니다."

어르신은 계속해서 말했다.

"예를 들어, 자네의 부친으로 말하면, 나도 아는 사람이네만, 국가의 기층 조직에서 일하는 성실하고 좋은 관리였지. 자네 보기에 자네 부친은 아무런 악행도 저지른 적이 없을 걸세. 하지만 그때 그도 마찬가지로 군중의 집중 공격과 비판투쟁을 피할 수는 없었네. 왜 그럴까? 사실 자네 부친은 사람들이 몇 십 년 동안 쌓아 왔던 관료 집단에 대한 분노를 자기 몸으로 감당했을 뿐이네."

"맞아요. 어릴 때, 조반파造反派*가 우리 집에 들이닥쳤을 때, 저는 그들을 매우 원망했습니다. 당연히 아주 두렵기도 했구요.

---

* 문혁 시기 집권 세력인 당권파當權派에 대항했던 파벌. 홍위병이 주축을 이루지만 나중엔 노동자들도 가담했다. 당권파의 권력을 탈취하는 과정에서 내부 분열이 일어나 격렬한 무장투쟁을 벌이기도 했다.

그런데 나중에 대학에서 공부할 때 동학 가운데 적지 않은 사람들이 당시의 라오산제老三届**홍위병紅衛兵이었습니다. 그들과 교류하면서 그들이 한 시대의 이상주의자에 가까웠다는 것을 비로소 깨달았습니다. 그들의 잘못은 급진적이었다는 것과 자신들이 사회를 개혁할 수 있다고 여겼던 데에 있습니다."

어르신은 내 생각에 조금 놀라는 것 같았다. 머리를 끄덕이며 '응'이라고 말했다.

"자네는 이해력이 뛰어나군. 이 비극에서, 나와 허다한 사람들은 모두 그 때문에 결과에 책임을 지고 있네. 처벌을 받으면서 나를 돌아보고, 그래서 역사의 본질을 더 명확하게 볼 수 있게 된 것도 나쁘지는 않겠지. 이 나라는 문혁으로 빚어진 혼란을 바로잡을 필요가 있네. 그런데 어떤 세대의 젊은이든 모두 청춘의 격분을 지니고 있어서 한순간 가볍고 성급하게 움직여 가장 좋은 동기를 가장 나쁜 결과로 바꾸어 낼 수도 있네."

"그 말씀은 조그마한 진보라도 비참하고 쓰라린 대가를 치러

** 1966~1968년에 졸업 예정이었던 중고등학교 3개 학년 학생들. 1966년 5월 문혁이 시작하면서 이들은 수업을 그만두고 홍위병에 참가하였다. 이로써 학교 수업은 1968년 말까지, 2년 반 넘게 멈추었고 전국 학교는 마비 상태에 이르렀다. 결국 이들은 학교 교육을 제대로 받지 못했고 졸업을 할 수 없어 모교에 남을 수밖에 없었다. 1968년 말에야 이들 모두가 한꺼번에 졸업했다. 이들 중 출신 성분이 좋은 일부는 상급학교에 진학할 수 있었지만, 나머지 대부분은 '지식청년知青'으로 불리며 취업대란의 피해자가 되었다. 이 지식청년들은 상산하향上山下鄕운동의 대상이 되어 농촌과 산골에 배정되어 노동하면서 살아갔다.

야 한다는 뜻인지요? 사회 전체가 발전하려면, 개체의 삶은 역사의 바퀴 아래에서 핏덩어리가 되어야 한다는 말씀인지요?"

어르신은 쓴웃음을 지으며 말했다.

"자네는 정말 훌륭하군. 이해력이 뛰어나네. 나는 자네 집안을 대략 알고 있고, 자네가 쓴 글도 본 적이 있네."

나는 곁눈질로 리원을 보았다. 아마도 그녀가 보여 드렸을 것이다. 그녀는 머릴 숙이고 얼굴이 발개진 채 말을 하지 못했다. 어르신이 계속 말을 이었다.

"응당 자네가 매우 훌륭한 자질을 지니고 있다고 말해야겠지. 이런 외지고 궁벽한 곳에서 내가 만나 본 가장 잠재력이 있는 청년일세. 이 다바산大巴山(쓰촨四川 · 산시陝西 · 후베이湖北, 세 성의 경계에 걸친 산맥)은 많은 사람들의 꿈을 가두었네. 무릇 산을 벗어날 수 없는 사람들은 결국에는 평범하게 되어 버리지. 샹시湘西(상시 토가족 · 묘족 자치주)는 선충원沈從文(1902~1988, 저명한 작가이자 역사문화 연구자) 선생 때문에 이름을 날렸네. 내가 보기에, 자네가 고향에 그런 영예를 안기지 못하면 자네는 이 땅에 부끄러워해야 할 것이네. 나는 자네의 시에서 조숙한 사상을 읽었지만, 어떤 퇴폐적인 것도 읽었네. 젊은이, 자네의 삶은 막 시작했네. 아픔을 노래하고 시름을 읊조리는 것이 일부러 고통을 꾸며내는 것은 아니겠지만, 적어도 정서와 의지에 영향을 미칠 수 있으니, 결코 좋은 일은 아니네."

나는 긴장하여 얼굴이 빨갛게 달아올랐다.

"어르신, 가르침을 주셔서 고맙습니다."

리원이 옆에서 끼어들었다.

"아버지, 말씀 그만 하세요. 아직은 손님이에요."

나는 황급히 말했다.

"괜찮아, 괜찮아. 선배님의 가르침을 듣고 싶었어."

어르신은 웃으며 말했다.

"그래, 이런 얘기는 그만하지. 다만 이 늙은이의 말이 자네에게 도움이 되길 바라네."

山中小屋

산 속 작은 집

나와 리윈은 눈에 띄게 가까워지기 시작했다. 그러나 80년대 초에 진정한 사랑 고백이란 끓는 물에 뛰어들거나 불 위를 걷는 것처럼 힘든 일이었다. 우리 같은 학우 사이에서는, 일단 고백을 했는데 상대방이 이를 받아 주지 않으면, 틀림없이 친구 사이로도 평화롭게 잘 지내기가 어렵게 된다. 대부분은 사이가 점점 더 멀어지게 된다. 예민하고 무른 마음으로는 거절을 맞닥뜨리는 법을 배울 수 없는 것이다

눈앞에서 이처럼 따스하고 친근하게 서로 아껴 주는 가운데 우리는 아주 조심스럽게, 애매한 관계를 지켜 갔다. 사랑의 줄이 일단 팽팽하게 당겨지면, 처음에는 잘 짤 수 있었던 사랑의 그물이 끝내 끊어지지는 않을까 두려웠다.

우리는 왕래가 점점 잦아졌다. 윗길에서 아랫길까지 천 여 미터쯤 이어진 길은 마치 우리 운명의 활주로 같았다. 나는 그 길고 긴 길을 열심히 내달려 날마다 그녀의 별하늘에 날아오르기를 갈망했다. 이 쓸쓸한 변두리 향진에서, 이 적막한 시대에, 나와 그녀는 세속을 벗어난 평온함을 지키고 있었는데, 어느 한

순간 나는 서로 의지할 운명인 것처럼 그녀를 아끼게 되었다.

온 향진을 통틀어 현성縣城에서 온 청년은 우리 둘밖에 없었다. 그녀는 일찍부터 산골 마을 사람들과 융화된 착한 사람이다. 마을 사람들은 그녀가 몇 해 동안 보여 준 겸손하고 온화하면서도 꼼꼼한 태도에 감동하여 늘 그녀에게 예의를 갖추었으며 존경의 마음을 품고 있었다. 우리가 자주 붙어 다니는 것을 보면 언제나 순박한 말로 축하하고 축복해 주었다. 그럴 때마다 나는 은근히 기뻤다. 하지만 그녀는 우리 사이를 해명하지도 않았고 그렇다고 그처럼 마구잡이로 짝을 지어 주는 것에 긍정의 표현도 하지 않았다. 나는 그녀의 헤아릴 길 없는 표정을 훔쳐다 보면서 여전히 안절부절못했다.

일요일 쉬는 날이었다. 강가 모래톱으로 그녀와 소풍을 갔다. 간식과 과일을 차려 놓고 나는 기타를 치고 그녀는 강을 바라보고 앉아 있었다. 이런 그림은 당시 깊은 산골 마을에서는 볼 수 없는, 세속을 벗어난 풍경 같은 것이어서 온 거리의 조각루에는 호기심 어린 부러워하는 눈들이 가득했다.

푸른 산이 사방을 둘러싸고 있고 맑은 물은 맨발 아래로 가볍게 흘러갔다. 골목의 상공에는 이내가 자욱이 깔려 있었고, 멀리 마을 밖에는 들판의 태운 흔적이 보였다. 물소리와 바람 소리가 거대한 화음을 이루는 것 같았다. 곡 하나를 마치고 그녀에게 물었다.

"어때?"

"이 곡은 조금 슬퍼, 다른 곡 없어?"

나도 이 기회에 그녀에게 내 마음을 표현하고 싶었다.

"그럼, 다른 노랠 불러 줄게."

나는 외국의 민가를 불렀다.

행복하네, 그대와 함께라서

목숨이 다할 때까지 그댈 잊을 수 없네.

그대가 바로 나의 행복,

이 기쁨을 가슴속에 비밀스레 묻어야 하네.

그대 마음은 영원히 나에게 이어져 있네.

그대의…

문득 그녀의 뒷모습이 훌쩍였다. 연주를 멈추고 기타를 내려 놓았다. 나는 왠지 두려운 마음으로 그녀의 어깨에 손을 얹으며 물었다.

"울었어?"

그녀가 몸을 살짝 옆으로 틀어서 내 손은 자연스럽게 미끄러 졌다.

"아무것도 아냐."

그녀는 나지막이 말했다. 콧소리가 심했고, 흐느끼고 있었다.

화제를 돌려서 그녀를 위로할 수밖에 없었다.

"너희 아버진 정말 대단하셔. 한 사람으로서 존경을 받든 모욕을 받든 전혀 개의치 않으시니, 이런 경지에 이를 정도면 인품이 뛰어난 선비시지!"

그녀는 쓴웃음을 지었다.

"흥, 실은 아버지도 속으로는 아주 괴로워하셔."

나는 넌지시 떠보려고 물었다.

"네 마음도 그렇게 괴로운 거니? 네가 원하는 게…."

그녀는 곧바로 덤덤하게 웃으며 내 말을 끊었다.

"아니, 이렇게 경치가 좋은 곳에서 아버지를 모실 수 있으니 현성에서 살 때보다 훨씬 더 즐거워."

나는 다시금 말문이 막혔다. 그녀는 줄곧 영리한 물고기처럼 재빠르게 내 손아귀에서 미끄러져 나갔다.

우리는 늘 밤이 될 때까지 함께 시간을 보내며 놀았다. 그럴 때면 나는 항상 공소사 문 앞까지 그녀를 데려다주었고, 그녀도 나를 안으로 들이지 않았다. 우리는 언제나 문 앞에서 헤어졌다. 아쉬워 손을 흔들 때마다 살을 에듯 차가운 달빛이 팔에 가득 흘렀다.

11

성도省都에 사는 연인의 이름은 샤오야小雅이다.

그녀는 정말 내 첫 키스의 연인이다. 그 시절 연애는 그저 껴 안고 뜨거운 키스를 나누는 정도에서 그쳤다. 내 인생 처음 사 귄 사람과 진정한 사랑이 없었다고 말할 수는 없지만, 그 사랑 에는 무언가 아픈 감정이란 없었다. 말하자면, 옛날의 정혼定婚 처럼 집안이 서로 엇비슷한 재자才子와 가인佳人이 만난 것이어 서 아무런 트집거리도 없었다. 다만 우연이나 연애 과정이 없었 을 뿐이다.

샤오야는 공청단共靑團(중국 공산주의 청년단) 간부였고, 나는 불량 한 학생이었다. 그녀는 본래 당의 명령에 따라 나를 공청단에 가입시키려고 했지만, 결과는 오히려 나 때문에 수렁에 빠진 꼴 이 되었다. 일반인들이 보기에, 우리 두 사람은 세속의 아름답 고 원만한 조건에 부합하지만, 각자의 가치관으로 보면 태생적 으로 어떤 불일치가 있었다. 조직에 대한 그녀의 신뢰와 사회에 대한 나의 반감은 적대 관계를 이루었다. 선생은 그녀에게 이런 연애가 오래가지 못할 것이라고 경고했지만, 학생인 나는 더더욱 심사가 뒤틀려서 선생의 예언을 깨뜨리려고 하였다.

이렇게 해서 우리는 사귀기 시작했다. 사귄다는 것을 사람들은 흔히 연애라고 정의한다. 그런데 내가 보기에, 우리 사이는 결혼 얘기가 오고갈 정도가 되었지만 그렇다고 사랑한다고 말하기엔 애매했다. 내가 생각하는 사랑에는 마음을 놀래고 혼을 뒤흔드는 흥분 속에서 뼈와 근육을 모두 손상시킬 만큼 격렬함이 있어야 할 것 같았다. 아픔은 없고 쾌감만 있다면 사랑은 성인들 사이의 남녀 관계일 뿐이다.

샤오야는 이성적인 여인이었다. 졸업하고 일자리를 배정받을 때였다. 학교가 일부러 나를 시골로 쫓아내자 실망하여 내가 마음에 차지 않았다. 그녀는 꼭 붙어 다니며 꽃을 바치고 선물을 보내는 것 같은, 연애의 매너와 의식에 어떤 집착이 있었다. 그녀의 잠재의식 속에서 사랑은 연기하듯 다른 사람들에게 보여줄 것이 있어야 했다. 두 사람이 옷을 멋지게 차려입고선 팔짱을 끼고 천천히 걷는 것이 침대에서 살을 맞대는 것이나 타지에 떨어져 그리워하며 기다리는 것보다는 훨씬 더 완벽하고 아름다운 사랑이었다. 고향에 돌아와 그녀와 멀리 떨어져 지내면서 곰곰 되돌아보니 우리 사이의 감정은 있는 듯 없는 듯 했던 것 같다. 먹자니 맛이 없고, 버리자니 아까운 것이었다.

그날 향공소에 돌아왔을 때 라오톈이 내게 편지 한 통을 전해주었다. 샤오야가 성도에서 보낸 것이었다. 그녀는 편지에 이렇게 적었다.

'짧은 헤어짐에 그리움이 더욱 깊어질 수 있지만, 지나치게 긴 이별에 우리 감정이 사그라들 수 있음을 잘 알아. 왜냐면 사랑은 함께하는 시간과 공간으로 같이 만들어 가야 하는 것이니까. 그래서 나는, 네가 고향 산골 생활에 길들어 내 존재를 잊지 말기를 간절히 바라. 다시 시험을 봐서 산골에서 나왔으면 좋겠어. 네가 좀 더 노력만 하면 시험에 붙어서 성도로 되돌아올 수 있을 거라고 믿어. 내가 절망 속에서 줄곧 너를 기다리는 일은 없도록 해 줘.'

편지를 보면 그녀가 마음씨 고운 사람이 아니라고 말할 수는 없다. 다만, 부드러운 압박 속에 나처럼 천성이 게으르고 삐딱한 사람에게 보내는 마지막 경고가 드러나 보였을 뿐이다. 나는 편지를 아무렇게나 구겨 말아 바닥에 던졌다. 창가에 멍하게 서서 멀리 좁은 골목길 한구석을 바라보았다. 한참을 생각에 빠져 있다가 다시 그 편지 뭉치를 주워 꼼꼼하게 폈다. 찻잔으로 다림질하듯 편지를 쫙 눌러 펴서는 봉투 안에 넣은 뒤 서랍에 두었다. 언젠가 그녀가 이 편지의 행방을 조사하려 들 수 있음을 잘 알았다.

갑작스레 나는 풀이 죽었다. 누구를 선택해야 할지 몰랐다. 그러나 내 마음이 돌아가야 할 본연의 자리를 찾은 것 같았다. 공명과 부귀, 왁자지껄한 도시의 화려한 생활도 모두 포기할 수 있을 것 같았다. 그런데 이것이 내가 정말 원하는 것인지, 아니면 고독한 가운데 느낀 감동 때문인지, 곤경 속에서 싹튼 연민 때문인지 확실히 알 수는 없었다.

리원과 다시 만난 일은 분명 이미 정해진 내 생활을 흐트러뜨렸다. 나는 내 마음을 면밀히 살펴보기 시작했고, 그녀가 여전히 지고지순한 내 첫사랑임을 깨달았다. 여전히 그녀를 품에 안고 싶었다. 하지만 경솔하게 굴다가 그녀의 성결聖潔을 더럽힐까 봐 몹시 두려웠다. 그러나 만일 내가 노력하지 않거나 '손으로 창호지를 뚫지 않으면' 그녀와 사귈 좋은 기회를 눈앞에서 놓치고 아마도 나는 모든 것을 잃게 될 터였다.

나는 달빛 너머로, 그녀가 침실에서 뒤숭숭한 마음으로 초조하게 스웨터를 뜨고 있는 모습을 본 것 같았다. 그녀는 뒤늦게 뜨개질을 잘못 한 것을 깨닫고 실을 풀어서 다시 돌돌 만다. 갑자기 실타래가 침대 아래로 굴러 떨어지자 그녀는 일어나서 실타래를 꺼내려고 한다. 하지만 끌어당길수록 실은 점점 더 길어지기만 하고 실타래는 끝내 나오지 않는다. 그녀는 화가 나서 스웨터를 던져 버린다. 거울을 보면서 땋은 머리를 풀고, 빗질을 한 다음에 다시 땋는다. 땋았다가 다시 풀고 머리 모양을 바꾼다. 나는 거울 속에서 문득 신부의 옷차림이 나타나는 것을 본다. 그녀의 얼굴을 가리는 붉은 수건을 들어 올리자, 눈물이 글썽이는 눈이 보인다. 그녀의 눈 속에서 신부를 맞이하는 빈

가마가 어른거린다. 곧이어 처량한 태평소 소리와 함께 꽃가마가 산길을 지나 멀리 떠나간다….

　일요일 아침 그녀를 부르러 갔다가 그녀의 베개 밑에 시를 적은 쪽지를 몰래 넣어 두었는데, 이날 밤 그녀가 마침내 베개 밑에서 쪽지를 꺼내어 자세히 읽다가 종이 위로 눈물을 떨어뜨리는 모습을 본 것 같다.

　내 사랑, 집을 지어 주세요
　떠도는 혼을 모셔 둘 보탑寶塔
　꺼지지 않을 침상, 그림 같은 산과 호수를 바라보며
　느긋한 만찬은 끝없는 사랑의 속삭임

　추위를 쫓는 따뜻한 한 잔 술처럼, 살짝 취한 어수룩한 이의
　사위지 않는 기억처럼, 마음 따뜻한 차
　담쟁이덩굴의 덩굴손처럼, 봄날을 껴안고 꽃을 피우네
　들판의 모닥불처럼, 유랑인의 고단함을 태워 버리네

　들려주세요, 알았다는 대답 한 마디만
　당신께 맹세해요, 손잡고 하늘 끝까지 함께하기로…

그녀가 얼굴을 가린 채 흐느끼는 것처럼 느껴졌다. 이런 상상

을 하니 나도 갑자기 눈물이 검정 두루마기 위로 쏟아졌다.

12

나와 리원이 서로를 맞이하고 배웅하는 모습은 차츰 마을의 거리 풍경이 되었다.

결국 서기도 향공소 사무실에서 사람들이 소곤거리는 소리를 듣게 되었다. 그는 나를 찾아서는 심각한 얼굴로 뒤에서 오가는 말을 전했다. 내 나이를 묻고 끝에는 아주 관심이 많다는 듯이 말했다.

"자넨 아직 젊지 않은가. 어떤 일은 말해야 할지 말아야 할지 나로서도 알 순 없지만, 이제 막 당 사업에 참가한 터이니 개인 문제에도 신중해야 하네. 무슨 일이든 조직은 자네들을 배려해 줄 수 있네."

"고맙습니다만, 괜찮습니다."

"듣자니 자네와 공소사의 샤오청小成(리원麗雯의 성 '청成'에 샤오小를 붙인 것)이 사귄다던데, 샤오청은 사람이야 참 좋지. 하지만 집안 배경이 아주 복잡하네. 그 부친은 우리 향의 감시를 받는 사람일세. 이 일은 자네의 정치적 앞길에 영향을 줄 수 있어."

나는 서기에게 말했다.

"관심 가져 주셔서 고맙습니다. 그런데 샤오칭과 저는 고등학교 동창일 뿐입니다. 지금도 그렇습니다. 앞날로 말하면, 저야 그녀를 아내로 맞고 싶어도 아마 그녀가 제게 시집오지 않을 겁니다. 그러니 걱정하실 건 없습니다. 그녀의 부친이야, 제가 보기엔 그저 줄을 잘못 선 죄밖에는 없는 한낱 서생일 뿐입니다. 그분은 저희 아버지뻘이신데, 제 아버지처럼 예전에도 감시를 받은 적이 있으니, 이 일로 뭐 어떻다고 말할 수는 없겠지요."

서기는 곧바로 내 말을 고쳤다.

"자네 아버지는 '4인방'의 박해를 받았던 분이시네! 절대 그렇게 말하면 안 되네. 젊은이가 정치적 입장이 분명해야지!"

내 아버지는 '4야四野'(중국공산당 인민해방군의 주력부대 가운데 하나인 제4야전군)를 따라 와서 이 현을 접수한 토지개혁土改* 간부이다. 일찍이 비적을 소탕하고 신정권新政權(1949년 10월 1일 성립한 사회주의 국가 중화인민공화국)을 세우는 일에 참여하였다. 그 뒤 평화로운 시기가 오자 이 현에서 최초로 공업 관리가 되었다. 그러나 문혁 때에 이르러, 아버지는 많은 동료들과 함께 민간 사회가 이전의

---

* 1947년 10월 중국공산당이 공포한 토지법에 따라 토지 소유권의 재분배와 임대차 계약의 개혁을 주 내용으로 하는 개혁 정책.

각종 운동에서 쌓은 원한을 책임져야 했다. 그래서 그는 타도 대상이 되었다. 주자파走資派**라는 누명을 쓰고 거리에서 조리돌림을 당하며 비판투쟁의 대상이 되었고 심지어 육형肉刑을 받기도 했다. 그때 리원의 아버지는 바로 조반파의 핵심 간부였다.

　그들은 서로 다른 진영에 속했지만 직접적인 충돌은 없었다. 그런데 문혁 중 가장 우스꽝스러운 것은 생사를 놓고 대립하는 두 파벌이 동일한 기치를 내걸고 있었다는 점이다. '결연히 마오 주석을 보위하자!'

　문혁 동안에는 우리 아버지가 감시를 받았고, 문혁 뒤에는 리원의 아버지가 감시를 받았다. 두 분 모두 공산당과 마오 주석을 흔들림 없이 지지하는 사람들이었지만, 누구한테서 감시와 박해를 당하는지를 끝내 분명히 알지는 못했다. 그러나 요즘 세상 풍조로는 지금 감시당하는 사람이 곧 무시당하는 사람이다. 그래서 예전엔 개자식이었던 나는 현재 조직의 관심을 받고, 결혼을 잘못해서 앞날을 그르치는 일이 없도록 하라는 권고를 받는 것이다. 조직은 무소부재無所不在의 존재였다. 겉보기에는 최대의 선의로서 우리 아버지의 입장에 서는 것 같지만, 나와 리원의 사귐을 간섭하려고 들었다.

** 문혁 기간에 자본주의의 길을 걷는다는 비판을 받았던 사람들. 주로 당시 집권 세력이었던 당권파當權派 지도부와 지방의 당간부들이 이런 부류로 지목되었다.

어느 누구도 나의 해질녘 데이트를 막을 수 없었다. 나는 여전히 일을 마치면 그녀를 데리고 강가 출렁다리 위로 가서 흔들거리면서 우리의 사치스러운 시간을 보냈다. 비낀 태양 속에서 두 산봉우리는 우리가 사는 협곡을 내리누르듯이 서 있었다. 그 한 봉우리에 리원의 아버지가 살고 계셨다. 산봉우리는 그처럼 외롭게 천 길 높이로 서 있었다. 도저히 오를 수 없을 만큼 높아서 우리 눈길이 닿지 않는 곳에 까마득하게 솟아 있었다.

그녀가 내게 물었다.

"이 두 산의 이름이 뭔지 알아?"

나는 웃으며 말했다.

"하나는 자이공산寨公山이고, 다른 하나는 자이무산寨母山, 합해서 공무자이公母寨라고 하지."

"그럼 두 산의 전설은 알아?"

"그건 생각한 적 없는데?"

나는 모른다고 말할 수밖에 없었다.

"여기 사람들 말로는 본래 두 봉우리에 각각 한 집안씩 살고 있었대. 두 집안은 여러 세대에 걸쳐 통혼하며 서로 사이 좋게 지냈지. 하지만 훗날 물 때문에 다투고는 여러 해 계속 무기를 들고 싸웠대. 다시는 서로 결혼하지 않았고 인구도 차츰 줄어들었지. 그래서 지금은 자이공산에 한 아들네 자손들만 살고 있고 자이무산에는 봉우리만 외롭게 남았다고 해."

나도 모르게 탄식이 새어 나왔다. 정말이지 사랑과 미움이 생각 하나 차이에 달려 있었다!

산골은 이내가 앉으며 어둑해지고 저물녘 안개가 피어오르면서 해질녘 강물도 어렴풋해지기 시작했다. 나는 라오톈이 매일 강물에 가로막이 그물을 설치하고 새벽에 거두어서 종종 물고기 몇 마릴 잡아 오던 것이 생각났다. 나는 리원에게 같이 그물을 당겨 보자고 제안했다. 리원은 갑자기 깔깔거리며 즐겁게 웃었다. 우리는 바짓가랑이를 접어올리고 강물로 걸어갔다.

물은 맑고 얕았다. 우리는 물을 건너 각자 양쪽 물가에서 물 가운데로 좁혀 가면서 손으로 가로막이 그물을 천천히 당겨 올렸다. 그물에 걸린 물고기 몇 마리가 펄떡거렸다. 나는 물고기를 그물에서 떼어 내서 주머니에 넣는 한편, 장난치며 웃었다. 하지만 그녀는 떼어 낸 물고기를 도로 물속으로 던졌다.

"얘는 너무 작아."

그녀가 속삭였다.

"물속으로 돌려보내자, 삶을 아직 누리지도 못했어."

나는 그녀에게 다가가 낮은 목소리로 은근하게 물었다.

"너란 물고기는 너무 커. 어떻게 하면 그물로 잡을 수 있을까?"

그녀는 내 말을 되받았다.

"그럼, 나더러 네 도마 위의 물고기가 되란 말이군!"

그 말이 끝나자 우리는 얼굴을 붉히며 웃었다. 갑자기 말실수를 했음을 깨닫고 대화를 멈추었다. 그녀가 조금 더 안절부절못하는 것 같았다.

우리는 다시 떨어져서 그물을 당겨 강 가운데에 설치했다. 강물이 잠시 우리를 갈라놓았다. 서로 맞은편 강가에 섰는데, 마치 한평생을 떨어져 있는 것 같았다. 나는 그녀가 발을 씻고 다시 양말과 신발을 신는 것을 우두커니 바라보았다. 《시경詩經》의 시 한 구절이 생각났다.

'내 말하던 그이는 물가 저편에 있네所謂伊人, 在水一方.'*

마음에서 갑자기 가없는 슬픔이 솟아올랐다.

---

* 《시경》〈진풍秦風〉편에 실린 「겸가蒹葭」의 한 구절. 그리운 이가 머나먼 곳에 떨어져 있지만 가 닿을 수 없는 안타까움을 노래한 시.

13

밤빛은 때맞추어 찾아왔다. 우리는 좁지만 따스하고 향기로운 그녀의 침실로 돌아가 흉년에 든 우리네 청춘의 만찬을 시작했다.

리원이 화로에 불을 붙였다. 붉은 진흙 화로 속 검은 숯이 차가운 산속의 적막을 밝혔다. 그녀는 난로에 어탕魚湯을 끓이며 요리를 했다. 재빠르게 파와 마늘을 다듬는 그녀의 아름다운 모습을 나는 멍하게 바라보았다.

"이런 장면 말고, 사람들로 하여금 삶을 더 갈망하게 하는 게 있을까?"

반 고흐가 어느 황혼에 내뱉었다는 감탄의 말이 떠올랐다. 그녀는 나의 감탄에 입을 삐죽이며 웃고 살짝 비꼬듯 말했다.

"삶이 아니라 어탕을 갈망하는 것이겠지?"

그녀가 언제나 어떤 암시를 담은 내 말을 아무것도 아닌 듯 넘기고 요리조리 피하며 이어 가려 하지 않는 것을 나는 잘 알고 있었다. 그래서 나도 변명하듯이 말할 수밖에 없었다.

"물고기는 내가 원하는 거지."*

그녀는 재치 있는 말로 나를 놀렸다.

"그 다음 말**은, 입 밖에도 내지 마."

나는 조금 쑥스럽기도 하고 더 이상은 적절하지 않다는 생각이 들어 황급히 입을 닫았다.

"음식 냄새가 참 좋구나."

그녀는 어탕을 휘저으면서 부드럽게 내게 권했다.

"물가에서 물고기 잡을 생각만 해서 뭐해, 집에 가서 그물부터 기워야지. 내 생각에 넌 다시 대학원 시험을 봐야 할 것 같아. 나가, 여긴 네가 오래 머물 곳이 못 돼."

나는 쓴웃음을 지으며 탄식했다.

"그건 얇은 얼음을 밟는 것처럼 정말 신중하게 결정해야 할 일이지.*** 아, 우리 선문답을 하는 것 같아!"

그녀는 내 뜻을 알겠다는 듯 웃으며 밥을 푸고 상을 차리기

---

* 《맹자》, 〈고자상告子上〉에 나오는 맹자의 말 '魚, 我之所欲也.'

** 다음에 이어지는 구절은 "곰 발바닥도 내가 원하는 것이지만, 이 두 가지 모두를 얻을 수 없다면, 물고기를 버리고 곰 발바닥을 택하겠다熊掌亦我所欲也, 二者不可得兼, 舍魚而取熊掌者也"이다. 맹자는 뒤이은 구절에서 "삶을 버리고 의를 택하겠다舍生而取義者也"고 하여 '삶'보다 '의'가 더 가치 있음을 강조하였다.

*** 《시경》, 〈소아小雅〉의 「소민小旻」에 나오는 구절. "깊은 연못 앞에 선 것처럼, 얇은 얼음을 밟는 것처럼 몹시 두려워 떨며 조심한다戰戰兢兢, 如臨深淵, 如履薄冰"는 뜻.

시작했다.

밥을 다 먹고 그녀는 탁자 위 손화로에 남은 숯을 화로에 붓고 숯을 더 넣었다. 방 안이 더 따뜻해졌다. 온 마을의 등불이 잇달아 꺼졌다. 몇 마리 남지 않은 마을의 개들이 낮게 짖는 소리가 이따금씩 밖에서 들려왔다. 그녀는 작은 소리로 말했다.

"가을이 깊어 가니 밤기운이 차네. 불이나 쬐자!"

밖에서 번개가 몇 번 치고, 비가 내리기 시작했다. 그녀의 창밖은 공소사 뒤뜰이었다. 거기엔 약초와 꽃이 심겨 있었다. 빗물이 잎 위로 떨어지면서 바스락거리는 소리가 들렸다. 노래 같기도 하고 울음소리 같기도 했다. 그 소리에 집 안의 정적이 더욱 도드라졌다.

"또 한 해의 가을이 지니, 바람 소리 빗소리에 날이 새네."

예전에 내가 지은 시가 생각나 읊었다. 그녀는 비웃으며 말했다.

"잘도 감상感傷에 빠지는군요, 시인이시여!"

"요 반년 동안 깨달은 게 정말 많아! 갑자기 철이 든 것 같아."

그녀는 조금 화를 내는 듯하면서도 웃으며 말했다.

"중학교 때 기억나? 너랑 짝꿍이었는데, 네가 책상 위에 줄 긋고 못 넘어오게 했지? 그때 너 정말 나빴어!"

"내가 나빴다고? 그땐 남학생 모두가 그랬는데, 나 혼자 입장을 안 밝힐 수 있겠어?"

그녀는 턱을 괴고 머리를 쳐든 채 무슨 생각을 하듯 말했다.

"응, 넌 비교적 그렇게 나쁘진 않았어."

나는 일부러 집적대듯이 물었다.

"그럼 나의 좋은 점은 좀 기억하고 있어?"

뜻밖에 그녀는 갑자기 엄숙해져서는 낮은 소리로 탄식하듯 말했다.

"기억하고 있지."

사실 나 자신도 그 점이 무엇인지 몰랐다. 캐묻듯이 재빨리 물었다.

"어떤 점?"

그녀는 곧바로 말을 얼버무렸다.

"어쨌든 있어, 까먹었을 뿐이야."

나는 웃었다.

"기억한다더니, 또 잊어버렸대, 이건 무슨 논리지? 어쨌든 그냥 나 한 번 칭찬해 주면 어때?"

그녀는 갑자기 머리를 숙이고 얼굴이 빨개지면서 말했다.

"그때는 4사인방이 타도된' 뒤였어. 학교 조직은 우리들더러 우리 아버지를 비판하는 대회에 참가하라고 했지. 친구들 모두 우리 아버지를 타도하자는 구호를 힘껏 외치면서 나를 노려보았어. 그런데 너 혼자만은 팔만 들고 외치지는 않았어. 난 네가 착하다는 걸 알았지. 그때 정말 너한테 감동 받았어."

나는 조금 놀랐다. 원래는 잊고 있었던 일인데, 리원이 이 얘길 꺼내자마자 바로 생각이 났다. 분명히 그런 일이 있었다.

"아, 너 눈여겨봤구나? 난 그저 네가 눈물 흘리는 걸 보고 싶지 않았을 뿐이야. 네가 기억할 줄은 몰랐어. 사실 그건 뭐, 좋은 점이라고 할 순 없지. 아주 나쁜 점이라고 말할 수 없을 뿐이지. 도리어 나는 네가 나한테 잘 해 주었던 게 기억나…."

"내가 너한테 뭘 잘해 주었어? 말도 안 되는 소리!"

그녀가 수줍어하기에 나는 조금 뻔뻔스럽게 말했다.

"어느 달인가, 농장에 가서 농사를 배울 때였지. 너는 주방 일을 맡았고. 뜨거운 물을 받아 씻으려고 주방에 갈 때마다 네가 남들한테보다 한 바가지를 더 떠 줬어. 그때 규정은 한 사람에게 한 바가지만 허용되었잖아. 그래서 남학생들이 모두 뒤에서 나를 놀렸지. '후뎨미 권총에도 사심이 있다蝴蝶迷枪下有私.'"

'후뎨미蝴蝶迷'는 소설 《임해설원林海雪原》(취보곡파曲波(1923~2002)가 팔로군의 항일전쟁에 참가한 경험을 바탕으로 쓴 소설)에 나오는 아름다운 여자 도적이다. 그 시대 우리 또래 아이들은 모두 이 말이 지닌 조롱의 의미*를 잘 알고 있었다. 그녀는 조금 화난 척하면서 애교

---

* 후뎨미는 쌍권총을 잘 다룰 만큼 사격 솜씨가 뛰어났지만, 좋아하는 남자 정싼파오鄭三炮가 사격 시합에서 우승해 호랑이 가죽을 상으로 탈 수 있게 하려고 일부러 과녁을 빗나가게 총을 쏜다.

스럽게 골을 냈다.

"너희 남학생들은 허튼소릴 잘도 꾸며 대는군. 가지 않고 끈덕지게 달라붙어서는 세숫대야를 들고 소릴 질러 댄 게 누군데? '누나, 자선 좀 하세요, 한 모금만 하사하세요!' 어릴 때부터 넌 아주 나빴어! 게다가 모든 사람들이 똑같이 일하는데, 네가 가장 더러웠어. 물 한 바가지로는 흙탕물을 다 씻어 낼 수가 없었어!"

나는 헤헤거리며 웃었다.

"'물 한 방울의 은혜라도 마땅히 솟구치는 샘물로 갚아야 한다*'는데, 이 물 한 바가지는 어떻게 갚아야 좋을까?"

그녀는 나의 도발을 의식했는지 내 말을 자르며 말했다.

"어이, 지난 일은 꺼내지 말지, 그때는 정말 어려서 철이 없었잖아."

창밖 빗소리가 차츰 거세지더니 천둥소리가 울린 뒤 갑자기 전기가 나갔다. 방 안이 어둠에 잠겼다. 화로 속의 숯불 빛만 남아서 우리 둘의 불그스름한 얼굴을 어렴풋하게 비추었다.

말과 웃음소리도 툭 끊어졌다. 갑작스럽게 내린 어둠 때문에 우리는 미처 손을 쓰지도 못하고 어색함에 빠졌다. 무슨 말을

---

* 주백려朱柏廬(1627~1698)가 쓴 《주자가훈 朱子家訓》에 나오는 말. 남에게 받은 은혜는 작은 것이라 해도 나중에 더 크게 보답해야 한다는 뜻.

해야 이 난감한 상황을 벗어날 수 있을지 몰랐다. 내 손은 떨고 있었고 욕망이 꿈틀거렸다. 이 밤의 짙은 어둠을 틈타 그녀를 내 품으로 끌어당기고 싶었다. 이 순간을 놓치면 영원히 용기가 나지 않을 것 같았다.

그녀는 무슨 일이 일어날 것만 같다고 어렴풋하게 느꼈는지 긴장하지 않으려고 자신을 억누르려 애를 썼다. 그러나 한편으로는 저항하기 어려운 유혹을 기대하고 있는 것도 같았다. 폭동의 분위기가 무르익어 가는 가운데 나는 무언가를 하고 싶었지만 감히 경솔하게 나서지 못했다. 거절을 당한 뒤의 난감함이 두려웠다. 그리고 일이 벌어진 뒤 결과가 어떻게 될지 전혀 알 수 없었다.

그래서 나는 우물거리며 다시금 그녀의 마음을 떠보았다. 나는 스스로가 느낄 만큼 와들와들 떨고 있었다. 목이 바짝 타들어 가고 말은 더듬거리면서도 목소리는 갑자기 욕망으로 가득 찼다. 그러나 도둑이 제 발 저리듯 마음이 조마조마했다. 나는 낮은 소리로 물었다.

"리원, 고 2때, 네 책가방 안에 편지 한 통 써 넣었는데, 읽어 봤니? 아직도 답장할 생각이 없니?"

그녀의 마음은 마지막 몸부림을 치고 있는 것 같았다. 그녀에겐 어떤 일이 벌어지는 것을 막을 힘이 거의 없었다. 그렇다고 그 일이 일어나게 내버려 둘 수도 없었다. 앞일을 내다볼 수 없으므로, 그녀는 그저 마음속의 불꽃을 눌러 끄는 수밖에 없었다. 그 순간 자신이 하는 말이 앞으로 무엇을 결정하게 될지를 잘 알고 있는 것 같았다. 그녀의 목소리가 바르르 떨렸다.

"그래? 나, 난 못 받았어, 아마 잃어버렸나 봐!"

나는 겨우 용기를 낸 터라 두 번 다시 포기하고 싶지 않았다. 나는 계속해서 다그치듯 물었다.

"그럼 지금, 내가 뭘 썼었는지 알고 싶진 않아?"

그녀는 침묵했다. 감히 내 눈을 바라보질 못했다. 화롯불이 그녀의 복사꽃 같은 뺨을 더욱 도드라지게 비추며 그녀의 불안을 감추어 주었다. 그녀의 숨이 끊겼다 이어졌다 하면서 희고 부드러운 가슴이 불빛 아래에서 청개구리처럼 부풀어 올랐다 가라앉았다 했다. 한참이 지나고, 그녀는 가냘프게 거의 들리지 않는 목소리로 말했다.

"시간이 흐르면 상황도 변하잖아. 다 컸으니 아련한 옛일은 몰라도 돼."

방 안의 공기는 다시 얼어붙었다. 비바람이 창을 때렸다. 내 눈 속의 불빛은 차츰 어두워졌다. 나는 머리를 숙이고 아무 말도 하지 않았다. 슬픔에 잠긴 채 손금을 바라보았다. 그 가운데에서 운명을 읽어 내기를 바라는 것처럼. 그러나 나는 이 비 오는 밤에 포위망을 돌파하고 싶었다. 이성이 이 밤을 결정하게 내버려 두느니 차라리 이 밤이 내 한평생을 결정하게 내버려 두고 싶었다. 나는 다시금 절망스럽게 그녀를 떠보았다.

"전기가 나갔어, 등에 불을 켤까?"

그녀는 떨면서 말했다.

"불빛 있어. 난 네가 잘 보여."

나는 어떻게 해야 할지를 몰랐다. 그녀의 마음을 좀처럼 알수 없었다. 그 말이 나의 무모함을 부추기려는 것인지, 아니면 내 사랑의 불꽃을 꺼뜨리려는 것인지. 나는 우물거렸다.

"그, 그럼… 불 안 붙이지, 뭐."

우리는 이따금 침묵 속에서 마주 보았다. 그리곤 재빨리 시선을 피했다. 소중한 기회가 손안에서 미끄러져 떨어지고 있음을 우리는 잘 알고 있었다. 내 손가락들이 손바닥 위에서 부르르 떨렸다. 불꽃을 넘어 깊고 어두운 곳으로 뻗어 나가 그녀를 허공으로부터 건져 내길 갈망하면서 조바심치고 안달하는 것 같았다. 나는 그녀가 그 작은 물고기처럼 내 손안에서 몸부림치기를 간절히 원했다. 내가 꽉 잡기만 하면 내 손에서 도망가지 못할 것이라고 믿었다. 그러나 그녀는 내 마음속에서 존귀하고 존귀한 존재이기 때문에 불손한 생각은 조금도 할 수 없었다. 조금의 강요라도 있었다가는 우리 사이의 순수한 감정을 깨뜨릴 것 같아서 나는 두려웠다.

우리는 불을 사이에 두고 대치한 채로, 한사코 침묵을 지키며 창밖의 차가운 빗소리를 듣고 있었다. 오락가락하는 이 비여!

우리로서는 붙잡아 둘 수 없는 시대가 늘 있었다. 목탄은 스스로 타면서 점점 빛을 잃어 갔다. 불빛이 어두워지고, 심지어 무너져 내리면서 가냘프고 맑은 소리를 냈다. 그녀는 손에 부집게를 쥐고서 늘그막의 노쇠한 여자처럼 덜덜 떨었다. 그녀는 몇 번이나 숯불을 다시 피워서 뜨거움을 다시 북돋우려 했다. 그러나 그 때문에 방 안의 호흡과 공기에 불이 붙을까 봐 두려워하는 것 같았다. 이렇게, 우리는 티끌 하나 오염되지 않은 순수함 속에서 서로 양보 없이 맞서고 있었다.

하룻밤의 반도 채 지나지 않았는데 우리네 청춘을 다 보내 버린 것 같았다. 나는 마지막 몸부림을 치듯 말했다.

"밤이 깊었는데 비는 그칠 생각을 안 하네. 갈게, 가도 괜찮아?"

나 스스로 느끼기에도 조금 뻔뻔하고도 멋쩍은 말이었다. 그녀는 말이 없었다. 감히 몸을 일으키지도 못하고 고개를 숙인 채 말했다.

"문 뒤에 우산 있어. 비 맞지 말고."

나는 할 수 없이 일어나 주저하면서 우산을 들었다. 문을 열고는, 무언가 애원하는 듯이 뒤돌아 그녀를 보았다. 그녀는 여전히 나를 보지 않았고 말도 하지 않았다. 나는 어쩔 수 없이 밖으로 나가 문을 닫고 밖에서 낮은 소리로 말했다.

"갈게, 문 잘 잠가…."

처마 아래에 서니 힘이 빠지며 허탈했다. 우산을 펼칠 생각도 못한 채 짚고 서 있었다. 그녀의 창가에 비치는 한 줄기 약한 불빛이 차츰 어두워졌다. 그녀가 어둠속으로 조금씩 가라앉고 있는 것을 보며 슬픔을 참을 수 없었다. 눈물이 비처럼 쏟아졌다. 나는 힘없이 나무 벽에 기대었다. 발걸음조차 옮기기 어려웠다. 몇 번이나 손을 들어 문을 두드리고 싶었지만, 의기소침해져 그만두었다. 빗물에 옷이 다 젖었다. 번개가 극심한 슬픔과 아픔에 휩싸인 얼굴을 찢고 있었다.

리원은 일어나 문을 잠글 생각도 하지 않았다. 꼼짝도 하지 않은 채 무릎 사이에 머리를 파묻고 두 손으로 무릎을 끌어안았다. 화로 속 남은 불씨를 멍하니 바라보았다. 눈물이 숯 위로 미끄러져 떨어지면서 쉭 하는 소리가 났다. 눈물 고인 눈 속 불빛도 차츰 옅어졌다. 떠나가는 내 발걸음 소리를 듣지 못했으니 리원은 내가 문밖에 서 있다는 걸 알 것이다. 그녀는 억누르고 있던 슬픔을 갑자기 터뜨렸다. 들썩이는 두 어깨를 스스로도 어쩔 수 없었다.

14

산속의 황혼은 언제나 불쑥 찾아왔다. 중심가의 반미치광이 술꾼처럼 늘 깊은 골목에서 일정한 시간에 시선 안으로 날아들었다. 공소사 문 앞은 향진 사람들이 장을 보는 농산물 시장이었다. 끝자리가 3일, 6일, 9일이 되는 날에는 주변 시골에서 온 산골 사람들이 이곳에 모여 안쓰럽게 산골의 자질구레한 물품들을 교환하고 소금과 비누를 조금 사 갔다. 장이 끝나면 리원은 언제나 혼자 문 앞길을 청소했다. 향민들은 낮에 여기저기 널려 있는 쓰레기를 보아도 이미 습관이 되어 놀라지도 않았다. 하지만 그녀가 오고 나서부터 향진의 온 거리가 한결 산뜻해진 것 같았다. 청석판은 들쭉날쭉하며 흙담과 잿빛 기와 아래에서 반짝였다. 이 길도 분명 문명 세계로 이어질 수 있을 것처럼 보였다.

그날 밤 어둠 속에서 헤어진 뒤 나는 중상을 입은 것 같았다. 파지巴地(지금의 충칭) 전설 속 독충蠱에 물린 사람처럼 병에 걸려 비실거리며 며칠 동안 아무것도 먹고 싶지 않았다. 80년대의 가련한 청춘에게는, 후기 청교도 시대의 구속이 여전히 너무도 많이 남아 있었다. 욕망과 순수가 격렬하게 싸우는 가운데 매일 밤

내 몸 안에서는 칼이 부딪치고 총을 쏘아대는 소리가 울렸다.

나는 여전히 그녀를 포기할 수 없었다. 좁은 길의 양 끝 사이에 길고 긴 터널이 놓인 것 같았다. 나는 어두컴컴한 터널 안에서 길을 잃어버렸다. 비록 출구가 보이진 않았지만, 앞쪽에 반드시 빛이 있을 것임을 알았다. 걸음을 멈추고 앞으로 나아가지 않는다면, 내 컴컴한 밤 속에서 깊이 가라앉고 말 것이다. 그래서 나는 맹목적으로 앞으로 나아갔다. 애써 내딛는 한 걸음 한 걸음은 그녀 또는 광명에 가까이 다가가는 것을 의미하였다.

향 정부 담 모퉁이에 하얀 국화꽃이 활짝 피었다. 외로운 풀들 사이에, 그토록 엄숙한 정부 간판 아래 국화는 정말 때에 맞지 않게 피어 있었다. 이렇게 가만히, 피거나 피지 않은 꽃들을 보고 있으니 그녀가 그리워졌다. 나는 특별히 한 다발을 꺾어 약혼 예물인 것처럼 받쳐 들고는 길가 사람들의 주목을 한 몸에 받으며 그녀가 있는 곳을 급습하러 갔다.

내 생각대로 그녀는 마침 길을 쓸고 있었다. 눈을 들어 나를 보며 아름답게 웃었다. 마치 아무 일도 일어나지 않은 것처럼 나를 대했다. 그녀가 놀리듯 말했다.

"참 오랫동안 못 봤네. '귀한 손님' 납셨군!"

나는 아팠던 일은 숨길 수밖에 없었다.

"업무 때문에 며칠 시골에 내려갔었어. 손 가는 대로 꽃 좀 꺾어 왔어."

그녀는 일부러 가볍게 농담하듯 말했다.

"길가의 들꽃을 꺾지 말아요!"*

우리는 서로 마음이 맞았다는 듯 웃었다. 웃던 그녀의 얼굴이 갑자기 빨개졌다. 어쩌다 함부로 말을 내뱉은 것 같았는지 그녀는 적이 당황하며 어쩔 줄 몰라했다. 그러다가 재빨리 화제를 바꾸었다.

"저기, 내일 일요일에 룽동촌龍洞村의 탄覃 씨네 막내딸이 시집을 간대. 오늘밤 나더러 함께 울어 주는 열 자매가 되어 달라고 부탁하던데, 구경하러 갈래?"

나는 그때 시골의 풍습을 잘 알지는 못했다. '함께 울어 준다陪哭'는 말이 무슨 뜻인지 그녀에게 물었다.

"여기 토가족 사람들은 딸을 시집보낼 때 동무 열 사람을 불러 함께 울어 달라고 청하는데, 이를 '울며 시집보내기哭嫁'라고 불러. 실제론 노래 부르면서, 눈물 흘리면서 소녀 시절을 이별하는 셈이지."

들어 보니 꽤 흥미로워 곧바로 대답했다.

"갈게, 가야지."

그녀는 방으로 들어가 간단하게 꾸미고 나왔다. 우리는 밤빛

---

* 린황쿤林煌坤이 노랫말을 쓰고 덩리쥔鄧麗君이 부른 노래 제목. 일 나가는 남편에게 '들꽃 野花', 곧 정인 情人을 두어 한눈 파는 일이 없기를 당부하는 아내의 심정을 그리고 있다.

과 잘 어울리는, 토가족 사람들의 조각루를 향해 걸어갔다.

그 집 문 앞은 벌써 손님들로 북적거렸다. 꽃으로 소박하게 꾸몄지만, 도리어 즐거운 분위기가 물씬 풍겼다. 방 안에는 아가씨들 일여덟 명이 바닥화로 둘레에 앉아 있었다. 아가씨 둘이 시집갈 신부를 부축하여 자리에 앉혔다. 상에는 사탕, 술이 놓여 있었다. 모든 것이 토가족의 풍습과 예법에 따라 진행되고 있었다.

리원은 조용하게 자리에 앉았다. 그녀는 줄곧 향진의 아름다운 풍경이었다. 오늘은 튀지 않게 이곳 사람들과 최대한 비슷하게 옷을 입었지만, 여전히 모든 사람들의 주목을 받았다. 아가씨들은 잇달아 리원에게 자리를 양보하였다. 저마다의 예의는 산중 세계의 고아함을 드러내었다. 나는 옆으로 둘러싼 사람들 틈에서 구경하였다. 몇 년밖에 안 되는 시간에 그녀는 두메산골 인민의 세계에 완전히 녹아들어 간 듯했다. 존경스러운 마음이 들기도 했지만, 연민의 마음이 더 컸다. 말할 수 없는 씁쓸함이 괴로움과 슬픔에 뒤섞였다. 그녀의 미래도 이 산속에서 울며 시집가는 신부가 되는 것일까?

이런 생각을 하고 있는 터에, 사회를 맡은 아가씨가 큰 소리로 말했다.

"내일이면 막내 누이가 시집갑니다. 오늘 여러 친지와 벗들을 모셨으니 열 자매와 같이 노래를 부르며 떠들썩하게 신부를 보내 줍시다. 노래해서 이긴 쪽은 사탕을 먹고 진 쪽은 술을 마십니다. 그럼, 바로 시작하겠습니다."

높은 산 내린 눈 산 아래로 녹아 흐르고,
오늘 밤 함께 부를 노래는 내가 시작하네.
새로 만든 가윗날을 처음 벌려서,
모란꽃과 비단 공繡球*을 오려 내네.

토가족의 '울며 시집보내기' 의식에서 부르는 노랫말에는 놀리듯 뜻도 있고 축복의 뜻도 있다. 그러나 슬픔과 아련한 원망이 훨씬 더 많은 것 같다. 더욱이 그런 음악은 선법旋法이 흐느끼는 듯한 곡조를 띠고, 박자가 자유로우며, 끝소리를 아주 길게 늘어뜨린다. 그래서 노래가 확실히 흐느끼는 듯, 하소연하는 듯 들렸다. 신부가 노래할 차례가 되자, 그녀의 절친한 여자 동무들은 눈물을 훔치기 시작했다.

첫째 울음은 어머니께, 날 기르지 말았어야지, 기껏 길러 놓았더니 딸은 시집가네.

---

* 채색한 비단실을 수놓아 만든 공으로 중국 민간에서 상서롭게 여기는 물건. 고대에는 여러 남자들 한테 청혼을 받은 아가씨가 이 공을 던져서 자기 마음에 드는 남자를 짝으로 정했다고 한다.

둘째 울음은 아버지께, 집안일 모두 당신께 의지했네, 형제와 자매를 길러 주셨지.

셋째 울음은 오라버니께, 자매가 많지 않아, 무엇이든 내게 양보했네.

넷째 울음은 새언니께, 내게 잘 대해 주고, 차 끓이고 밥 하기를 가르쳐 주었지.

다른 방에는 노인들 몇 명이 앉아 있었다. 신부 부모는 노래를 들으며 흐느끼고 있었고 손님들이 이들을 위로했다. 이 모든 것이 조상 대대로 전해 내려오는 의식이었다. 이런 의식에는 수천 수백 년을 이어 온 옛사람들의 인정이 담겨 있었다. 마침내 리원의 차례가 돌아와 그녀가 입을 열어 노래했다. 나는 재빨리 귀를 쫑긋 세웠다. 그녀가 부르는, 산가山歌에 가까운 온화하고 부드러운 노랫소리를 처음으로 들었다.

높은 산 나무를 찍어 장작을 패서
석회석을 태워 석회를 만드네.
누이의 진심에 불을 붙인다면,
석회토가 되어 흰 빛이 드러나겠지.

나는 눈물이 반짝이는 그녀의 눈을 감히 똑바로 쳐다볼 수 없었다. 그녀의 노랫소리 전부가 나를 향한 마음속 고백임을 깊이 느꼈다. 얼마나 훌륭한 여인인가. 그런데 무엇 때문에 나는 그녀에게 다가갈 수 없는가, 그녀는 도대체 무엇을 거부하고 있는가?

'울며 시집보내기'는 밤새 치르는 의식이다. 한밤중에는 친척, 친구들이 함께 음식을 먹으며 술을 마셔야 한다. 새벽이 되자 저 멀리서 태평소, 징과 북이 울리는 소리가 들렸다. 신랑 집의 신부맞이 행렬이 곧 도착할 모양이었다. 신부 집은 문 앞에서 폭죽을 한꺼번에 터뜨리기 시작했고 등롱을 달고 비단 띠를 매었다. 토가족의 관습에 따라 신부맞이 의식을 치르는 것이었다.

신부맞이 행렬이 떠들썩하게 악기를 연주하며 산길을 따라오는 동안 신부 집은 '문막이 의식攔門禮'을 준비했다. 팔선상을 한 줄로 늘어세워 문을 막고 섰다. 신랑 쪽은 신부 쪽이 노래로 묻는 물음에 노래로 답을 하고, 대답에서 이길 때마다 상을 하나씩 걷어 내었다. 신부는 되와 말을 하나씩 밟고 지나가야 하는데, 그 안에 담긴 대나무 젓가락 한 무더기를 쏟아낸 다음에야 부모님께 울면서 이별을 고하고 남동생에게 업혀서 가마에 올랐다. 신부를 맞는 쪽에서 가마를 이끄는 아이가 손수 가마의 문을 닫았고, 신부를 보내는 쪽은 수탉을 죽여 가마 둘레에 피를 뿌렸다. 가마는 문 앞에서 시계 방향으로 세 바퀴, 다시 반대로 세 바퀴를 돌았다. 마치 '공작이 동남쪽으로 날아가다가, 5리마다 한 번씩 배회하네"란 시 구절처럼 차마 떠나지 못하는 것 같았다. 신부맞이 행렬은 그제야 신부를 데리고 느릿느릿 멀어져 갔다.

---

* 진陳나라 서릉徐陵(507~583)이 펴낸 육조시대 시 선집《옥대신영 玉臺新詠》권 1에 실린 시의 첫 구절. 원 제목은 〈초중경의 아내를 위해 지은 고시古詩爲焦仲卿妻作〉인데, 이 첫 구절 때문에 '공작동남비孔雀東南飛'란 제목으로 더 많이 알려져 있다. 후한 말기 건안建安(196~220) 무렵 일어난 여강부廬江府 말단 관리인 초중경焦仲卿과 그 아내 유란지 劉蘭芝의 혼인 비극을 다루고 있다.

15

다른 사람의 '울며 시집보내기'에 참여해 흘린 눈물은 실은 스스로가 슬퍼 그랬던 것이다. 이는 산골 마을에 사는 꽃다운 나이의 소녀들 모두가 겪어야 하는 성년식이었다.

예전부터 절친한 벗들이 막 장성하여 삐걱삐걱 소리를 내는 가마에 실려 다른 마을의 낯선 남자에게 시집가서는, 멀고 황량한 산골에 이르러 누구도 엿볼 수 없는 아내와 어머니로서의 인생을 시작하는 것을 빤히 보면서, 소녀들은 자신의 미래를 상상하였기에 확실히 슬픈 눈물 한 움큼을 흘릴 만했다. 가난해도 좋고 부유해도 그만이지만, 앞으로는 다른 집 사람이 되는 것이었다. 자기가 자란 친정이 도리어 친척집처럼 멀어지는 것이었다. 그 모든 엄숙한 예식은 마치 결연한 분리를 선고하는 것과 같았다. 무슨 노래를 얼마나 부르고 울든지 간에, 그 무엇도 이런 유배流放를 중지시킬 수 없었다. 그렇다, 이는 곧 유배이다. 산골 사람들은 약혼을, 이미 '쫓아내다放'로 부르고 있었다.

리원은 그 아가씨들처럼 새벽이 되어서야 토끼처럼 빨간 눈을 하고 나타났다. 가뭄을 막 지난 샘구멍처럼 눈물샘도 말라

버렸다. 모두들 자기 갈 길을 갔고 나는 아직 취기가 가시지 않은 채로 그녀와 길을 따라 집으로 돌아왔다. 산길은 대개 계곡 물을 따라 감돌았다. 새벽안개가 자욱한 속에, 흰 바위 위로 콸콸 쏟아지는 물소리가 즐겁게 웃는 소리처럼 선명하게 퍼져 나갔다. 다만 물과 돌이 만들어 내는 이 즐거운 분위기가 도리어 저마다 심사가 다른 남녀의 쓸쓸함을 도드라지게 했다.

나는 조금 피곤했다. 온몸에서 땔나무 태운 냄새와 술, 담배 냄새가 풍겼다. 징검다리를 밟고 계곡 물을 건너려다가 나는 몸을 웅크리고 앉아 얼굴을 씻으려 했다. 계곡물이 벌써 어찌나 차가운지 뼛속까지 시렸다. 나는 열 손가락으로 물을 움켜쥐고 얼굴에 끼얹자마자 곧바로 으악 하고 미친 듯 소리를 내질렀다. 순식간에 정신이 번쩍 들었다. 하도 울어서 얼굴에 수심이 어린 그녀도 내 모습이 재미있었던지 끝내 웃음을 터뜨렸다. 차가운 바람 속에서도 꽃가지가 웃느라 마구 흔들렸다. 나는 무엇이 그렇게 우스운지 알 수 없어 투덜거리며 말했다.

"에이, 차가워, 뭐가 우스워? 너도 해봐."

그녀는 여전히 나를 쳐다보면서 입을 가리고 실없이 웃으며 다른 쪽 고운 손으로 손가락질했다. 나는 영문을 알 수 없어 그녀를 멍하게 바라보았다. 그녀는 웃음을 멈추고 말했다.

"너, 하하, 안 씻는 게 차라리 나았어. 씻는 바람에 얼굴 전체가 얼룩덜룩해졌어, 하하하하. 어젯밤 땔나무 연기에 그을린 얼

105

굴이 닦으니 더 시커매졌어….”

나는 내 얼굴을 볼 수 없으니 그저 쓴웃음을 지을 수밖에 없었다.

“에그, 그냥 내버려 둬. 네가 씻겨 줄 것도 아니잖아.”

그녀는 마침내 웃음을 뚝 그치고는 가엾다는 듯 말했다.

“향 간부, 너 오랫동안 목욕도 안 했지?”

나는 조금 부끄러웠다.

“향 정부엔 목욕할 곳이 없어. 라오톈이 끓여 주는 뜨거운 물밖에 없어. 매일 대충 씻을 뿐이야.”

그녀는 낮은 소리로 진지하게 말했다.

“마을 사람들이 장 보러 거리에 나오기 전에 서둘러 나랑 같이 가. 깨끗이 좀 씻자.”

말을 마치고, 그녀는 나를 쳐다보지도 않고 몸을 돌려 혼자 앞서 갔다. 나는 재빨리 소매로 얼굴의 물기를 닦았다. 얼굴이 더 얼룩덜룩해진 것 같았다. 나는 사로잡힌 포로처럼, 매우 난처하여 그녀를 따라 도망쳤다.

우리가 공소사 그 집에 도착했을 때 골목은 여전히 짙은 안개 속에 깊이 잠들어 있었다.

리원은 내가 쑥스러워하는 것은 아랑곳하지 않았다. 저 혼자 재빨리 부엌방 부뚜막에 물을 올려 끓이고, 침대 아래에서 커다란 나무 대야를 꺼내 먼저 차가운 물로 한 번 씻은 다음 방바닥에 두었다. 그런 뒤 옷장에서 새 수건을 꺼내고, 세면대에서 비누를 가져와 나무 대야 옆에 두었다. 좀 이따가 큰 솥의 물이 끓자, 그녀는 물을 한 바가지씩 퍼와 대야에 붓고 뜨거운 물에 차가운 물을 좀 타서 온도를 맞추었다. 그러다 찬물을 너무 많이 섞었다 싶었는지 전날 탁자 아래에 두었던 보온병을 꺼내 그 안의 뜨거운 물을 나무 대야에 모두 쏟아 부었다. 그런 뒤에 그녀는 조금 쑥스러운 듯이 눈을 들어 나를 보며 말했다.

"물이 뜨거울 때 빨리 씻어. 산골 마을에선 모두 아쉬운 대로 이렇게 해. 난 탄 씨 아주머니 네에 두유 사러 갈게."

말을 끝낸 뒤 그녀는 나를 쳐다보지 못했고, 나 또한 그녀를 쳐다보지 못했다. 그녀는 곧바로 몸을 돌려 나갔다. 문이 닫히는 소리를 듣고, 나는 도둑질하는 것처럼 안쪽 방의 문에도 걸쇠를 채웠다. 그리고 나서야 서둘러 윗옷과 아래옷을 모두 벗고 알몸으로 커다란 나무 대야 안으로 들어갔다. 물이 너무 뜨거워 괴성이 터져 나왔다. 사실 나는 이런 목욕을 못한 지 이미 오래되었다. 이렇게 대야에 앉아서 하는 목욕은 어린 시절 어머니가 시킬 때나 자주 했던 것이다.

나는 머리부터 발끝까지 물을 끼얹고 씻었다. 비누 거품에서 여인의 몸에서 나는 달콤한 향내가 풍겼다. 익숙한 냄새를 맡으면서 오래전부터 건조한 피부를 문질러 씻었다. 문득 리원한테서 나는 특유의 냄새가 연상되었다. 실내에서 몸으로, 꽃 같은 그녀가 매일 이 나무 대야 안에서 몸에 물을 끼얹는 장면을 상상하였다. 그러자 갑자기 내 몸 어딘가가 딱딱해지면서 젊음의 활기를 내뿜었다. 내 그것은 차츰 물 위로 떠올라 머리를 내밀고 두리번거리며 이 낯설면서도 오랫동안 갈망해 왔던 규방을 살폈다. 나는 괜히 부끄러워서, 그놈을 따뜻한 물속으로 밀어넣어 안달 난 그놈이 제멋대로 굴지 못하게 하려고 애를 썼다. 그놈은 탈옥한 죄수처럼, 얼굴이 빨개지고 목에 핏대를 세우며 기어코 자유를 향해 내달리려고 하였다. 나는 그저 뻔뻔하게 그놈을 보면서 온몸을 서둘러 씻을 수밖에 없었다.

그녀의 초라한 규방은 사면의 벽 외에 세간이라곤 없는 셈이었지만 깔끔하고 아늑했다. 창가에는 질그릇 병이 놓여 있었고 거기엔 들꽃 몇 송이가 한가롭게 꽂혀 있었다. 커튼이 침대를 감싸고 있었고, 삼각형으로 개어 놓은 이불은 침대 구석에 놓여 있었다. 이리저리 둘러보다가 벽에 걸린 사진들이 눈에 들어왔다. 그녀는 액자 유리 뒤에서 보기 드물게 웃고 있었는데 어쩐지 비웃음을 띠고 있는 것 같았다. 사진 속 그녀와 눈이 마주친 순간 갑자기 당황스러웠다. 뜻밖에 그녀가 나를 훔쳐보고 있었구나 하는 생각에 창피하고 난감했다.

나는 허둥지둥하면서도 마침내 새롭게 태어났다. 그녀의 부드러운 수건으로 온몸을 잘 닦아 냈다. 젖먹이처럼 깨끗한 모습으로 환골탈태했음을 느꼈다. 그러나 목욕하고 남은 더러운 물을 앞에 두고는, 정말이지 똑바로 쳐다볼 수 없었다. 물 위는 하얀 거품으로 뒤덮였고 대야 가에는 때가 잔뜩 묻어 있었다. 그녀가 돌아오기 전에 서둘러 처리해야지, 그렇지 않으면 그녀를 마주볼 수 없을 것 같았다.

대야를 씻고 있을 때, 똑똑 문을 두드리는 소리가 들렸다. 그녀는 문밖에서 몰래 남자와 사통하는 여인처럼 아주 작은 소리로 불렀다.

"다 씻었어? 나 돌아왔어."

나는 급히 문을 열었다. 그녀는 미소를 지으며 나를 훑어보았다. 입술을 깨물며 웃음을 참으면서 친근하게 나를 놀렸다.

"사람이 바뀐 것 같아. 못 알아보겠네. 하하하. 자, 빨리, 따뜻할 때 어서 두유 좀 마셔 봐."

나도 좀 부끄러워서 쑥스럽게 말했다.

"아, 온몸이 시원해, 히히. 나 때문에 대야와 수건이 모두 더러워졌어."

그녀는 별 생각 없이 말했다.

"그럼, 이 다음에 새 걸로 물어 줘."

말을 하고서 그녀는 갑자기 저 혼자 얼굴이 빨개졌다. 나는 재빨리 그 말을 이어받았다.

"네가 나더러 같이 있어 달라 하니,* 좋아, 같이 있지, 한평생
도 같이 있을 수 있어."

그녀는 놀림을 당하고 얼굴이 더욱 빨개졌다. 이글거리는 내
눈을 똑바로 쳐다보지도 못한 채 딴 얘기로 넘어가려는 듯이 우
물거리며 말했다.

"누가 감히 너더러 물어 달라고 할 수 있겠어? 설령 물어 달
라고 해도 넌 물어 줄 수도 없어. 흥, 구밀복검口蜜腹劍이라고, 헛
소리만 지껄일 줄 아는군."

깨끗이 씻고 새로 태어난 것처럼 향기가 나서인지, 나는 갑자
기 자신감과 거만함이 생겼다. 기회를 잡았다 생각하고 끈덕지
다 싶게 그녀를 바짝 죄었다.

"그때 학교 다닐 때, 우리 남학생들이 즐겨 부르던 그 노래 기
억나니?"

그녀는 조금 멍한 표정으로 말했다.

"무슨 노래?"

나는 치근덕거리면서 흥얼거렸다.

"하늘을 물어 줄게, 땅을 물어 줄게, 너희 집 사위가 되어서라
도 물어 줄게…."

---

* '물어 주다'라는 뜻의 '賠'와 '같이 있다, 함께하다'라는 뜻의 '陪'는 음이 '페이pei'로 똑같다.

그녀는 짐짓 화가 난 듯이 비난했다.

"너희 남학생들은 어려서부터 양아치처럼 굴었지. 너희들 허튼소리를 누가 기억하겠어? 그런 얘긴 그만두고 빨리 두유나 마시고 돌아가. 깨끗한 옷으로 갈아입으면 더러운 옷은 가져와. 맨날 고약한 냄새가 진동하는데, 향 정부에서 일하면서 부끄럽지도 않아?"

나는 그녀를 더 이상 재촉할 수 없었다. 그저 씩씩거리며 두유를 마셨다. 투덜거리며 말했다.

"사무실에선 내가 가장 깨끗한 편이야. 이런데도 내가 싫다는 거야? 흥!"

그녀는 다시는 대꾸하지 않았다. 나는 도둑이 제 발 저리는 마음으로, 그녀가 걸레로 젖은 바닥을 닦는 것을 지켜보고 있었다.

16

산속에선 세월 가는 줄을 모른다. 시간은 느릿느릿 자욱한 안개처럼 흐르다가 어느 틈엔가 순식간에 세월이 간다.

서기는 내키지 않는 듯 일하는 내가 마뜩하지 않았지만 그렇다고 스쳐 가는 간부에게 미움을 사고 싶지도 않았던 것 같다. 그는 내게 인사 명령이 곧 내려올 거라면서, 이미 전화를 받았으니 현성으로 돌아갈 준비를 하라고 일렀다.

그녀에게도 작별을 고해야 한다고 생각하니 마음속 깊은 곳에서 슬픔이 치밀어 올랐다. 이별은 잔인한 일이다. 그것은 우리 둘의 앞날이, 아직 온 힘을 다 쏟아 내기도 전에 끝장난다는 것을 의미했다. 우리가 만일 어떤 숙명과 맞닥뜨리게 되어 분명히 노력을 다했음에도 끝내 패배를 인정하지 않을 수 없고, 그래서 예전 인연을 가볍게 끊어 냄으로써 새로 출발하지 않을 수 없게 된다면, 이런 이별은 틀림없이 훨씬 더 쉬울 것이다. 그러나 머지않아 눈앞에 맞닥뜨리게 될 리원과의 이별은 마음으로 여전히 달갑지 않았다.

손 흔들면 바로 이별이 되고 한 번 헤어져 평생 이별이라면,

간단히 '안녕再見'이라는 말로 마음속 주름을 펼 수는 없을 것이다. 그때 나는 아직 어린 청춘이었지만 운명이란 두 글자에서 탄내를 맡을 수 있을 것도 같았다. 하지만 이별은 피할 수 없는 일이었고, 리원과 말도 없이 헤어질 수는 없었다. 이별을 고하는 것은 그녀에게 잔인한 일이었다. 내 마음속에서 그것은 그녀를 내버리고 배신하는 일이라는 죄책감이 일었다. 그녀는 마치 내가 일찍이 잃어버린 아이 같았다. 죽을 것만 같은 아픔과 극심한 절망 속에 헤매다가, 어느 날 화마가 쓸고 간 폐허 속에서 되찾은 아이. 나는 그녀의 몸에 묻은 흙을 깨끗하게 털어 내고 눈물자국을 훔치고 그녀를 데려가려고 했지만, 그녀는 내가 자신의 진짜 아버지라는 것을 전혀 알아차리지 못했다. 그녀는 나와 다시 만나는 것도, 나와 멀리 떠나는 것도 거절했다. 심지어는 서로를 부녀로 인정하는 것이 또 한 번의 새로운 인신매매로 이어질까 봐 염려하였다…. 그러나 이렇게 거절당했다고 해서 마음 놓고 떠나가 버린다면, 그것은 의심할 것도 없이 그녀를 저버리는 일이었다.

산골 마을의 황혼은 조각루의 밥 짓는 연기 속에서 살랑거렸다. 그 순간 산과 물은 가까운 것 같기도 하고 멀리 있는 것 같기도 했다. 맞은편 강가에서 소를 치는 사람은 제멋대로 산가山歌를 부르며 저 혼자 즐거워 보였다. 멀지 않은 곳의 자기 집 부뚜막에서 피어오르는 연기가 만족스러운 모양이었다. 그해의 산골은 황량한 적막과 보기 드문 태평스러움이 깃들어 마치 당나라나 명나라 말기의 잔불처럼 인간 세상에 따뜻함을 더해 주는 것 같았다.

하늘에선 안개비가 내렸다. 눈썹이 먼저 젖었다. 나는 혼자 아랫길로 걸어갔다. 거리에서 밥을 먹으며 웃고 있는 사람들의 얼굴에서 나를 향한 비웃음을 보았다. 나는 출발을 앞두고 머뭇거렸다. 고향이 가까워지면서 어수선해지는 귀성객의 마음과 똑같았다. 익숙하게 오갔던 길의 석판이 일부러 내 발에 부딪치는 것 같았다.

처마 밑 창가에 그 전날 내가 꺾어다 준 국화가 놓여 있는 것이 멀리서 보였다. 볼품없는 질병 속에서, 잎이 떨어지고 가지가 시들어 꽃술이 동그랗게 오므라들었지만 아직 시들어 떨어지지는 않았다. 나는 리원의 고독한 그림자가 저녁 빛 속에서 꽃을 주시하다가 그릇을 들고 처마 아래로 가서 한 방울씩 떨어지는 물방울을 받아 조용히 병에 붓는 것을 보았다.

꽃은 이 계절에 생을 달리하기 때문에 아무리 물을 주어도 꽃을 살려내는 데에 아무런 도움이 되지 못했다. 하지만 나날이 닫혀 가는 꽃잎은 때가 되어 필연적으로 열반에 들 수밖에 없으니, 이를 보는 어느 누가 진정 아무 느낌이 없을 수 있겠는가.

그녀는 몸을 돌리다가 멀지 않은 곳에 얼어붙은 듯 서 있는 나를 보았다. 웃는 듯 웃지 않는 듯, 그녀는 매일 밤 돌아오는 남자를 본 것처럼 말도 없이 가게 안으로 들어갔다. 나도 익숙하게 따라 들어갔다. 계산대를 사이에 두고 그녀와 이야기를 나누었다. 그녀는 오래된 아내처럼 잔소리했다.

"너 요즘, 술을 또 많이 마시기 시작했군!"

"늘 잠이 안 와서 밤에 술을 마시고 잠을 청해."

그녀는 진열대를 정리하면서 한편으로 할 말이 없으면서도 할 말을 찾는 듯이 나를 나무랐다.

"그러면 안 되지, 몸을 해치는 짓이야!"

나는 잠시 머뭇거리다 우물거리며 말했다.

"리원, 나 곧 현성으로 돌아가."

그녀는 입을 해 벌리며 웃었다. 애써 아무 일도 아니라는 듯.

"내 생각에도 그럴 것 같았어. 어느덧 반년이 지났으니 너도 가야지."

나는 마지막 몸부림을 치듯 말했다.

"나는 좀, 가고 싶지 않아."

그녀는 갑자기 손에 쥐고 있던 닭털 먼지떨이를 휘두르며 매섭게 말했다.

"무슨 뜻이야? 너, 기껏 공부해서 얻은 재능으로 이곳의 선전 간사가 되는 게 다는 아니겠지? 여기에 있으면 너도 심란할 뿐만 아니라, 계속 이렇게 지내면 남들도 모두 너를 불편하게 여길 거야. 너, 안 보여? 네 옷차림으로는 영원히 외지인 취급을 받을 테고, 이곳에 녹아들 수 없어. 빨리 돌아가."

나는 망설이며 말했다.

"그럼 너, 너는 여기서…."

그녀는 그 예쁜 눈을 갑자기 부릅뜨고는 내 말을 잘랐다.

"너무 걱정하진 마. 저마다 자기 운명이 있는 거지. 동창으로서 나는 네가 바깥세상으로 나가길 바라. 멀리 갈수록 더 좋지. 남자가 되어 무슨 일을 할 때엔 그렇게 마음 여려선 안 돼."

나는 할 말이 없었다. 그녀의 표정이 아주 결연한 것을 보고 나도 어떻게 해야 할지를 몰랐다. 그저 낮은 소리로 이렇게 말할 수밖에 없었다.

"가기 전에 너희 아버질 다시 한 번 찾아뵙고 싶어."

그녀는 감정을 조금 누그러뜨리고 말했다.

"모레 가, 그날 쉬니까."

"아버님한테 뭐 필요한 것 없어? 혹시…."

그녀는 갑자기 쓰라린 표정을 지었다.

"아버지? 재능을 발휘할 데가 필요할 뿐이지. 너도 알아 둬, 사실 남자가 제일 두려워하는 게 바로 이거야."

나는 갑자기 말을 잃었다. 내가 할 수 있는 게 없다는 걸 나는 잘 알고 있었다. 또한 그녀가 나를 격려하고 있다는 것도 분명히 알았다. 그녀는 풀이 죽은 나를 차마 그대로 둘 수 없었는지 말투를 바꾸어 부드럽게 말했다.

"들어와서 차나 한 잔 해."

나는 그녀가 가게 문 널빤지를 한 짝씩 닫는 것을 보았다. 그녀를 따라 가게 뒤쪽에 있는 그 익숙한 방으로 들어갔다. 방 안 화로에는 재만 있고 불씨는 남아 있지 않은 것 같았다. 그녀는 부집게로 잿더미 속에 묻힌 붉은 숯을 뒤집고 목탄 몇 개를 더 넣었다. 방 안이 금세 따스해졌다. 그녀는 먼 데서 온 손님을 맞이하듯 진중하게 움직이며 차를 뜨겁게 우려 냈다. 찻물 위에 재스민 꽃잎 몇 가닥이 떠 있었다. 엷은 향이 훅 끼쳤다.

우리 둘은 불 주위에 앉았다. 어떻게 작별하는 것이 좋을지 몰라 각자 벌겋게 타는 숯을 쳐다볼 뿐이었다. 눈길은 한순간도 맞닿지 못했다. 조끼 안으로 뼈에 사무치는 한기가 느껴졌다. 이러한 어색함에 빠져드는 게 두려웠던지 그녀가 말했다.

"털실 좀 잡아 줘."

그때 팔던 양털실은 모두 고리 모양으로 크게 감은 묶음으로 되어 있었다. 그래서 스웨터를 짜려면 먼저 그걸 푼 다음, 실을 둘둘 말아서 둥근 실몽당이로 만들어야 했다. 그래야 대바늘로 짤 때 쓰기 편했다. 그녀는 털실 한 묶음을 꺼냈다. 내게 두 손을 들게 하고는 그걸 내 손목에 끼우고 실마리를 뽑아 당기면서 둥글게 말기 시작했다. 내 손목에서 털실을 계속 빙글빙글 돌리며 잡아당겼다. 우리는 말이 없었다. 마치 어린아이들이 놀이를 하는 것 같았다. 이처럼 항복하는 자세로 있다가 조금 우스꽝스럽다는 생각이 들어 나도 모르게 피식 웃었다. 그녀는 눈을 부릅뜨고 나를 쏘아보고는 엄숙하게 말했다.

"너 또 예전의 나쁜 생각을 하고 있는 거지?"

나는 웃기만 하고 아무 말도 하지 않았다. 그녀는 마침내 공 모양 실타래를 하나 감아 냈다. 그러고는 베개 옆에서 거의 다 뜬, 옷깃이 높은 스웨터를 꺼냈다. 나더러 서라고 하더니 스웨터를 내 등에 대고 키와 소매 길이를 맞춰 보았다. 그런 다음 내게 앉으라고 하고 새로 감은 털실로 다른 쪽 소매를 뜨기 시작했다. 나는 그녀에게 물었다.

"얼마 전에 벌써 한 벌 뜨지 않았어? 색깔이 이건 아니었던 것 같은데?"

"그건 아버지 거야."

"그럼… 이건?"

그녀는 손가락을 재빨리 놀려 연주를 하면서 눈을 들어 나를 보았다.

"네 마음에 안 든다면, 다른 사람한테 주지, 뭐."

나는 문득 상황을 깨닫고 말을 더듬거렸다.

"내… 내가 어떻게 안 좋아할 수 있어? 네가 한 땀 한 땀 뜬 건데, 얼마나 귀하겠어?"

그녀는 쓸쓸하고 슬픈 감정을 억누르면서 조금은 뉘우치듯 말했다.

"곧 갈 텐데, 산골에는 선물할 만한 게 아무것도 없어. 올해 털실은 내몽골에서 보내온 건데, 잘 안 끊겨. 동창의 마음이라고 생각해."

그녀는 손에 쥐고 있던 대바늘로 잡지에서 찢어 내어 벽에 붙인 컬러 사진을 가리키며 말했다.

"예전엔 이런 스타일로 옷을 떠 본 적이 없어. 하지만 미우라 토모카즈三浦 友和*가 입은 멋진 옷을 보고 나도 이런 스타일로 옷을 짜 보면 어떨까 생각하고 있어. 올 겨울 지나고 성도에 갔을 때, 이런 스타일이 유행이 지났으면, 네가 알아서 버려. 아니면 길가의 거지한테 줘도 좋아."

나는 코가 조금 시큰거렸지만 애써 아무렇지 않은 척했다.

"그럴 수야 없지! 평생 소중하게 간직할 거야. 더욱이 대학원 시험을 보러 나갈지 말지 아직 정하지도 못했어. 난 정말 마음이 놓이지 않아…."

---

* 일본의 남자 배우. 그가 출연한 영화 〈절창絶唱〉, 〈풍설황혼風雪黃昏〉, TV 드라마 〈혈의血疑〉가 중국에 소개되어 큰 인기를 얻었다

'네가'라는 말은 채 입 밖에 내지도 않았는데, 그녀는 바로 눈을 부릅뜨고 내 말을 끊었다.

"다 큰 남자가 왜 이리 말이 많아? 그때 학교의 그 많은 학생들 가운데, 어렵게 시험에 붙어 대학에 간 사람은 너밖에 없어. 아무튼 78년에 졸업한 우리 친구들을 생각해서라도 네가 분발해서 체면을 세워 줘야지. 이 세대가 시간을 얼마나 허비했는지 너도 알잖아? 그때 네가 웅대한 뜻을 품고 혈서를 쓴 것이 산골 코딱지만 한 집에 돌아와 지금처럼 이렇게 차 마시고 신문 보면서 평생을 사무실에 앉아 있으려고 그랬던 거야?"

나는 대학 입학시험을 보기 전에 몰래 혈서를 썼다. 반드시 명문대에 들어가겠다는 맹세였다. 그런데 뜻밖에 그녀가 알고 있다니. 나는 살짝 얼굴이 빨개져 낮은 소리로 말했다.

"나는 널 위해 조금⋯."

그녀는 갑자기 손안에 있던 스웨터를 침대 위로 던지고는 일어서 창밖을 향해 돌아섰다. 그녀는 침묵 속에서 칠흑같이 어두운 밤을 내다보았다. 나는 극도로 긴장하여 어쩔 줄을 몰랐다. 한참이 지나서야 그녀는 숨을 돌리고 말했다.

"이 스웨터는 먼 길 떠나는 너 주려고 만드는 거야. 만일 네가, 보잘것없지만 그래도 내가 이렇게 한 땀 한 땀 공을 들인 정성에 떳떳하고 싶다면, 이 옷을 입고 열심히 노력해. 만일 여기 남고 싶다면, 너희 어머니나 누이가 스웨터를 떠 줄 수도 있으니, 이 스웨터는 다른 사람한테 주면 그만이야. 너도 우리 아버지 어떻게 사는지 봤잖아. 너랑 마찬가지로 공부한 남자가 그저 날마다 하늘을 등지고 땅이나 쳐다보고 있지. '들에서 손수 밭을 간다躬耕隴畝'고 자조적으로 말할 수밖에 없어. 아버지 스스로는 몸을 낮추어 여기에 적응할 수 있었지만, 매번 나를 볼 때마다 슬퍼하시면서 당신이 내 인생을 그르쳤다고 말씀하셔. 너도 훗날 아버지가 되어서야 이렇게 답답한 삶이 너 자신의 책임이라는 걸 알게 될 거야. 해야 할 말을 다 했으면, 하지 않아도 될 말은 더 할 필요 없어. 내가 너보다 공부는 적게 했지만, 내 맘속에는 아직 등불이 켜져 있어. 네가 만일 머뭇머뭇 미적거린다면, 그래서 내가 널 높이 평가할 수 없게 된다면, 다신 널 보고 싶지도 않아. 돌아가."

말투는 담담했지만, 말 한 마디 한 마디가 칼로 자르는 것 같았다. 그녀의 단호한 태도에 나는 그저 작은 소리로 이 말밖에 할 수 없었다.

"알았어, 그럼 갈게."

---

* 《삼국지三國志》〈촉지蜀志〉, 「제갈량전諸葛亮傳」에 나오는 구절. 제갈량이 남양南陽에서 손수 농사를 지은 일을 가리킨다. '숨어 지내며 때를 기다리다'는 의미도 담겨 있다.

17

그날 밤, 나는 경책으로 한 대 맞은 것 같았다. 마치 사나이의 원대한 뜻이 깨어나는 듯했다.

그래, 설마 이 시골에서 늙어 죽을 때까지 있고 싶은 것은 아니겠지? 여기에 남고자 갈망하는 내 모든 충동은 본질적으로 리원에 대한 첫사랑의 감정에 기초하고 있었다. 그러나 더 큰 것은 일종의 다정한 연민이었다. 나는 그녀의 운명을 차마 지켜보기만 할 순 없었다. 이곳에 남아 시대가 그 가족에게 안겨 준 아픔을 분담하고 싶었다. 사실 내가 정말 노력해서 나아가려던 방향은, 백마 탄 왕자가 되어 그녀를 산속의 감옥에서 빼내어 함께 저 먼 곳으로 달아나는 환상이었다.

그러나 막 졸업하여 아직 세상일을 잘 모르는 대학생으로 말하자면, 생활이라는 쥘부채가 막 펼쳐졌을 뿐이었다. 여린 부챗살은 매미 날개처럼 얇은 부채 거죽을 가까스로 떠받치고 있을 뿐, 싹쓸바람을 일으킬 만한 능력은 아예 없었다. 그녀를 데려갈 수 있다고 하더라도, 어떻게 그녀가 외롭고 힘든 아버지를 내버려 두게 할 수 있으며, 또 어디에 우리의 떠도는 혼을 편히 쉽게 할 수 있을까.

나는 혼자 멍하니 그 출렁다리를 찾아갔다. 들쭉날쭉한 다리 널빤지를 밟아서 흔들거리며 향진의 피안彼岸에 이르렀다. 처음으로 고요한 밤에 홀로 맞은편 불 켜진 집들, 냇가에 선 오래된 민가를 살펴보았다. 드문드문한 불빛이 호두나무와 백양나무 사이에서 깜빡거리며 반짝였다. 발 아래 냇물은 억눌러 왔던 눈물 어린 하소연을 하듯 목메어 울었다. 3백 년 이상의 역사를 지닌, 소금길鹽道이 지나는 오랜 향진, 여길 오고 간 사람은 얼마나 될까? 어떤 이들은 여기에 뿌리내리고 살고 또 어떤 이들은 사랑하는 부인을 데리고 떠났을 터인데, 한 세대 또 한 세대가 지나며 이렇게 번성하였다. 그러나 누군가는 그 문 뒤에서 저마다 겪어야 했던 이별의 슬픔을 정말 깊이 알았을 것이다.

나는 여기 왔다, 그리고 떠날 것이다. 이 아득한 산골 마을은 내 운명 속에선 대체로 쉼표에 지나지 않는다. 리원을 위해서, 그 어렴풋하여 도무지 찾을 수 없는 사랑을 위하여, 나는 정말 마침표를 찍을 수 있을 것인가? 한 줄로 늘어선, 흔들거리다 곧 무너져 버릴 것만 같은 저 조각루들 사이에서 우리는 정말 살 곳을 찾을 수 있을까? 바닥화로와 부뚜막 사이에서 아이들을 낳고 기르는 것이 이생의 사명을 다하는 것일까?

리원은 이미 자신의 운명을 받아들인 것 같았다. 적어도 아버지를 위해서라도 그녀는 진창 속에서도 기꺼이 살지 않을 수 없었다. 그녀의 미래는 어디에 있는 것일까? 이 산속에서 누가 그녀의 고결함에 어울릴 수 있을까? 나는 그녀의 앞날을 멀리까지 내다볼 수 없었다. 더욱이 머리를 들어 그녀의 앞날을 그려 볼 때마다 몹시 두렵고 마음이 찢어질 듯이 아팠다. 그녀 또한 자신의 앞날을 내다보기를 거부하였다. 말하자면 아예 이런 화제를 꺼내고 싶어 하지 않았다.

어느 날 그녀의 아버지를 모시고 갈 수 있는 힘이 내게 생긴 다면 모를까, 나는 그녀를 데리고 나갈 수가 없었다. 더욱이 정치적 보복이 횡행하는 시대에 그녀는 애초에 이런 생각을 품을 수도 없었다. 그녀는 그저 이런 세월을 따라, 저도 모르게 미끄러져 떨어질 수밖에 없었다. 어디로 떨어질지 그녀로선 알 길이 없었고 또 미리 알고 싶어 하지도 않았다.

사실 나는 아주 어렸을 때부터 우리들이 자라던 그 시대가 거칠고 상스러우며 기괴하고 황당하다는 것을 깨닫기 시작했다. 현성으로 전학 가기 전 나는 다른 작은 향진에서 살고 있었다. 문혁 기간 내내 그 작은 향진은 괜한 죽음의 냄새가 가득했다.

나는 일찍이 내 눈으로 똑똑히 보았다. 한동안은 조반파造反派가 당권파當權派, 곧 기층의 정부 관리들을 줄로 묶고 단상에 세워 비판투쟁의 대상으로 삼고는 흠씬 두들겨 팼다. 얼마간 시간이 지나자, 이번에는 보황파保皇派*가 조반파를 줄로 묶어 들보에 매달았다. 사람들마다 모두 '마오 주석, 만세!'를 외쳤고, 승리자는 언제나 상대방을 마오 주석의 적이라면서 저주하였다. 사람들은 영문도 모른 채, 적군과 아군으로 나뉘어 원한과 보복을 끊임없이 되풀이했다. 내 아버지와 리원의 아버지도 모두 국운이 기울 때의 희생 제물이었다. 그들은 서로 다른 정치적 배경 아래에서, 악한 세상惡世의 아픔을 저마다 고스란히 겪어야 했다.

내 마음속에는 줄곧 세상을 향한 열불이 쌓여 갔지만, 산골에서 의기소침하게 살아가는 한낱 말단 관리의 신분으로는 이 시대에 품게 된 의문을 도저히 해소할 수가 없었다. 심지어 시작도 해보지 못 하고 바로 실패한 사랑은, 본질적으로 우리들이 풀지 못한 시대의 매듭에서 비롯된 것이므로 노력하는 것마저 포기하지 않을 수 없었다.

바꾸어 말하면, 한 청년이 세상 경험을 처음 하는 시기에 그의 연애와 꿈이 조직에 의해 목 졸려 죽임을 당한 것과 같았다. 이런 원한을 품고, 그저 먼 곳으로 내달리는 것밖에는 할 수 있

---

* 청말민초淸末民初에는 혁명파에 맞서 황제를 옹호하던 세력을 가리켰으나, 문혁 초기에는 주자파走資派로 지목되었던 당권파 지도부와 각 지방의 당정 조직을 지지 · 옹호하면서 조반파와 대립하던 세력을 가리킨다.

는 게 없었던 나는 더 이상 이 현성에 머물고 싶지 않았다. 그먼 곳이 얼마나 멀지는 괘념치 않고, 한 세대 또 한 세대의 변방 청년들이 모두 세계를 변혁하겠다는 꿈을 안고 출발하여 뜻을 같이 하는 사람들을 찾아 사회를 바꾸기 위해 서로 의지하고 한데 뭉치기를 희망하였다.

강가에 홀로 앉아 있던 그 쓸쓸한 밤에 나는 마치 온 누리를 내려다보는 듯했다.

청춘의 고뇌와 분노 속에서 현세의 슬픔을 통찰하고, 자유롭게 꿈틀거리며 흘러가는 강물에서 어렴풋하지만 내가 맞을 내세를 엿본 것만 같았다. '떠나는 사람은 이와 같아서逝者如斯'* 나는 리원의 옷자락을 붙잡을 수 없고 그저 강물처럼 멀어져 갈 뿐이었다. 또는 떠나가는 도중에도 여전히, 하늘과 땅을 뒤집을 수 있는 도깨비방망이를 찾아 그 덕분에 말 타고 다시 돌아올 수 있을 만큼 충분한 힘을 얻어 운명에 빼앗긴 내 꽃잎을 되찾을 수 있기를 바랐다.

나는 지금도, 그날 밤 눈물을 줄줄 흘리며 세상사와 운명 앞에서 무력감을 느끼고 자신의 나약함이 싫어 회피하려 했던 내 모습을 기억한다. 그러나 그 순간의 심사深思는 리비도가 전이된

---

* 《논어》, 〈자한子罕〉편에 나오는 구절. "지나가는 것은 이와 같아서 밤낮을 멈추지 않는다逝者如斯夫, 不舍晝夜"는 '시간이 내달리는 강물처럼 빨라서 가고 나면 다시 오지 않음'을 의미한다.

짐승과 같아서 온몸 가득히 수컷 야수의 본성을 쌓기 시작했다.

18

/

  리원의 아버지는 50년대 대학생이셨다. 학교에서 반우파투쟁
을 겪은 뒤 이곳 어시鄂西 산골로 하방당했다. 그는 비록 우파로
몰리지는 않았지만, 우경기회주의 사상을 지닌 지식인으로 내
정되었다.

  그 무렵 지식인들은 중화민국中華民國(1911년 신해혁명으로 청나라가
무너지고 이듬해에 성립된 공화국) 시기를 지나 반우파투쟁과 3년 대기
근*을 겪으면서 내심 각성하기 시작한 이들이 많았다. 그저 사
회 전체의 형세 속에서 그들은 지난 매번의 운동 중에서 말을
많이 하는 일이 다시는 없었다. 이처럼 억눌린 고통과 분노는
암세포처럼 몸 안에 퍼져 나가서 시도 때도 없이 자신의 양심과
영혼을 괴롭히곤 하였다.

  갑자기, 문혁은 아무런 까닭도 없이 폭발하였다. 지휘자는 뜻
밖에도 이 나라의 지도자(마오쩌둥)였다. 그는 몸소 자신의 인민들

---

* 대약진운동의 실패와 농업을 희생시켜 공업을 발전시키려던 정책 탓에 1959~1961년 시기에 중국
전역에서 식량이 부족하여 수천만 명의 아사자가 속출한 사태.

80년대 사랑

에게, 각지에서 자본주의의 길을 가는 당권파에 대항해 용감하게 혁명에 나설 것을 호소하였다. 처음에는 감히 그 말을 믿는 사람이 거의 없었다. 이번엔 정말로 그가 지시한 것인가? 더욱이 반우파투쟁의, 이른바 '뱀을 동굴 밖으로 유인하는 정책引蛇出洞陽謨'(우파들이 드러내 놓고 활동하도록 유도해 그 정체를 폭로하는 것)이 나온 뒤로는 순박한 사람들도 교활함을 배워서는, 그것이 새로운 함정인가 싶어 두려워하였다.

베이징의 홍위병들이 들고 일어나 평화로운 시대에 진짜 총칼을 들고, 명망이 자자한 혁명 원로와 고관, 지식인들을 비판투쟁에 넘기고 구타하기 시작해서야, 각지의 인민들은 비로소 이번 판이 진짜라는 걸 조금씩 믿기 시작했다. 그러나 군중의 마음에 불을 붙이기에는 아직 부족했다. 그래서 도시의 홍위병들은 다른 지역과 연계하여 혁명의 불씨를 퍼뜨렸으며, 직접 각지의 보잘것없는 인민들을 이끌고 가서 그 지역 정부를 깨부수고 봉건주의와 자본주의, 수정주의의 문화 유적과 서적들을 불태웠다. 그런데도 지역의 어느 누구도 이들을 제지할 수 없었다. 사람들은 그제야 비로소 와아 하고 떼거리로 모였고, 저마다 마오 주석을 보위하는 전투대를 만들어 본격적으로 행동에 나서기 시작했다.

오늘날 주류의 관점으로 보자면, 문혁이 일어나기 전의 17년 동안(중화인민공화국이 성립된 1949년부터 문혁이 시작된 해인 1966년까지의 기간)

은 확실히 급진적인 좌경의 길을 걸었던 시기이다. 그러나 기층의 관리들은 이런 정책을 집행하면서 '윗사람이 좋아하는 것을 아랫사람들은 더 심하게 좋아한다'*는 말을 염두에 두지 않았다. 인민들이 한층 더 과격해질 수 있다는 것을 조금도 의심하지 않은 것이다. 그래서 각지의 민중이 관리들에게 터뜨린 최초의 분노는 원한이 깊게 서린 칼날이었다. 각 기관에 있던, 원래 성실하고 침묵에 익숙했던 지식인들도 이번 운동이 정말로 지도자의 의지에 부합하며, 그래서 위험스러운 뒷일은 조금도 걱정하지 않아도 된다는 것을 깨닫고는 마침내 꿈틀거리며 일어나려고 하였다.

그들은 시대의 큰 흐름에 휩쓸려 조반파의 대열에 가입하고 매우 비판적인, 기세가 웅장한 글들을 썼다. 한순간, 원래는 아무 이름도 없던 영웅과 호걸이 전국 각지, 각 계층에서 수없이 많이 태어났다. 리원의 아버지야말로 산골에 자리 잡은 걸출한 인물이었다.

그는 교육국의 사무원이었는데 줄곧 어느 편에도 가담하지 않았다. 내심 시국時局에 나름의 관점이 명확하게 서 있어서 오합지졸의 운동에는 가볍게 참여하지 않았다. 그런데 그의 동창

---

* 《맹자》〈등문공상滕文公上〉편에 나오는 "上有好者, 下必有甚焉者矣"에서 온 말.

하나가 작은 도시에서 유명한 조반파 조직인 '봉화전단烽火戰團'을 결성하고 〈봉화전보烽火戰報〉라는 등사 전단지 매체를 만들려고 하면서 그에게 접근했다. 당시의 인재인 그를 산 밖의 혁명에 끌어들이려 한 것이다. 그에게 남아 있던 이상주의와 우익사상이 큰 시대의 부름에 깨어났다. 그는 이 나라의 개조와 앞길에 자신들의 재주와 지혜로 공헌할 수 있을 거라 여겼다. 그래서 그는 편집자와 주필의 임무를 맡았다.

작은 전단지는 산골에서 제일 잘 나가는 독서물이 되어서 큰 길 작은 골목 여기저기에 붙었으며, 수없이 많은 사람들의 손에서 읽혔다. 그가 쓴 사설은 관점이 날카롭고 재주가 넘쳐서 상급 신문사에 뽑혀서 발표되기도 하였다. 이로써 그는 이름이 하루아침에 높아졌고, 가난한 산골 마을에서 모든 사람들이 아는 인물이 되었다. 현縣 정부가 파괴되어 그 대신에 혁명위원회가 지도할 때에 조직을 다시 건설할 필요가 있던 위원회의 요청으로 그는 현의 혁명위원회 사무실에 이끌려 들어가게 되었다.

실제로는 조반파 다수가 문혁 중기에 이미 압제를 받았고, 문혁이 끝날 즈음에는 파벌운동 청산이 잇달아 이어졌다. 역사에서는 이를 '3종인三種人 청산운동'이라고 부른다. 리원의 아버지처럼 문혁 중간에 갑자기 간부로 올라간 사람들은 자연히 청산 대상에 들었다. 각지에서 일찍이 기세가 등등했던 인물들 가운데 많은 이들이 제명되고 하방당하여 개조 대상이 되었다. 실형을 선고 받거나 심지어 처형을 당한 이도 있었다. 다시금 그들의 비극적인 운명을 돌아보면, 그들에게 역사가 그저 경박한 농담을 던진 것만 같다.

나는 리원에게 그녀의 아버지께 작별 인사를 드리러 가기로 약속했다. 그 가는 길에서 나는 그녀의 아버지 시대를 이해하고 동정한다고 얘기했다. 리원은 속으로 숨기고 있었던 나의 반골 기질에 조금 놀라는 것 같았다. 우리가 고등학교를 다니던 때에는 이런 화제를 입에 올릴 수 없었고, 그녀로서는 내 대학 생활을 이해할 수가 없었다. 그녀는 내가 대학을 다닐 때 처음 창작한 장시長詩 〈역사를 위하여〉를 낭송했다가 처벌을 받을 뻔한 일을 알 리 없었다.

그녀는 자라면서 집안의 가르침 때문에 일찍부터 철이 들었다. 또한 자신을 꽁꽁 싸매어서는 아버지가 당했던 것 같은 상처를 입지 않으려고 했다. 그래서 살아가면서 정치 얘기는 절대 꺼내려 하지 않았고, 더욱이 내가 늘어놓는 고담준론을 걱정하며 두려워했다. 나더러 그런 얘기는 함부로 해선 안 된다고 충고했는데, 거의 화내듯이 경고하였다.

"정치엔 영원히 끼지 마, 안 그러면 다시는 너 안 볼 거야."

나는 그녀가 집안 일로 아주 큰 상처를 입었다는 것을 알았다. 비록 평시에는 그런 상처받은 감정을 드러내진 않지만, 마음속 말 못할 고통이 줄곧 그녀의 미약한 생명을 찢어 놓고 있었다.

우리는 산길을 따라 올라가면서 산을 내려오던 농민들과 계속 마주쳤다. 그들은 공소사의 아름다운 여성 동지 리원을 알아보았다. 산골 사람들은 습관처럼 공공기관에서 일하는 사람들을 모두 '동지'라고 불렀다. 그들은 리원을 볼 때마다 친절하게 인사를 건넸고, 그녀는 산골 사람들과 대화할 때면 아주 익숙하게 농촌의 용어들을 사용하였다. 그녀는 아름다움과 기품을 제외하면 꼭 산골 새댁 같았는데, 처음엔 자신에게 낯설었던 땅으로 녹아들고 있었다.

나는 왠지 참을 수가 없어서 온 산에 가득한 시든 풀과 말라 버린 등나무를 바라보다가 문득 코가 시큰해졌다. 쉬면서 담배를 피웠다. 울적한 마음으로 파란 하늘을 보며 도넛 모양으로 담배 연기를 내뱉었다. 앞서 걷고 있던 리원은 내가 뒤에 처져 앉은 것을 보고는 걸음을 멈추고 나를 바라보았다. 어쩌면 내 슬픔을 짐작했을 것이다. 그녀는 말없이 되돌아와서, 내가 계속 위로 걸을 수 있게 처음 주동적으로 내 손을 잡아 나를 끌어당겼다. 그녀는 나를 돌아보려고도, 말을 하려고도 하지 않았다. 나는 따뜻하고 부드러운 옥 같은 그녀의 손을 꽉 잡았다. 그 순간엔 어떻게 하는 것이 좋을지 몰랐다. 그저 손바닥에 땀이 찬 것만 느꼈는데, 손이 촉촉해진 것이 마치 무슨 꿍꿍이를 품고 있는 용의자 같았다. 나는 여전히 참을 수가 없어서 우물거리며 말했다.

"너, 정말 한평생 여기서 자리 잡고 살 거니?"

그녀의 손이 잠시 떨리는가 싶더니 그녀가 갑자기 내 손을 놓았다. 고개를 돌려 날카로운 눈빛으로 나를 쏘아보면서 말했다.

"너, 넌, 너의 내일이나 모레가 보이니? 네가 우리 아버지 나이가 되었을 때, 네가 어디에 있을지, 뭘 하고 있을지 상상할 수 있어?"

나는 한순간 말문이 막혔다. 조금은 어쩔 수 없다는 듯 말했다.

"상상하기 어렵지."

"산다는 건 하루하루를 보내는 거야. 너희 아버지, 어머니가 문혁이 일어나기 몇 해 전 박해받을 때, 네가 대학에 갈 수 있을 거라 생각했을까? 어디서 지내든 다 사는 것 아니니? 도시에서 옥살이를 하는 것과 산골에서 농사짓는 것, 어느 게 더 좋다고 말할 수 있어? 자기 길을 잘 갔으면 해, 내가 네게 유일하게 바라는 건, 우리 아버지처럼 살진 않았으면 한다는 거야. 아버지 때문에 애태우느라 난 이미 지칠 대로 지쳤어…."

나는 걸음을 멈추고 움직이지 않았다. 그녀는 고개를 돌려 나를 바라보았다. 그녀의 속 깊은 마음을 조금은 이해할 것 같았다. 문득 그녀를 안고 싶은 충동이 일었다. 그녀는 내 손가락이

떨리는 것을 보고 내 마음의 격정을 알아차렸는지, 갑자기 몸을
돌려 빠른 걸음으로 앞서갔다.

　그녀는 늘 눈치 빠른 산토끼처럼 바람 속의 위험을 감지했고,
도망쳐 잡히지 않으려고 애를 썼다.

19

산꼭대기는 평원이었고, 마을은 술잔을 거꾸로 엎은 모양이
었다. 평원의 논은 겨울이라 내버려 두는데, 하얀 빛을 띠며 맑
게 반짝였다.

아주 오래전 사람들은 대체 어떻게 이런 험준한 곳을 발견해
옮겨 왔을까. 또 어떻게 개발하여 대대로 이곳에 살아왔을까.
아무리 생각해도 이해가 되지 않았다. 여기 온 첫 사람은 도망
쳐 온 것일까, 아니면 벌을 받아 쫓겨 오게 되었을까? 산봉우리
가 이처럼 홀로 우뚝 솟은 산골 마을에서 사람들은 오로지 빗물
과 샘물에만 의지해 생존해야 했지만, 대대로 끊임없이 논과 산
비탈을 개간하여 자급자족하면서 후손들을 늘려 왔다.

리원의 아버지는 거의 유일한 외지인이었다. 그는 이곳 토가
족 사람들과 외모와 언어가 전혀 어울리지 않았다. 그러나 선의
야말로 유일하게 쉽게 드러나는 소통 수단이다. 산골 사람들은
베이징의 정치색이 아니라, 그저 사람을 사귀는 예의로 좋고 나
쁨과 옳고 그름을 판단하였다. 그처럼 교양 있고 사리에 밝은
사람에게는 일단 얼마만큼의 존경심을 가지고 있었다. 말로는

감시와 개조지만, 대부분의 시간 동안 그는 오히려 산골 마을의 귀빈 대접을 받았다. 결혼이나 장례가 있을라치면 모두 그를 제일 윗자리에 모셨다.

지식인으로서 비록 전체주의가 극심한 시대에 살더라도, 그처럼 심성이 선량하고 다른 이들과 잘 지내기만 한다면 기쁘고 만족스럽게 사는 것도 전혀 어렵지 않다. 가끔 글을 써야 할 일이 생기면 산골 사람들은 산에서 잡아 말린 고기를 들고 그를 찾았다. 그가 힘이 부치는 일이 있을 때면, 늘 순박한 남자들이 도와주었다. 정치투쟁으로부터 멀리 떨어진, 이처럼 가난하고 황량한 곳에서 그는 오히려 진정으로 자유를 찾은 것 같았다.

당시 리원의 아버지는 그렇게 늙은 편은 아니었다. 쉰 몇 살이었으니, 그저 남다른 세월을 보낸 탓에 조금 늙은 티가 났을 뿐이다. 그의 초가집은 마을 귀퉁이에 있었다. 집 뒤로는 대나무 숲이 산을 온통 덮고 있었다. 야생의 얼룩대斑竹(줄기와 가지에 크고 작은 자갈색 점들이 박힌 대나무)는 굵고 단단하며 키가 컸는데, 온몸에 눈물 흔적이 찍혀 있어서 마치 한 시대의 아픔을 쌓아 둔 것 같았다.

그는 내가 다시 온 것을 조금은 뜻밖이라고 여기는 것 같았다. 무심코 딸을 쳐다보며, 그 얼굴빛에서 특별한 해답을 찾고 싶어 하는 것 같았다. 리원은 아무 말도, 별다른 표정도 짓지 않았다. 그것은 딸 걱정은 할 필요가 조금도 없다는 뜻이었다. 나는 어르신께 인사를 드리면서 망년지교를 맺은 사이인 것처럼 아주 친근하게 굴었다.

초가집은 진흙과 대오리로 쌓아 올린 흙담으로 지어졌지만, 보온 효과가 좋았다. 집 안 가운데 바닥화로에서는 나무가 타고 있었는데 따뜻한 것이 마치 지난 시대의 은택思澤 같았다. 바닥화로 위에는 대통으로 만든 갈고랑이가 걸려 있었다. 토가족 사람들은 이를 쉬통거우梭筒鉤라고 불렀다. 갈고랑이는 나뭇가지를 거꾸로 세워 놓은 것으로, 그 위에는 토가족의 솥이 걸려 있었다. 쉬통거우 위쪽에 걸려 있는 말린 돼지고기 덩어리는 연기에 그을고 불에 타서 검은 빛을 띠고 있었지만 번지르르 기름기가 흘렀다.

마치 중세시대로 되돌아간 것 같았다. "새로 빚은 술엔 푸른 거품이 일고, 붉은 질화로는 달아오르네綠蟻新醅酒, 紅泥小火爐."* 순간 초가집 전체가 집다운 분위기에 휩싸였다. 리원은 손발이 부지런한 여자였다. 거들지 못하게 아버지를 말리고는 우리더러 그냥 화롯가에 앉아 차를 마시라고 했다. 그녀는 재빠르게 다른 부뚜막에서 저녁을 준비했다. 장작불이 그녀의 얼굴을 밝게 비추었다. 맑고 아름다운 눈이 불길 속에서 반짝이면서 눈빛

---

* 백거이白居易(772~846)가 쓴 5언절구 〈유십구에게 묻대問劉十九〉의 제 1, 2구.

이 출렁였다.

어르신老人은 강호를 떠도는 처지임에도 여전히 소중하게 지키고자 하는 자신의 생활이 있었다. 그는 도자기 그릇을 하나 가지고 오더니 화로 안 숯불 위에서 그것을 데웠다. 그런 뒤 밀봉된 다른 도자기 병을 가지고 와 그 안에서 찻잎을 꺼내서는 이미 뜨거워진 도자기 그릇 안에 집어넣고 그릇을 흔들었다. 찻잎을 덖자 짙은 향이 배어나 차가운 밤 한가운데로 가득 퍼졌다. 매단 솥 안의 끓인 물을 도자기 그릇에 따르자 또르르 하는 소리가 울렸다. 마치 찻잎과 질그릇이 사랑을 나누며 내는 신음 소리 같았다. 그는 진흙 사발 몇 개를 꺼내어 차를 따라 주고는 나와 함께 천천히 음미하기 시작했다.

"이건 차를 덖는 건데, 추운 산골에 사는 농민들은 차를 이렇게 마신다네."

덖은 차는 끓여 낸 차보다 향이 더 나고, 우려낸 차보다 더 진했다. 찻잎은 산골에서 자라는 야생차로, 가을에 따낸 잎으로 만들었다. 그것은 세상 풍파를 다 겪은 사람처럼 갓 돋아난 새잎보다 더 맛이 났다. 그가 차를 따르는 방식은 옛 법도를 따르고 있었다. 나 같은 아랫사람도 한결같은 존중으로 대하였다.

얼마 안 되는 시간에 리원은 몇 가지 요리를 만들어서는 바닥 화로 가에 하나씩 내어 놓았다. 죽순을 곁들인 훈제 돼지고기, 고추 야생닭고기, 씀바귀 두부요리, 하나하나가 모두 농가 아낙의 손에서 나온 것처럼 제대로 된 시골 풍미가 가득하였다. 그녀의 아버지는 오래된 항아리를 하나 열어 대나무로 만든 구기로 옥수수술을 떠서 사발에 따랐다. 우리는 술을 마시기 시작했다. 리원도 손을 씻고는 가까운 곳에 다소곳이 앉았다.

산골의 옥수수술은 농가에서 담근 것이어서 물을 타지 않으면, 처음 얻은 술은 적어도 65도 이상이 된다. 항아리 안에 밀봉된 지 오래여서 새 술의 화기火氣는 가셨을 텐데도, 한 모금 마시자마자 불길이 목구멍을 휩쓸고 지나가면서 식도를 깎아내리는 듯 화끈거리고 위 안에서 한동안 요동치는 것만 같았다. 나는 개처럼 혀를 내밀어 바람을 쐬어 식혔다. 어르신은 나를 보고 웃음을 참지 못했다. 리원이 나를 나무랐다.

"뺏어 먹을 사람 없어. 급하게 마시지 마."

어르신은 미소를 지으며 말했다.

"천천히 마시게. 괜찮아. 산골은 날이 차니 술로 추위를 쫓아낼 수 있지. 쉽게 취하지도 않을 걸세. 먼저 음식을 좀 들게."

리원이 다정하게 말했다.

"아니면, 밥을 먼저 좀 줄까? 배 좀 채우고 나서 술 마셔. 빈속에 술 마시면 금방 취하잖아."

내가 손을 내저으며 괜찮다고 하자 어르신이 말했다.

"그래도 되네. 토가족 사람들은 밥 먹으면서 술을 마시는 것을 카오쟈주오烤夾桌라고 부르네. 원래 산골 사람들의 풍습인데,

아마도 흉년 때 전해져 온 습관일 걸세."

나는 두 손으로 술그릇을 이마 위로 받쳐 들고서는 공손하게 말했다.

"어르신, 제가 먼저 술 한 잔 올리겠습니다. 어르신께 작별 인사를 올리려고 특별히 왔습니다. 저는 곧 현성으로 소환되어 갈 겁니다. 나중에 더 먼 곳으로 가야 할 수도 있습니다. 특별히 리원에게 얘기를 해서, 더 많은 가르침을 받고 싶어 어르신을 뵈러 오게 되었습니다."

어르신은 이미 알고 있었다는 듯 미소를 지으면서도 탄식했다.

"'때 되면 끝내 떠나야 하네, 떠나서는 또 어찌 살까요?去也終須去, 住也如何住?'* 떠나는 게, 분명히 맞네. 자네는 이 지역이 드물게 새로 배출한 대학생이네. 말하는 품이 평범하지 않은 걸 보니 특별한 포부가 있는 것 같네만. 이 늙은이는 이따금 걱정을 하지 않을 수 없네…."

나는 황급히 말했다.

"어르신께 가르침을 받으려 온 것입니다. 주저 마시고 있는 그대로 말씀해 주십시오."

어르신은 나와 술 그릇을 부딪치고는 술을 단숨에 마셔 버린

---

* 남송南宋 때 관기 엄예嚴蕊가 지은 사詞 〈복산자卜算子〉의 한 구절.

뒤 고개를 들어 초가집의 천장을 보았다. 문득 얼굴에 근심이 가득했다. 그는 술 한 모금을 삼키고 한참이 지나 한숨을 내쉬며 탄식했다.

"사람이 젊어서는 혈기왕성하여 쉽게 자기 재주를 믿고 남을 깔볼 수 있지. 가슴에 남다른 뜻이 있으면 뭇사람들과 어울리기 어렵네. 하지만 눈앞의 세상인심은 때때로 출중한 사람을 용납하지 못하네. 만약 뜻을 이루지 못하면, 자네 성격으론 아마도 남의 밑에 있는 것을 좋아하지 않을 걸세. 만일 뜻을 이루게 되면, 나는 또 자네가 모난 돌이 정 맞는 꼴이 될까 걱정이네. 이것이 인생의 딜레마인 셈이지."

나는 조금 망설이며 물었다.

"사실 저도 자주 머뭇거리게 됩니다. 어쨌든 산골에서 벗어나도록 노력해서, 이른바 대도시로 가서 한번 세상을 떠돌며 경험을 쌓는 것이 좋을까요, 아니면 고향에 안주하여 책 읽고 글 쓰며 그 즐거움에 만족하는 것이 좋을까요?"

리원은 머리를 숙인 채 밥을 먹고 있었다. 대화에 끼고 싶지 않은 것 같았다. 나는 나도 모르게 그녀에게 고개를 돌리고는 뜻하는 바가 있다는 듯이 말했다.

"사실 저는 산골을 나가서 무언가를 이루기 위해 분투하겠다고 간절히 바란 적은 없습니다. 도시는 저도 가 보았습니다만, 큰 재미는 없었습니다. 이른바 부귀영화는 애초 제게는 아무런 매력이 없습니다. 비록 여기 고향 산촌의 초등학교에서 보통 선생이 된다 하더라도, 저는 아주 만족할 것 같습니다. 어디서 살든 다 마찬가지입니다. 중요한 것은 누구랑 같이 사는가 하는 것이죠. 이게 제 생각입니다."

리원은 젓가락으로 아버지의 밥그릇에 반찬을 집어 주면서 작은 소리로 말했다.

"아버지, 진지 드시면서 얘기 나누세요."

그러고는 눈을 들어 매섭게 나를 노려보았다. 낮지만 엄숙한 목소리로 말했다.

"갈 수 있을 때 안 가면, 가지 못하게 될 때는 후회할 거야. 우리 아버지 봐, 지금은 현성에 갈 때에도 보고를 해야 해. 이게 바로 이른바 네 고향이야. 어디서 죽든 무슨 상관이야? 고향, 타향이 어디 있어?"

리원의 아버지는 딸을 흘끗 쳐다보았다. 딸이 집어 준 음식을 다 먹고 낮은 소리로 말했다.

"고향, 고향, 아, 사실 고향은 많은 사람들에게 정서적 함정이지. 내 고향은 어둥鄂東(후베이 성의 동부 지역)이네. 만약 내가 그때 공부하러 고향을 떠나오지 않았더라면, 내 운명은 어떻게 되었을까? 우리 형님에 비해 더 나을 수 있었을까?"

"그분이 어때서요?"

나는 끼어들며 물었다. 리원이 낮은 소리로 말했다.

"네가 되고 싶다는 시골 선생이지. 반우파투쟁 때 우파로 몰렸다가 자살했어."

어르신도 날 쳐다보지 않고 이어서 말했다.

"부모님이 안 계시고 친척들도 없으면, 사실 자네의 고향도 없는 셈이지. 고향이라는 것은 자네가 고향을 사랑한다고 해서 반드시 자네에게 온정을 더해 주는 곳이 결코 아니네. 심지어, 만약 자네가 조금이라도 출중하면, 많은 질투를 받게 될 걸세. 보게나, 여기 공무자이는 자네 고향도 아니고, 내 고향도 아니네. 아마도 그래서 나는 이곳에서 오히려 더 많은 존경을 받았네. 그런데 당시 어떤 지주의 아들이 나와 마찬가지로 외지에서 죄를 얻어 쫓겨 왔는데, 여기 촌민들은 오히려 그와는 거리를 두었지. 인정세태를 많이 경험해 봐야 세상이 얼마나 냉정한지를 알게 될 것이네."

나는 뭔가 더 와닿는 느낌이 들어 계속 물었다.

"산골을 벗어나서 대체 무슨 일을 해야 할지 사실 저도 모르겠습니다. 어쩌면 나가서 여기저기 돌아다니다가 결국엔 원점으로 되돌아올지도 모르구요. 저는 이미 돌아다니다가 다시 돌아온 거 아닌가요? 어르신 보시기에 저는 대체 어떻게 해야 할까요?"

어르신은 미간을 찌푸리며 말했다.

"자네… 지금은, 조금 의기소침한 듯하네. 산골 생활은 쉽게 의지를 깎아내리지. 근본적으로 자네의 인생과 하고 싶은 일을 시작하기엔 아직 많이 이르네. 우리 그 시대로 치면, 이렇게 곤궁한 산골에 머무르는 것이 일종의 살아남기 위한 방도가 될 수도 있지. 그러나 오늘날 이 시대를 관찰해 보니, 어떤 희망이 있기는 하네. 3천 년 중국 역사가 지금에 이르렀는데, 이제 정말로 인류의 문명세계로 녹아 들어가야 하겠지. 나는 가끔 라디오를 듣는데, 개혁개방이 그 기세를 꺾을 수 없는, 시대의 도도한 물줄기가 되었다는 걸 아네. 자네는 마땅히 그 가운데에서 노닐어야지. 지난날 우리는 기회가 없었지만, 지금 나라의 문이 점점 열리고 있으니 멀리 갈 수 있다면 멀수록 더욱 좋겠지."

"어르신께선 억울하고 부당한 일을 이렇게나 많이 당하셨는데, 이 시대에 대한 믿음이 어떻게 여전히 충만하신가요?"

어르신은 우리에게 술을 가득 따라 주고는 이어서 말했다.

"개인의 비극이란 격변의 시대에는 사실 별 대수로운 것이 못돼. 우리 시대의, 이른바 조반파 모두가 폭행과 파괴, 약탈과 계급투쟁을 좋아하는 야심가였던 것은 결코 아니네. 많은 사람들이 기회를 엿보아 움직인 것은 애초 17년 동안의 독단과 어리석음이 마음에 들지 않았기 때문이고, 다시 새로운 세상을 만들고 싶었기 때문이었네. 사람들은 그저 역사라는 사반沙盤 위의 소졸小卒에 지나지 않았고, 수시로 변하는 손아귀에서 조종당하거나 놀아났을 뿐이지. 나는 일찍이 문혁 중기에 이런 비밀을 분명히 깨달았네. 다만, 이미 그 가운데 휘말려 들어서 물가에 배를 대고 내릴 수가 없었을 뿐이지. 그러니 이 때문에 개인이 처벌을 받아야 한다면, 그 또한 개의치 않네. 삼중전회三中全會*가 문혁을 부정한 것이나 마오쩌둥을 평가한 것도 나는 모두 인정할 수 있네. 중국인들이 이런 곤경에서 벗어나고 싶다면, 반드시 개혁 개방의 길로 한 걸음 나아가야 한다네. 자네 세대는 때를 잘 타고났으니 응당 이에 참여하여 노력해서 완성해야 하네."

리원이 조금 침울한 목소리로 말참견을 했다.

"아버지, 아버지께서 샤오관더러 더 멀리 나아가야 한다고 격려하시는 말씀엔 저도 동의해요. 하지만 시대를 이끌어야 한다는 말씀은 적절하지 않다고 생각해요. 저는 정치는 잘 모르지만, 사회를 개조한다느니 하는 이상理想에는 정말 흥미 없어요. 한평생 살면서 자신의 삶을 잘 살면 그것으로 된 거죠."

나는 리원에게 입을 삐죽 내밀고 웃으며 말했다.

"아버지 말씀 들어. 당연히 나도 이상이 아주 없는 사람은 아니거든."

어르신이 웃으며 말했다.

"그렇지, 나는 자네에게 남다른 포부가 있다는 걸 알아보았

* 중국공산당 중앙위원회에서 소집한 제3차 전체회의. 1978년 12월에 소집된 11기 3차 중앙위원회 전체회의에서 중국의 개혁개방이 확정됨.

네. 만일 정말로 자네를 산골에 처박아 두려 한다면, 자네도 달 가워하지 않을 걸세. 인생 백년에 이긴 것도 진 것도 전혀 없이 앉아서 늙어 죽기만 기다린다면 얼마나 재미없겠나. 인간 세상에 왔다 가는데 발자국이라도 좀 남겨야지, 안 그러면 헛되이 온 셈이지."

"제가 어떻게 해야 할지를 잘 알겠습니다. 그저 어르신의 기대를 저버리지 않았으면 좋겠습니다."

어르신은 술잔을 들고서 같이 한 잔 하자고 했다.

"길이란 모두 혼자서 걸어 나가는 것, 잘 가시게. 다른 건 말할 것 없고 그저 몇 마디 건네고 싶네. 첫째, 이 세상에는 허리를 굽히고 무릎을 꿇어 가면서까지 주워야 할 만큼 값진 것은 아무것도 없네. 둘째, 사람은 누구나 타격을 받을 수 있지만, 무너지지 않는 사람이라야 비로소 영웅이 될 수 있네. 그 밖의 얘기, 타고르의 시 한 구절로 대신하겠네. '길가에 핀 작은 꽃송이에 연연하지 말라, 네 앞길에는 싱그러운 꽃들이 길 따라 다투어 피어 있을 것이니!'"

나는 황급히 말했다.

"어르신, 고맙습니다! 정말 평생의 가르침을 받고 싶었습니다!"

어르신은 문득 침울한 목소리로 말했다.

"되는 대로 한 말이니 그저 참고만 하게. 사람과 사람 사이의 인연이란 것도 다 한계가 있네."

20

1982년 겨울, 어시鄂西의 산골은 유난히 추웠다.

그해 겨울엔 눈이 많이 내렸고, 한번 내리기 시작하면 곧 아득해졌다. 하늘 가득한 이별의 정회는 아주 쉽게 쌓여서 세상을 격절시켰다. 온 리촨利川은 이 세상과는 무관한 듯했으며 외따로 떨어진 고원高原 저 밖에 버려진 아이처럼 황량하였다. 종종 강물이 얼어붙으면 시골 아이들은 집에서 등받이 없는 의자를 가져와 얼음바닥에 뒤집어 놓고 썰매로 삼았다. 아이들은 번갈아 가며 썰매를 탔는데, 한 아이가 썰매에 앉으면 나머지 아이들은 함께 썰매를 끌며 빠르게 지쳤다.

내 방 창에서는 이런 모습이 잘 보였다. 한 아이가 옆으로 넘어지자 깔깔거리는 아이들의 웃음소리가 연이어 터져 나왔다. 가난한 산골 아이들의 단순한 놀이를 보며 즐거웠던 옛 기억이 떠올랐다. 나와 리원도 대체로 이 아이들처럼 자랐다. 단순함과 순수함은 난세의 무장투쟁과 초연硝烟 밖에서 이렇게 천진난만하게 조용히 자라고 있었다. 그리하여 우리는 스스로도 모르는 사이에 사랑하고 슬퍼하며, 고뇌하고 머뭇거리며, 이성적 판단을 하고 몰래 흐느끼며, 이별해야 하는 나이가 되었다….

여자 친구 샤오야와의 연락은 드문드문 이어졌다. 눈이 많이 내려 산길이 막히면 우편이 늦어질 때가 있었다. 도시 사람들은 산골 사람들이 겪는 어려움을 잘 모른다. 그래서 우편이 여러 번 늦게 도착할 때면 원망이나 책망이 잇따랐다. 그 시대에는 전화는 아예 할 수 없었고, 엄청 중요한 일이 있을 때에만, 우체국에 가서 줄을 서서 전보를 칠 수 있었다. 전보문 한 글자당 3푼分을 내면 시골 우체국에서 전화를 이용하여 전보문을 현성으로 보냈다. 현성 우체국은 첩보국의 비밀요원처럼 똑또독 하는 소리를 내며 비싼 안부를 성도로 발신하고, 그러면 그쪽 우체국에서 비밀번호 책자와 일일이 대조하여 번역한 뒤에 사람을 보내 상대방에게 전보를 전달했다.

오랫동안 떨어져 있으면 관계는 확실히 소원해질 수 있다. 그 시대에는 서로 다른 곳에 떨어져 있던 연인들이 결국 사이가 틀어지는 일이 많았다. 진짜 정이 깊은 연인이라면, 어느 한쪽이 자신이 사는 곳을 포기해야 한다. 어떻게든 자리를 맞바꿀 사람을 구해서 전근을 쟁취해야 상대방이 사는 곳으로 갈 수 있다. 큰 도시에서 지방으로 가는 것은 쉽지만, 시골 사람이 도시로 옮겨가기는 지금보다 만 배는 더 어려웠다. 아주 먼 곳에서 도시를 포기하고 연인을 따라 고생스럽게 시골로 오는 경우도 있다. 일단 결혼을 하게 되면 결국 예전 살던 곳과는 멀어져 영원히 헤어지게 된다. 그래서 평생 후회하는 사람도 꽤 많다.

나는 리원과의 관계를 확신할 수 없었으며, 심지어 그녀에게 채찍질 당하며 쫓겨난 셈이라 포기와 이별, 전혀 알 수 없는 미래를 마주 볼 수밖에 없었다. 만일 그녀가 내가 전혀 모르는 시골 여자라면, 용기를 내어 직접 고백하거나, 아니면 더욱 과감하게 그녀를 쫓아다니거나, 심지어 생떼를 쓰는 것처럼 미친 듯이 사랑하고 요구하고 얻어 낼 것이다. 그러나 그녀는 동창이며, 더욱이 줄곧 속으로 흠모하고 마음 졸이며 아끼던 여인이었기 때문에 아주 작은 불경 탓에 평생의 보물을 깨뜨릴까 봐 두려웠다.

그래서 이렇게 둘 사이에서 머뭇거리는, 이른바 사랑 속에서 그저 물결에 따라 표류하는 수밖에 없을 것 같았다. 운명이라는 조각배에서 누구도 키잡이가 될 수 없으며 배를 댈 데도 없이 동쪽이든 서쪽이든 물결에 맡길 수밖에 없다. 샤오야는 내가 현성으로 돌아가 일을 하게 될 거라는 소식을 듣고 자신에게 한 발짝 더 다가가리라 여겨 당연히 아주 기뻐했다. 편지에서 나더러 내년에 대학원 시험을 보라고 격려하기 시작했고, 심지어 이번 설 휴가 때 성도에 가서 자기 부모님을 만나기를 바랐다.

인사 발령이 이미 나서 서기와 나는 예의를 차리며 작별 인사를 나누었다. 업무 인수인계는 이미 끝났지만 나는 아직 갈 수가 없었다. 갑작스레 폭설이 내려 산길이 막혔기 때문이다. 공무자이에서 현성까지 가려면 아주 높은 고개를 넘어야 했다. 그 길은 겨울이 되면 쉽게 얼어붙었고 바퀴에 쇠사슬을 감은 차도 미끄러지곤 해서 차량 사고가 자주 일어났다. 차츰 가려고 감히 나서는 사람이 없어졌다. 사람들은 한시라도 빨리 나를 보내 주고 싶어 했지만, 나는 마음속으로 몰래 기뻐하고 있었다. 며칠 이라도 더 리원과 함께 있을 수 있었기 때문이다. 설령 날마다 그녀를 볼 수 있는 게 아니라도, 같은 골목 양 끝에 있는 것만으로도 그녀와 함께하는 셈이었다.

적막한 항공소에는 나와 라오톈만 남아서 아침저녁으로 어울리며 망년지교를 맺었다. 그의 청춘과 사랑은 이미 멀리 떠나갔다. 그는 날마다 부뚜막과 솥, 그릇 사이에서 분주하게 움직이며, 말하지 않아도 늘그막에 찾아온 복에 흐뭇해했다. 자주 자신의 늘그막 복에 감탄했다. 마침내 비판투쟁과 차별 대우, 추위, 굶주림의 압박을 당하지 않게 된 것이야말로 당 중앙의 은혜라고 생각했다. 그는 자신이 일생 동안 겪은 비극의 진짜 원인이 무엇인지는 조금도 생각하지 않았다. 그 탓을 할라치면, 가끔 술을 마시고 당시 동료들이 정말 의리 없는 놈들이라는 말만 되풀이할 뿐이었다. 대자보를 쓰게 한 것은 분명 그들이었는데, 결국 모든 죄를 자신에게 뒤집어씌웠다는 것이다.

라오톈도 내가 떠나야 하는 걸 알았다. 매일 밤 바닥화로를 피워서 거리낌 없이 한바탕을 벌였다. 이는 그만의 따뜻함으로 나를 전송하고자 함이었다. 그처럼 명예회복이 이루어진 시골 우파는 지금 허드렛일을 하는 신분이어서, 매달 임금이 대학을 졸업한 나보다 한참이나 낮았다. 그래서 늘 내가 술을 사 와서는 그를 청해 함께 취하도록 마셨다. 평소 우리는 서로를 동료同事라고 불렀지만, 그는 스스로 신분 차이를 알고 있었기에 언제나 나를 간부로 대접해 주었으며, 허드렛일을 하는 일꾼으로서 정중한 태도를 유지하였다. 나는 조금이라도 차별을 두는 사람을 좋아하지 않아서 나 또한 예의를 갖추어 그를 대하였다. 그래서 그는 술 마시고 나면 늘 나의 친절함을 언급하였고, 나는 그가 이별을 아쉬워한다는 것을 알 수 있었다.

그날 밤 정원엔 눈이 쌓였고 발 아래에서 뽀드득 소리가 났다. 마치 오래전에 잃어버린 웃음소리 같았다. 산 고개 위로 차가운 달이 천천히 떠올라 온 세상을 맑고 밝게 비추었다. 라오텐은 낙담하고 허전한 마음으로 뜰 가운데에 섰다. 그는 나를 보고 기뻐하면서 동시에 슬픈 듯이 말했다.

"하늘이 곧 갤 것 같습니다. 이틀 더 지나면 한펑야寒风崖 고개에 쌓인 눈과 얼음도 녹을 겁니다. 그럼 가야겠군요…."

"다음에 현성에 오면 꼭 놀러오세요. 제가 술 한 잔 살게요."

내 말에 라오텐은 얼어 터진 손을 비비면서 웃었다.

"예, 예, 좋죠, 좋아. 현성이라, 근데 아직 현성에 가 본 적이 없습니다. 현성엘 가도 뭘 해야 할지도 모르겠어요, 하하하."

문득 마음속에서 서늘한 바람이 일었다. 민국民國 시기를 지나온 시골의 하층 지식인이 지금은 이미 세상과 단절된 처지에 떨어진 것을 보면서, 그의 무고無辜와 운명에 마음 깊이 슬프고 아팠다. 나는 그를 이끌며 말했다.

"안으로 들어가세요. 오늘 밤은 저랑 제대로 한번 마시십시다."

라오텐도 기쁘게 웃으며 답했다.

"저도 같은 생각입니다. 어제 장 보러 갈 때 훈제한 토끼 고기를 한 마리 사왔지요. 오늘 간사님께 요리해 드리고 싶어서요."

라오텐이 사 온 토끼 고기는 이미 바닥화로 위에서 보글보글 끓으며 짙은 향을 내었다. 우리는 화로에 둘러앉았다. 나는 위층에서 내가 산 리촨다취利川大曲 백주(리촨에서 '다취大曲'라는 누룩으로 빚어 생산한 백주)를 가져와서 두 그릇에 나누어 따랐다. 라오텐은 쯧쯧, 참지 못하고 말했다.

"왜 병술을 샀어요? 이거 정말 비싼 건데, 이러면 안 되지, 안 돼! 예전의 그 근으로 파는 옥수수술이면 충분한데요."

우리는 말도 별로 없이 술을 마시기 시작했다. 줄곧 말수가 적었던 라오텐은 술 한 사발을 들이키고선 내 가슴에 무언가 맺힌 게 있다 싶었던지 갑자기 그릇을 내려놓고 말했다.

"아우, 먼저 마셔요. 잠깐 나갔다 금방 돌아오겠습니다."

그러고는 저 혼자 나가 조금 뒤 돌아와 계속 술을 마셨다. 그가 말을 꺼냈다.

"간사님은 좋은 분입니다. 다 알 수 있지요. 반년 동안 고생하셨습니다. 설인귀薛仁貴가 한요寒窯 동굴에서 고생했던 것*과 똑같겠지요. 아, 이 다음에 간사님의 앞길은 더 원대할 겁니다."

그는 오늘 밤 갑자기 좀 취한 때문인지 말이 많아졌다. 계속 낮은 소리로 혼잣말을 했다.

"이 산골에서 전 간사님과 함께할 수 없습니다. 누구도 함께할 수 없지요. 사람은 저마다 운명이 있고, 그 운명을 따르지 않으면 안 됩니다."

나도 라오톈 때문에 이야기하고 싶은 마음이 생겼다. 호기심에 처음으로 당돌하게 그에게 물었다.

"라오톈, 아내를 얻어도 되지 않았어요? 바느질도 하고 빨래도 해 주며 서로 반려가 되는 사람이요."

라오톈은 한 손을 들고 내저으며 말했다.

"하하, 괜찮아요, 관심 없어요. '부부는 본래 한 숲에 깃든 새지만, 큰 어려움이 닥치면 각자 날아가네夫妻本是同林鳥, 大難臨頭各自飛.'** 나도 늙었고 가진 돈으론 누울 관 하나 겨우 살 수 있을

---

* 당나라 때 고구려를 침략하여 세운 공으로 대장군의 지위에 오른 설인귀(614~683)가 농사를 지으며 가난하게 살던 젊은 시절 아내와 동굴에서 살았다는 고사를 가리킴.

** 원나라 때의 희곡 작품인 〈풍옥란馮玉蘭〉을 비롯하여 여러 고전 작품에 인용되는 구절. 위기의 순

정도입니다. 다시 아내를 얻는다 해도 애 없고 가난한 과부나 저한테 올 텐데, 책임을 지는 것도 그렇고, 안 지는 것도 그렇고, 번뇌를 자초할 뿐입니다."

나는 그를 살짝 떠보았다.

"라오텐, 전처한테… 실망하거나 상처를 받았던가요?"

라오텐은 잠시 망설였다. 이 질문은 처음 받은 것 같았다. 그는 머리를 들어 하늘을 보며 잠시 생각했다.

"아우, 많은 일들이 있었지요. 세대가 다르니 설명하기가 어렵군요. 간사님은 가실 분인데, 이왕에 물어보시니 이야기를 해 드리지요. 말하고 나면 그걸로 끝이니 나가면 바로 잊어 주세요. 사실 전처를 원망한 적이 없습니다. 심지어 사람들이 말하는 그 사랑… 저도 집사람을 사랑했습니다. 결혼 전 아내의 부친은 이 일대의 지주였는데 토지개혁 때 총살당했지요. 집안은 박살이 났고 가족들은 죽거나 도망쳤습니다. 아내는 강제로 빈농에게 시집을 가야 하는 처지가 되었고요. 저는 중농中農 출신이었고 글도 좀 읽었던 터라 그녀를 아내로 맞을 자격이 있었지요. 제가 먼저 나섰습니다. 빈협貧協('빈하중농협회貧下中農協會'의 줄임말. 빈농과 하농, 중농을 아우르는 조직)을 찾아가 사정을 말하고 그녀를 아내

간에 배우자를 버리는 이기적인 사람, 또는 그런 이기심을 뜻함. 부부가 만나고 헤어짐이 가벼움을 비유하기도 함.

로 맞게 해 달라고 부탁했습니다. 아내로서도 지식인에게 시집을 온 셈이니 나한테 마음으로 고마워했지요. 저는 평소 아내에게 아무 일도 시키고 싶지 않았습니다. 아내를 부양하기를 제가 원했고, 아내 또한 학식과 교양이 있는 집안 출신이라 사랑하며 아껴 주어야 했습니다. 처음엔 '빈천한 부부에겐 온갖 일이 애통하네貧賤夫妻百事哀'*라는 시구처럼 서로 아껴 주면 되겠지 싶었어요. 나중에 우파로 몰려 일자리도 잘리고 사상개조까지 해야 할 줄 누가 알았겠습니까. 게다가 그때는 누명을 벗으리라곤 생각도 못했지요. 이혼하자고 아내를 설득한 것은 바로 접니다. 한 사람이라도 앞날이 있어야지, 아내에게 말했지요."

말을 하는 동안에, 라오톈의 눈은 처음으로 궁지에 몰린 짐승의 눈처럼 빨개졌다. 그는 짐짓 땔감 연기 때문에 눈물이 나는 척하며 등을 돌려 눈물을 훔치고 몸을 돌려 말했다.

"제가 아내를 떠나보낸 셈이지요."

"그럼 아내 분은 어디로 갔나요? 명예회복이 이루어진 뒤에도 연락이 없었어요?"

라오톈은 갑자기 눈을 크게 뜨고 말했다.

"이렇게 큰 나라에서, 하늘이 사람을 낼 때는 반드시 살 방도

---

* 당나라 시인 원진元稹(779~831)이 죽은 아내를 애도하며 지은 시 〈슬픈 심사를 풀며遣悲懷〉 제2수의 마지막 구.

도 준다는데, 여자들이야 살길을 찾으려 하면 어떻게든 길이 있기 마련이지요. 제가 그 사람을 고향에서 떠나보냈으니 누가 그녀를 원망하고 싫어하겠습니까. 어떻게든 살고 있겠지요. 저야 누명을 벗었다고 해도 별 쓸모없는 처지이고, 중앙의 간부가 원래 자리로 되돌아간 것도 아니니, 어디 가서 그 사람을 찾겠습니까? 게다가 몇 십 년이 지났으니 살아 있다 해도 손자들이 많을 텐데, 제가 가서 가정을 깨고 사람을 데려올 수는 없지요. 또 만약 그 사람이 이 세상을 떠났다면, 어디 가서 찾겠습니까? 다음 역인 내생에서 만나기를 기다릴 수밖에 없지 않겠습니까?"

라오톈이 얘기를 끝내자 나는 문득 말을 잃었다. 나 또한 슬픔에 젖어 있을 때 등 뒤의 문이 삐걱 소리를 내면서 열렸고 찬바람이 들이닥쳤다. 나도 모르게 몸서리를 쳤다. 누군가의 시선 때문에 등이 마치 불에 덴 것 같은 아픔을 느꼈다.

"누가 왔나?"

나는 몸을 돌려 바라보았다. 리윈이 문에 기대어 서 있었다. 눈빛을 반짝이며 두 술꾼을 동정하듯 쳐다보고 있었다.

古鎮情侶
오래된 마을에 사는 연인

21

"어떻게 왔어?"

나는 깜짝 놀라 물었다.

"윗길의 탄謄 씨 아주머니한테 나 불러 달라고 네가 부탁한 거 아냐?"

리원은 어리둥절해서 나를 쳐다보며 물었다. 라오톈이 즉시 일어나 정중하게 말했다.

"어서 와요, 샤오청 동지. 내가 탄 씨 아주머니더러 샤오청을 불러 달라고 했어요."

리원은 활짝 웃으며 자연스럽게 문 안으로 들어왔다. 나는 한층 더 놀라고 기뻐서 그녀를 이끌어 앉혔다. 라오톈이 말했다.

"야생 고기로 요리를 좀 만들어 샤오관을 송별하려는데 나는 하고 싶어도 샤오관의 말 상대가 될 수 없겠더군요. 생각해 보니, 이 골목에서 샤오청 말고는 그럴 수 있는 사람이 없더군요. 그래서 탄 씨 아주머니께 부탁해 샤오청을 불러 달라고 했지요. 참 주제넘은 짓이었지만요."

리원은 도리어 나한테 몰래 입을 삐죽거리며 나를 나무라듯이 말했다.

"샤오관은 맛있는 게 있으면 저를 잊어버려요. 톈⊞ 선생님이 야말로 좋은 분이세요, 톈 선생님 고맙습니다."

리원은 라오톈의 내력을 알고 있었다. 늘 그를 선생님이라고 존칭했고 부엌일 하는 사람으로 대하지 않았다. 라오톈은 재빨리 밥그릇과 젓가락을 가지고 와서 끓인 물로 특별히 한 번 행군 다음에 리원에게 건넸다. 나는 조금 흥분되어서 어쩔 줄을 몰랐다. 그녀에게도 술을 조금 따라 주며, 미안해하며 말했다.

"너 부르러 가고 싶었지만, 날도 춥고 네가 이미 쉴 것 같아서 안 불렀어. 어쨌든 가기 전에 네게 작별 인사를 하려고 했는데, 아직 널 못 불렀네. 헤헤헤."

리원은 내 눈을 보며 일부러 놀리듯 말했다.

"요 며칠 해가 떠오르길 바랐던 거지? 눈이 녹으면 좋을 텐데, 너도 더 이상 톈 선생님께 폐를 안 끼쳐도 되고. 지난 반년 동안, 톈 선생님께서 너랑 함께해 주지 않으셨더라면, 네가 어떻게 지냈을지 정말 모르겠어."

라오톈이 황급히 끼어들었다.

"무슨 얘기를, 천만에요. 샤오관이 나와 같이 있어 준 거예요. 응당 샤오청이 그와 함께 있어 준 덕분이라고 말해야지요. 동창인 샤오청이 없었더라면 샤오관은 여기 오래 있지 못했을 거예요. 이 술 마시고 먼저 쉴 테니 두 사람은 얘기 잘 나누어요."

라오텐은 서둘러 술을 마시곤 두 손을 모아 인사를 했다. 리원과 나는 조금 전의 떠들썩했던 분위기에서 갑자기 침묵에 빠졌다. 순간 우리는 무슨 말을 해야 좋을지 몰랐다. 리원이 내 그릇이 빈 것을 보고 술을 따라 주었다. 고운 손이 바르르 떨리면서 술이 그릇 밖으로 넘쳤다. 그녀는 약간 넋이 나간 것처럼 보였다. 자신의 그릇을 들어 내 그릇에 부딪치고는 나를 똑바로 보진 못하고 고갤 숙인 채 낮은 소리로 말했다.

"이게 마지막 저녁일 텐데, 나도 너랑 술 한 잔 해야지!"

나는 말을 하려다 멈추었다. 그릇을 들고 있던 손이 계속 떨렸다. 술이 바닥화로 위로 튀면서 푸시시 소리를 내며 불꽃이 일어났다. 우리는 놀라서 뒤로 물러났고, 마음속 불안을 감추려고 애를 썼다. 그녀가 말했다.

"자, 축하하는 뜻으로 한 잔 해. 현성으로 가게 되어 축하해. 아울러 빨리 대학원 붙어서 성도로 돌아가길 바라. 다른 말은 모두 술 안에 있으니, 더 이상 안 할게…."

나는 술을 마시고 진지하게 그녀를 보며 말했다.

"리원, 지난 반년 동안 날 돌봐 준 것 고마워. 네가 없었더라면, 어떻게 이 시간을 보냈을지 정말 상상하기 어려워. 진짜 신명이 도와주신 것 같아. 날 위해 이곳에 널 준비해 놓으셨으니까. 이번에 가면 다시 만나기는 어렵겠지? 알 수 없는 앞날을 생각하면 정말 괴로워…."

그녀는 편하게 얘기하는 척하려고 애를 썼다.

"아버지가 늘 말씀하셨어. 떠도는 구름과 흐르는 물은 다 저마다의 인연이 있대. 천하가 좁은데 어디에선가 만나겠지? 다시 만나건, 안 만나건 그건 중요하지 않아. 친구로서 나는 네가 하늘 위로 날아오르길 바라지, 나뭇가지에서 쉬는 걸 바라진 않아. 우리가 널 볼 수 있다면 젤 좋겠지만, 못 보더라도 그건 네가 더 멀리 날아갔다는 뜻이니까, 그것도 자랑스러운 일일 거야."

"여기서 나는 인생에서 소중한 것을 정말 많이 얻었어. 이 다음에 내가 추구할 만한 가치가 있는, 더 의의가 있는 게 또 뭐가 있을까? 아직도 모르겠어. 널 만나지 않았더라면, 아마 일찍부터 현성으로 돌아가려고 했을 거야. 지금 그냥 이렇게, 너 두고 가는 거, 마음이 정말⋯."

그녀는 내가 민감한 화제를 꺼낼까 봐 두려워하는 것 같았다. 급히 나를 막으며 말했다.

"뭐야, 마시자마자 바로 술주정하는 거야? 이런 얘긴 하지 말지? 자, 더 마셔. 나중에 네가 얼마나 멀리 가든, 얼마나 높이 날든, 여기 산골은 언제나 네 고향이야. 부모와 벗이 널 지켜보고 있을 거야. 그 가운데에는 내 두 눈도 있겠지. 네가 산천을 잊지만 않는다면, 난, 우리는 그걸로 만족해."

나는 쓴웃음을 지으며 말했다.

"어쩌면 어느 날 밥 얻어먹으러 너희 집에 갈지도 모르지."

그녀는 내 말을 막고 엄하게 나무랐다.

"엉뚱한 소리 하지 마. 피곤하고 힘들면 돌아와서 좀 쉬어. 술 없을까 걱정 말고. 참, 술은, 그래도 적게 마시는 게 좋지. 나도 널 살펴 주지 못하니까 너 스스로 몸 잘 돌봐. 이 술 마시고 난 갈게. 너도 일찍 자."

우리는 애틋하게 서로를 바라보고는, 불꽃 튀는 시선을 재빨리 거두었다.

"이 술 마시고 나서 너 바래다 줄게."

우리 둘은 함께 향공소 밖으로 나갔다.

달이 뜬 골목, 사방은 고요했다. 맑은 달빛이 잔설로 덮인 산하를 비추고 있었다. 검거나 희게 제멋대로 칠해진 풍경은 한 폭의 거대한 중국화 같았다. 골목은 들쭉날쭉 구불구불 이어지면서 계단과 무지개다리로 연결되었다. 조각루의 처마 아래 아직 매달려 있는 고드름이 달빛 아래에서 한 방울 한 방울 녹아 떨어지고 있었다. 마치 한바탕 통곡을 한 뒤에도 세상이 여전히 훌쩍거리면서 어둔 밤 소리 없이 눈물을 닦고 있는 것 같았다. 무지개다리 아래 계곡에는 시냇물이 얼음 밑에서 여전히 졸졸 흐르고 있었다. 냇물은 때론 강하게 때론 약하게 맥박을 쳤지만, 예전의 기뻐 웃는 소리나 흐느끼는 소리는 들리지 않았다.

개 한 마리가 멀리서 발자국 소리를 듣고는 허세를 부리듯 낮은 소리로 아르렁거리더니 공기 중에서 친숙한 냄새를 맡았는지 사나운 소리를 멈추었다.

우리는 이처럼 조용하게 걸어갔다. 마치 추억 속을 걷고 있는 것 같아서, 그 순수하고 천진난만했던 지난 일들을 감히 놀랠 수가 없었다. 한 아주머니가 끼익 문을 열고 나와 문 앞 처마 아래 하수구에 발 씻은 물을 버렸다. 아주머니는 고개를 들다가 익숙한 우리 둘을 보고 다른 남녀의 애정 표현을 뜻하지 않게 목격한 양 인사도 하지 않고 급히 머릴 숙이고 몸을 돌려 집 안으로 들어갔다. 뒤엉켜 떨어질 줄 모르는 남녀를 방해할까 걱정하는 것 같았다.

메타세쿼이아 나무들이 깡마른 여자아이들처럼 한 줄로 늘어선 채, 침엽이 다 떨어진 잔가지만 밤바람 속에서 가끔 손가락을 흔들었다. 말을 하려다가 마는 모습이 살을 에듯 추운 달빛 아래에서 유달리 애처롭고 가련했다. 밤에 날면서 까악까악^{哇哇} 울기를 좋아하는 해오라기^{夜哇子}가 처량한 신음 소리를 남겼다. 이 모든 것이 우리에겐 이별의 배경 같았다. 우리는 냉정한 만물 속에서 인생의 갈림길에서 느끼는 뜨거운 감정을 감추고 있었다. 청석판이 깔린 짧디짧은 길을 마치 위기에 빠진 나라를 구하러 가는 사람처럼 속마음을 꾹 누른 채 힘겹게 걸었다. 해야 할 말을 다하고 남은 시간엔, 처형장에서의 마지막 순간처럼 서로를 쳐다보는 것밖에는 할 게 없었다. 상대방의 그림자에 눈길을 깊숙이 박아 넣어서 일생의 추억을 내세까지 가져가고 싶을 뿐이었다.

마침내 공소사 문 앞에 이르렀다. 나는 걸음을 멈추고 달빛 아래에서 반짝이는 그녀의 눈을 바라보며 말했다.

"내일 아침 버스가 오면 바로 차 타고 갈 거야!"

그녀는 절절한 내 눈빛을 똑바로 쳐다보지 못한 채 머리를 숙였다.

"그럼… 나, 내일 배웅하진 않을게."

나는 갑자기 슬픔이 터져 나와 조금 울먹였다.

"그럼… 여기서 끝이구나. 아마도, 아마도 긴 이별이 되겠지…."

그때에야 리원은 그 순간부터 모든 것을 놓치게 될 것을 갑자기 깨달은 듯했다. 오랫동안 억눌러 왔던 어떤 감정이, 술기운과 달빛 때문에 타올라 스스로도 어쩌지 못하고 순식간에 터져 나왔다. 그녀는 갑자기 내 품 안으로 뛰어들더니 무리에서 떨어진 밤새夜鳥처럼 낮은 소리로 통곡하기 시작했다. 그녀는 처음으로 내 두 팔 아래로 파고들어 나를 꼭 안았다. 아름다운 머리칼로 덮인 머리가 내 품안에서 떨렸다. 울음소리 가운데 무언가 말을 하는 것 같았지만 잘 들리지 않았다. 엄청 억울한 일을 당해 한이 맺혔지만 말을 할 줄 몰라 표현할 길이 없는 어린아이처럼 통곡하였다. 지금까지 그녀의 감정이 이렇게 무너진 적은 한 번도 없었다. 내 두 팔은 분명한 아픔을 느꼈다.

이 순간에 이르러서야 비로소, 그녀의 사랑이 일찍부터 그 마음속 깊은 곳에 스미어 있었으며, 그녀가 진정 나를 사랑하고 있었음을 확신하였다. 놀라는 한편 늦게야 확인한 그 감정을 영원히 붙잡고 싶다는 생각이 갑자기 들었다. 그 순간 심지어 모든 것을 포기하고 여기 남을까 하는 생각이 번뜩 들었다.

나는 그녀의 머리를 돌려서 그 입술에 키스하려고 애를 썼다. 헝클어진 그녀의 머릿결에서 물푸레나무 꽃의 달콤한 내음을 맡았다. 나는 온 힘을 다해, 뭘 바르지 않아도 붉은 그녀의 입술을 찾았다. 신령한 샘물 같은, 눈물 어린 그녀의 눈에 입을 맞추었다. 짜고 뜨거운 눈물은 온천수처럼 뜨거웠다. 땀으로 촉촉하고 수줍어 빨개진 그녀의 뺨에도, 몸부림치느라 실룩이며 일그러진 보조개에도 입을 맞추었지만, 어떻게든 피하려는 그녀의 입술은 도저히 가까이할 수 없었다. 그녀는 머리를 격렬하게 흔들었으며, 고운 숨을 가쁘게 쉬면서도 내가 키스하지 못하게 저항하였다. 그녀의 몸은 흥분으로 몹시 떨렸다. 그물에 걸려 몸부림치는 물고기처럼, 달빛을 가득 머금은 몸이 흔들리면서 온몸에서 은비늘이 쏟아졌다.

나는 여인 특유의 살내를 맡았다. 그것은 공기 중에 가득한 욕망 같았다. 우리는 밤에 실을 뱉어 내는 누에처럼 몸 안의 갈망을 뿜어 내고 있었다. 그녀는 나를 꼭 껴안았다. 그녀의 머리는 광풍 속에 흔들리는 해바라기 같았다. 이미 그녀를 밀어낼 수도, 그녀에게 닿을 수도 없었다. 한사코 붙어 있겠다는 듯이 보였지만, 도리어 목숨 걸고 대항하여 싸우는 듯 보였다. 우리 둘은 뜨거운 난로 위에 놓인 양초 두 자루와 같았다. 몸 아래는 서로 녹아들기 시작했지만 정수리의 불꽃은 여전히 흔들리며 불타올랐다.

나는 이미 흥분하여 참을 수도 없고 자제하기도 어려웠지만, 눈물 흐르는 그녀의 얼굴에 뺨을 대는 것에서 멈추었다. 야만적으로 경솔하게 그녀를 억누를 생각은 할 수도 없었다. 미친 듯이 내 품에 뛰어들다가 죽기 살기로 저항하는 그녀를 처음에는 이해할 수 없었다. 하지만 어렴풋하게나마 그 마음을 알 것 같아 결국엔 절망하며 그녀를 내버려 두는 수밖에 없었다. 나는 그녀가 조용히 내 품에 안겨서 오열하도록 내버려 두고 손으로 가볍게 머리칼을 쓰다듬었다. 나는 골수에 사무치는 한기와 같은 절망 속에서 눈물을 쏟았다. 눈물은 달빛 아래에서 은빛으로 투명하게 빛나며, 허공에 드리워진 두 줄기 폭포처럼 1980년대 초의 추운 겨울에 영원히 응결되었다.

나는 몸을 떨면서 흐느꼈다. 그 바람에 그녀는 갑자기 정신이 든 것 같았다. 그녀의 울음소리가 툭 끊어졌다. 그녀가 머리를 들고 나를 안았던 손을 풀었다. 눈물 자국을 닦고는 두 걸음 물러서서 눈물이 그렁그렁한 내 눈을 쳐다보았다. 우리는 잠시 말 없이 서로를 바라보았다. 작은 소리로 그녀가 말했다.

"미안해. 몸조심하길. 갈게."

말을 마치고 그녀는 잰걸음으로 멀어져 갔다. 나는 멍하니 눈 물을 흘리며 그녀의 뒷모습이 달빛 아래 집 그림자 속으로 사라 지는 것을 눈으로 배웅하였다. 끼익 하고 문 닫는 소리가 들렸 다. 여운이 청석판 깔린 골목을 선회하였다.

22

이른 아침에 라오텐이 와서 문을 두드리며 버스가 왔다고 알려 주었다.

라오텐은 간단한 짐을 길 어귀 정류장까지 들어 주었다. 나는 혹시 리원의 그림자라도 볼 수 있을까 싶어서 사방을 두리번거렸다. 라오텐과 악수하고 작별했다. 몹시 서운해하며 차에 올라 자꾸만 돌아보다가 자리에 앉았다. 창밖으로 목을 빼고 두리번거렸다. 차가 지나가며 일으킨 먼지가 점점 멀어졌다. 마지막 모퉁이에서, 나무숲에서 눈으로 나를 전송하는 그녀를 어렴풋하게나마 본 것 같았다. 환각 속에서, 그녀는 눈물을 비처럼 흘리며 힘없이 옆에 서 있는 나무를 꼭 껴안고 있었다. 나무 위에 쌓인 눈들이 꽃비처럼 하늘 가득 어지럽게 흩날렸다.

이렇게 그녀를 떠나고 몇 해가 흘렀다.

그 몇 해 동안 많은 일들이 매우 빠르게 지나갔다. 성도에 가서 다시 공부했고, 결혼했다 이혼했으며, 있는 듯 없는 듯한 감정들을 겪었다. 오래전 그녀에게 처음 편지를 보냈지만, 그녀는 끝내 답장을 하지 않았다. 그래서 감히 다시는 그녀의 생활을 방해하고 싶지 않았다. 이따금 고향엘 가서 동창생들을 만나곤 해도 리원의 소식은 함부로 물어볼 수 없었다. 어떤 소식이든 내게는 그 모든 소식이 받아들이기 힘든 충격일 것 같았다.

청춘의 시간은 산골을 벗어난 뒤 예전의 의기소침함으로부터 갈수록 점점 멀어져 갔다. 1980년대의 도도한 시대 흐름에 휩쓸리고 물들면서 사람들은 갑자기 격정과 뜨거운 피로 끓어올랐다. 눈 깜짝할 사이에 80년대의 끄트머리로 돌진했다. 그해 봄바람은 아주 일찍 찾아왔지만, 곧바로 초여름의 파도(1989년 6월 4일에 베이징 천안문 광장에서 일어난 '천안문 사건')가 거셌다. 나는 이런 바람과 파도의 격동에 자연스레 휩쓸려 들어갔고, 어디에서도 받아들일 수 없는 먼지가 되었다.

길고 긴 시간이 흐른 것 같은 어느 날, 교도관 하나가 나를 교도소 문까지 배웅해 주었다. 그는 입구의 초병을 향해 손에 든 석방증을 흔들어 보이고, 그 종이를 내게 넘겨 주었다. 그는 오랜만에 웃으며 말했다.

"가게, 이젠 자유네!"

그는 처음으로 손을 내밀어 나와 악수하며 작별하려 했지만, 나는 미심쩍어 감히 손을 내밀지 못했다. 그 모든 게 아직 믿기지 않았다. 그는 진지하게 말했다.

"오늘부터 우린 악수해도 되네. 자, 새 삶을 축하하네."

나는 그와 화해의 악수를 하지도 않고 얼이 빠진 채로 홀로 낯설어진 세상을 향해 걸었다.

나는 맥이 풀려서 멀지 않은 곳에 있는 제방의 비탈을 기어올랐다. 오랫동안 보지 못했던 양쯔강이 문득 눈앞에 펼쳐졌다. 하지만 익숙하거나 친근한 어떠한 기억도 이미 떠올릴 수 없을 것 같았다. 나는 고갤 돌려 걸어온 길을 바라보았다. 감옥이 들판 저쪽에 그대로 서 있었다. 내가 빠져나온 그 문은 닫혔다. 반들반들 높이 솟은 담벼락은 아무 표정도 없었다. 담장 윗부분에 어렴풋이 보이는 순찰하는 사람의 그림자나 이따금씩 햇빛에 반짝이는 총검의 섬뜩한 빛만 아니었더라면, 나는 그 우페이푸 吳佩孚(1874~1939, 민국 시기 저명한 군인) 시대의 건축물들을, 장엄하면서도 신비로운 가운데 조금은 시골 분위기를 지닌 평온하면서도 아늑한 중세시대 성채로 상상할 수 있었을 것이다.

오히려, 나는 눈앞의 이 모든 것, 정수리에 따뜻하게 비치는 햇빛과 논 위로 세차게 몰아치는 바람, 햇빛을 반사하며 일렁이는 큰 강이 아주 낯설었다.

나는 갓난아기처럼 이 세상을 관찰하였다. 얼마나 완벽한 하늘인가. 철책 때문에 상처 입어 무수히 많은 사각형으로 찢어진 하늘이 더 이상 아니었다. 예부터 지금까지 강물은 아무 까닭이 없다는 듯이 예전과 마찬가지로 흘렀다. 정확하게 말하면, 농

담濃淡이 서로 다른 황토색 흙덩이들이 무수히 움직이면서 대지
는 한바탕 새로운 변천과 조합을 이루어 가는 것 같았다. 푸른
풀들이 둑을 따라 널리 퍼져서 아무 규칙도 없이 제멋대로 자란
방풍림을 빽빽이 둘러싸고 있었다. 언뜻 스쳐 지나간 것은 틀림
없이 새겠지? 믿는 구석이 있어서일까, 날면서 우는 소리엔 두
려움이 없었다. 그 오랜 꿈에서 막 깨어난 식물인간처럼, 나는
어디선가 본 듯한 사물들 속에서 집으로 돌아가는 길을 찾고 있
었다.

　세상은 이미 90년대 중반에 접어들었다. 시대의 열차는 덩샤
오핑의 남순강화南巡講話*를 따라 이미 멀리 가 버렸다. 나는 황
량한 들판의 기차역에 내던져진 떠돌이처럼 얼이 빠져서는 가
야 할 방향을 찾지 못했다. 그 도시에 내 집이란 없었고 어디로
가야 할지 몰랐다. 나는 인파에 휩쓸려 떠밀리다시피 중형 버
스에 올라탔다. 내 앞쪽 미니스커트로 감싼 엉덩이에 닿지 않
게 피하느라 나도 모르게 차 문 앞으로 허리를 굽혔다. 그때 사
타구니 뒤쪽으로 누군가의 무릎이 부딪치면서 몹시 아팠다. 그
러자 사람들 틈에서 고함치는 소리가 들렸다. "왜 뒤로 물러나?

---

* 1992년 1월 18일부터 약 1달 동안 덩샤오핑鄧小平이 우창武昌, 선전深圳, 상하이上海 등 남방
　경제특구를 시찰하면서 경제 개혁을 심화시키고 경제 발전을 가속할 것을 발표한 담화.

안쪽으로 끼어들어야지!"*** 문득 어떤 외설적인 유머가 떠올랐다. 차가 움직이자 붐비던 사람들이 체에 걸러진 듯 차 안에 골고루 흩어졌다. 차창 밖 도시는 오색찬란한 상점 때문에 끊임없이 제멋대로 변하고 있었다. 갑자기 누군가 지갑으로 내 어깨를 두드렸다. 돌아보니 땀 때문에 화장이 번져 예쁜 얼굴이 '팔레트'처럼 보이는 차장이 서 있었다. 그녀는 칼칼한 목소리로 소리쳤다.

"어디 가세요?"

"이 차는 어디로 가는데요?"

나는 진짜 몰라서 물었다.

"또라이!"

그녀는 입을 삐죽거렸다. 나를 깔보는 건지, 무시하는 건지, 아니면 화가 난 것인지 분간할 수가 없었다. 그녀는 날 내버려두고는 다른 사람의 어깨를 두드렸다. 그제야 나는, 승객이 자기 주머니를 탁탁 치며 귀찮다는 듯이 '정기권' 하고 소리치면 그걸로 끝나던 예전처럼, 그렇게 소리치는 사람은 이제 아무도 없다는 것을 깨달았다. 차장이 사람들 어깨를 두드릴 때마다 사람들이 1위안, 2위안 차비를 꺼내 들었다. 속임수로 어물쩍 넘

** '끼어들다插'는 '삽입하다'는 뜻도 있다.

173

어갈 수 없음을 내가 알아차렸을 때쯤, 그녀는 이미 다시 내 앞에 와 있었다. 매우 참을성 있게 간단하게 핵심을 찔렀다.

"종점 관산關山, 2위안!"

"아, 미안해요, 관산까진 안 가요!"

'관산에 가서 뭐 해, 거기 누가 있지?' 생각이 나지 않았다.

"이렇게 해요. 편한 곳 아무 데나 내려 줘요!"

나는 차 문 옆으로 비집고 들어가기 시작했다. 눈을 동그랗게 뜨고 눈썹을 치켜세운 '팔레트'를 감히 처다볼 수 없었다. 하지만 그녀는 이미 두 손을 내 셔츠 위에 걸쳐 두었다.

"정말 미안해요. 사실 돈이 한 푼도 없어요. 차에서 내리면 되겠죠?"

나는 말이 안 된다는 것을 안다는 듯이 우물거렸다. 마치 사람들에게 사로잡힌 물고기처럼 불쌍하게 몸을 바동거리며 그물 한쪽이 벌어지기를 바랐다.

"다마오大毛, 브레이크 밟아, 무임승차한 놈이 있어."

그녀는 운전수에게 괴성을 질렀다. 차는 급제동을 하고 길옆에 섰다. 운전수는 느긋하게 핸드브레이크를 채우고 의자 옆에서 거리낌 없이 스패너를 꺼내 들고 머리를 숙인 채 승객들 사이를 비집고 왔다. 승객들은 잇달아 자리를 비켜 주었으며, 피가 튈까 두려워하는 것 같았다. 동시에 군중은 몹시 흥분되어 나를 매섭게 쏘아보았다. 누가 나서서 곧 터질 것 같은 분쟁을 저지하거나 중재해 주기를 바랄 수는 없었다. 나를 측은하게 여겨 1위안의 차비를 대신 지불해 주십사고 요구할 수는 더더욱 없었다. 왜냐하면 내가 정말 돈이 없다는 것을 아무도 믿지 않았기 때문이었다.

당연히 나는 조금도 긴장하지 않았다. 이런 장면은 요 몇 년 동안 내겐 아주 익숙한 것이었다. 나는 그저 성가신 일을 만들지 않고 조용히 차에서 내리고 싶었다. 다시는 어떠한 싸움에도 끼어들고 싶지 않았다. 나는 이미 성질이 많이 죽었다. 부드러운 눈으로 차츰 다가오는 '스패너'를 바라보았다. 그것이 함부로 내 머리에 떨어지진 않을 것임을 알았다. 차분하게 바지 주머니에서 앞서 발급받은 그 종이를 꺼냈다. 나는 그때 그 종이가 적어도 1위안 값은 할 것이라고 생각했다. 그는 벌써 석방증을 분명히 알아보았다. 여자 차장에게로 몸을 돌리고는 말했다.

"됐어, 안 탄 셈 쳐."

그리고 내게 말했다.

"앞쪽에 경찰서가 있어요. 괜히 들를 필요는 없겠지요? 내려요!"

그는 차문을 열었다. 나는 고개를 끄덕이고는 애써 아무렇지도 않다는 듯이 차에서 뛰어내렸다. 버스 안 인민 대중들이 정의감이 충만한 목소리로 "저런 놈을 놓아주면 어떡해?"라고 말하는 소리가 들렸다. 중형 버스는 가볍게 다시 길을 나섰다. 바람에 일어난 먼지가 버스 배기가스와 뒤섞여 얼굴을 정면으로 때렸다. 나는 힘껏 팔뚝을 들어서, 길가에 있는 사람들이 내가 막 차 안의 어떤 사람과 아쉽게 헤어진 것처럼 보이게 했다.

나는 대가리 없는 파리처럼 낯선 기억을 더듬으며 기차역 방향으로 움직였다. 도시 전체가 공사 현장이 되어 버린 것처럼 그렇게나 큰 시멘트 하수관이 길가에 쌓여 있고 벽돌더미도 길 따라 가지런하게 쌓여 있었다. 철근과 시멘트로 세운 뼈대가 위로 쭉쭉 뻗어 가고 있었다. 공기 중에는 시멘트 냄새가 가득했으며, 레미콘은 공허하면서도 건조한 소리를 시끄럽게 내지르고 있었다. 석양은 서쪽의 오래된 아파트촌 유리창에서 어두침침하고 쓸쓸한 빛을 반사하고 있었다. 가로등은 때 이르게 벌써 옅은 보랏빛을 내뿜고 있다. 눈에놀이飛蠓와 나방들이 등 아래에서 춤을 추기 시작했다. 아주 막연한 희망을 품고서 나는 친구인 샤민夏民의 예전 집을 찾아갔다.

온 세상이 마치 지금 막 전란을 끝낸 듯이, 어느 두 지점 사이에도 완정한 길은 거의 없는 것 같았다. 사람들은 흥미롭게도 원래 가지고 있던 모든 것을 파괴하면서 새로운 구조가 우뚝 일어서기를 참을성 있게 기다리고 있었다. 나는 마침내 드넓은 폐허 가운데에서 멀리 나무 한 그루를 바라보았다. 저녁 빛 속에서 그것은 진한 녹색의 실루엣으로 보일 뿐이었는데, 그 윤곽은 예전 그대로였다. 나무 그림자 사이로 옛날식 푸른 기와를 인 단층집의 등불이 희미하게 보였다. 갑자기 친근함과 가슴을 파고드는 고단함이 자연스레 일어났다.

몇 번 가볍게 문을 두드렸다. 문이 열렸다. 한 아이가 차가운 눈초리로 사납게 노려보면서 문을 막아서서는 누굴 찾느냐고 물었다. 나는 샤민이 집 안에서 탐색하듯이 나를 바라보고 있는 것을 보았다. 갑자기 마음이 놓였다. 나는 문을 와락 들어서서 문틀에서 조용히 한 마디 말을 뱉었다.

"친구, 나 왔네!"

샤민은 눈을 반짝이며 급히 다가와 내 손을 꼭 잡고, 집 안으로 나를 이끌어 앉혔다. 입으로는 잇달아 "생각도 못했네, 생각도 못했어"라고 말했다. 그리곤 부엌 쪽으로 소리를 쳤다.

"슈秀, 빨리 와, 차 좀 줘."

그가 부르는 소리에 그의 아내가 나오는 것이 보였다. 그녀는 앞치마를 풀면서 나를 멍하니 쳐다보았다. 얼굴 가득 의심스러운 표정을 짓다가 갑자기 놀라서 소릴 질렀다.

"아, 위보雨波! 어떻게 된 거예요? 거기…."

샤민이 눈을 부릅떴다. 그녀는 손으로 입을 막고는 쑥스러운 듯 웃었다. 몸을 돌려 냉장고에서 사이다 한 병을 꺼내어 재빨리 뚜껑을 따고 플라스틱 빨대를 꽂아 내게 건넸다. 샤민은 홍

타산紅塔山 한 가치를 내게 건네곤 라이터를 꺼내 불을 붙여 주었다. 그의 손이 미세하게 떨렸다. 흔들리는 불꽃 속에서 그의 눈빛엔 무심결에 두려움이 묻어났다.

"자네 저녁 시간에 맞춰 올 수 있을 거라 생각했는데, 정말 어렵게 찾았네."

그와 나는 응당 예의를 차리고 할 사이는 아니었다.

"그래, 먼저 먹을 걸 좀 내놓고 애기하세. 물부터 좀 마시게."

그는 일어나 슈를 문가로 데리고 가서 작은 소리로 몇 마디 말했다. 슈는 부엌에 들어가 바쁘게 움직이기 시작했다. 그는 또 아들에게 뒷방에 가서 숙제를 하라고 큰 소리로 말했다. 그런 다음에 내게 말했다.

"먹으면서 좀 앉아 있게, 나는 나갔다 금방 돌아오겠네."

그리곤 담배를 꺼내 탁자 위에 던지고 급하게 농 안에서 공책 하나를 꺼내어선 주머니에 넣고 집을 나갔다.

슈는 달걀국수를 내와선 어색하게 내 맞은편에 앉았다. 그녀가 수박을 잘라 오겠다는 것을 막았다.

"더 못 먹어요. 그동안 어떻게 지냈어요? 보아 하니 아주 편안하게 잘 지내는 것 같은데요!"

뜨겁게 맞아 주는 그녀의 모습 속에 어떤 긴장감이 감돌고 있음을 깨달았다. 그녀는 꼭 닫힌 문을 자주 쳐다보았다.

"아이, 그렇지도 않아요!"

그녀는 쓴웃음을 지으며 말했다.

"알잖아요. 샤민은 예전부터 생계엔 조금도 관심이 없어요. 온 종일 친구들을 불러 밤낮으로 소란 피울 줄만 알아서, 파출소에서 며칠에 한 번씩은 와서 조사를 했어요. 위보 씨한테 일이 터진 그 무렵도 경찰이 몇 번이나 남편을 불러 심문을 했는지 몰라요. 그전에 여러분이 똥 싸고 방귀 뀐 것들까지 몇 번이나 캐물었지요. 결국 샤민이 아무짝에도 쓸모가 없다는 걸 알고 나서야 겨우 없던 일로 했어요. 다행히 아이가 태어나고서 샤민도 정신을 차렸어요. 책들도 내다 팔고 원고도 불태웠어요. 여기저기에서 돈을 조금 긁어모아서는 아침 파는 가게를 하나 열었어요. 우리 세 식구는 그저 이렇게 지내고 있어요, 그런대로 만족스럽게요. 또 다시는 그 사람이 말썽을 부리게 놔둘 수는 없어요. 알다시피, 샤민은 의리가 있는 사람이에요. 위보 씨가 이전에 자길 도와준 얘길 하곤 해요. 요 근래 위보 씨 찾아보러 갈까 생각도 했지만, 관리가 아주 엄격해서 직계 친족이 아니면 볼 수 없다는 얘길 들었어요."

여기까지 말하는데, 그녀의 눈에 눈물이 그렁그렁 맺혔다. 마음이 쓰리고 아팠다.

이처럼 평범한 일상도 얻기 어려운 행복이라는 것, 더욱이 샤민에게는 한층 더 쉽지 않은 일이라는 것을 나는 잘 알고 있었다. 나는 그의 평온을 아껴 주고 싶었지, 지난 일을 다시 꺼내려던 것은 전혀 아니었다. 그런데 분명한 것은 일찍이 낭만에 심취하고 시와 위험스러운 생활을 숭배했던 아낙이 내가 온 뜻을 오해하였다는 점이다. 나는 그녀가 놀라고 무서워 마음 졸이게 내버려 두고 싶지 않았다. 전전긍긍하며 살얼음을 걷는 것 같은 그녀의 안온은 풀잎에 이는 바람조차 견디지 못할 것 같았다. 그래서 말했다.

"그랬군요. 나는 그저 지나는 길에 잠깐 보러 온 것뿐이에요. 샤민이 돌아오면, 바로 갈 거예요."

말하고 있던 바로 그때, 샤민이 땀이 가득한 얼굴로 문을 열고 들어왔다. 나는 황급히 일어나 그와 작별 인사를 하려고 했다. 하지만 그는 도리어 아내더러 나가 있으라 하고는 나를 눌러앉혔다. 바지 주머니에서 돈을 꺼내고, 펜을 꺼내 들어 탁자에서 쪽지를 쓰고 주소를 적었다. 이어서 말했다.

"친구, 우리 사이에 긴 말 하고 싶지 않네. 이건 우리 시골에 있는 외사촌형의 주소네. 형은 양식장을 하고 있는데, 몇 사람 재워 주는 건 아무 문제없네. 자네 먼저 거기 가 있게. 아무 말 말고. 이건 막 찾아온 돈이네. 가져가게, 사양 말고. 이 다음에 정기적으로 자넬 보러 가겠네. 여기는 안전하지 않아. 그들도 우리가 친한 사이라는 걸 다 알고 있네. 이미 여기로 오고 있는지도 모르네. 자네가 알아서 하게. 자넬 여기 있게 할 수 없네!"

나는 확실히 감동을 받았지만, 이러한 오해는 결국엔 잔인한 것이었다. 나는 급히 말했다.

"난 탈옥한 게 아니네. 형기를 다 채웠지. 막 나왔어. 갈 데가 없어서 자네 집으로 온 걸세!"

"자네 아직 2년 남은 거 아닌가? 명예회복平反 얘긴 못 들었는데?"

그는 깜짝 놀라 소리치면서 일어났다.

"두 차례 감형을 받아서 형기가 앞당겨졌어."

슈도 소릴 듣고 들어왔다. 두 사람은 놀라서 서로 얼굴만 쳐다볼 뿐이었다. 괜스레 놀랐다는 생각에 저절로 웃음이 터져 나왔다.

"제기랄, 왜 일찍 말을 안 했어? 군말할 필요 없지! 슈, 술 가져와요. 오늘 밤은 얘기하면서 새워야겠어!"

그는 거칠어진 두 손으로 내 어깨를 억세게 쥐었다. 놀랍게도 나는 거대한 변화의 시대가 지닌 무게를 느꼈다.

23

사실 어떤 시대도 우리가 붙들어 둘 수는 없다.

일찍이 80년대에 우리들이 미친 듯 추구했던 그 격정 어린 삶, 어디에도 얽매이지 않는 자기 방임, 공명과 이욕을 철저하게 포기하려던 투쟁과 도전, 과정의 아름다움에 탐닉하여 목적을 망각하였던 사랑의 모험, 심지어 가장 순수했던 시적인 머묾 詩意棲居*과 예술 행동, 이 모든 것이 아무런 열매도 맺지 못하는 수꽃처럼 순식간에 지나가 버렸다.

숱한 사람들의 단순한 열정, 스스로를 대단하게 여기는 메시아 의식, 약해 빠져 바람에도 쓰러져 버릴 원대한 포부, 청년의 유치한 격분은 모두 안개처럼 흩어져 버렸다. 이제 그 무엇으로 우리들 정신의 빈틈을 영원토록 메울 수 있을까? 일찍이 자립하느라 의지했던 사시정신史詩精神과 영웅주의, 마지막 한 가닥 로

---

* poetic dwelling. 하이데거Heidegger가 횔더린Hölderlin의 시, 특히 "사람은 시적으로 머문다poetically man dwells"라는 시구를 해석하는 가운데 제시한 인간의 이상적 존재 방식. 시를 통해 도달하게 되는 정신의 해방, 또는 자유와 관련됨.

맨스, 이 모든 것은 한 차례 좌절 끝에 마지막 노래絶唱가 되고 말았다. 이러한 세속 영합과 배금주의, 또는 물질만능은 마치 역류하는 바닷물처럼 5·4운동 이래 몇 세대 지식인들이 고심하며 경영해 온, 그러나 종잇장처럼 얇은 이성의 둑을 무너뜨렸다.

나는 샤민의 거실 대나무 침대에 누워 몸을 뒤척이며 잠을 이루지 못했다. 멀지 않은 공사 현장에서 무거운 항타기杭打機가 지각을 힘없이 두드리는 소리가 들렸다. 무수한 세월 동안 썩은 회백토가 쌓인 지표는 언제라도 균열할 위험을 지닌 것 같았다. 건설자들은 밤낮으로 일했다. 그들은 또 어떤 거대한 오락 시설을 짓는 것일까?

한밤중의 더운 바람이 집 안으로 스며들어와 도시 상공에서 오랫동안 쉬 사라지지 않을 사람 냄새와 섞였다. 가축 시장의 공기와 조금 다른 점은 그것이 무수한 화학 물질과 뒤섞여 고약한 냄새를 피운다는 것이다.

몇 년 만에 처음으로 혼자 방 안에 자는 것이었다. 안전 조명의, 잿불처럼 노란 빛도 없었고 한밤중에 점호하는 손전등 빛도 없었다. 정력이 남아도는 남자들의 맑게 울리는 코골이 소리도, 큰 소리로 울부짖는 잠꼬대도 없었다. 대지를 두드리는 기계 외에는 온 세상이 모두 정신없이 잠에 빠져 있어 황야처럼 평온했다.

좁은 거실이 눈앞에서 점점 커져 갔다. 그러면서 나는 차츰 작아져 끝없이 넓고 큰 감실龕室 안에 놓인 것 같았다. 나는 시

체처럼 아무런 인기척도 낼 수 없었다. 문득 삐걱 하는 소리가 어렴풋이 들렸다. 내 몸 안이나 아래쪽에서 관절이 풀어지고 꺾여서 산산조각이 나는 소리였다. 하지만 아프다는 느낌은 전혀 없었다. 신경이 이미 마비되었기 때문이다. 나는 절망적으로 나 자신이 조금씩 풍화되어 미라가 되는 꿈을 꾸었다. 이처럼 어리숙하게 맞닥뜨린 시대의 격변 앞에서 얇은 매미 날개처럼, 가벼운 기러기 깃털처럼 나는 아주 보잘것없는 존재가 되었다.

나는 변화한 거리를 걸었다. 마치 협곡의 깊은 골짜기에서 표류하는 물거품과 같았다. 거리로 향해 난 문들은 모두 상점으로 바뀌어 있었다. 형형색색의 간판이 휘황찬란하게 번쩍거렸다. 크고 작은 수많은 음향 기기에서 소리가 울려 퍼지고 있었다. 노래를 부르는 것인지 음악을 틀고 있는 것인지 아무래도 명확하게 들리지 않았다. 느릿느릿 움직이는 각종 차량은 침묵 속에 걸어가는 시위 행렬처럼, 더할 나위 없는 참을성으로 행인들을 피해 베틀 북처럼 빈번히 오고갔다.

여인들 대부분은 여전히, 빛깔이 알록달록한 곤충들이 남자들의 살진 팔오금에 앉은 것처럼 남자들과 팔짱을 끼고 인파 속에서 하늘거리며 앞으로 걸어갔다. 가끔 혼자서 걸어가는 여인은 대개 중년 이상의 부인들이었다.

나는 한 상점 문 앞에서 걸음을 멈추고는 그곳에서 단정하게 서 있는 소녀를 바라보았다. 어디선가 본 듯한 얼굴이었다. 그녀는 갑자기 웃음을 머금고 내게 종이 한 장을 건네 주었다. 오늘날에도 아직 전단지를 나눠 주거나 내게 연애편지를 주는 사람이 있을 줄은 상상도 하지 못했다. 영문을 몰라 그녀를 쳐다보았다. 그녀는 부드러운 미소를 한 번 짓고 다른 남자에게 같은 종이를 건네 주었다. 나는 머리를 숙이고 전단지 위에 인쇄된 글을 보았다. 제목이 크게 적혀 있었다. '남모르는 근심을 없애 드리고, 성감性感을 더 키워 줍니다.' 그 아래에는 '남성의 자기磁氣 치료에는 장양환壯陽環(남성의 음경에 끼우는 고리 모양의 성생활 용품)을 사용하세요.'란 글과 함께 사용법이 적혀 있었다. 나는 쓴웃음을 짓고는 머리를 내저으며 곧장 앞으로 나아갔다.

앞쪽 길가의 처마 아래에 사람들 한 무리가 빙 둘러싸고 있었다. 멀리서 들으니 예전 어디선가 들어 본 것 같은 목소리가 고함치고 있었다.

"희한한 거 있어요, 괴상한 거 있어요, 일흔 할머니가 애를 배고, 여든 할아버지가 연애를 합니다. 보세요, 보세요. 진주를 걸면 마노瑪瑙를 주고, 비행기를 걸면 대포를 줍니다. 형수를 걸면 창녀 둘을 줍니다…."

가까이 가서 보니, 역시나 싼장파이三張牌(카드 세 장으로 노는 야바위 한 종류) 노름을 하고 있었다. 그것은 강호를 떠돌며 기예를 일삼는 패거리들 사이에서 유행하는 일종의 속임수이다. 숫자카드點牌 두 장과 그림카드花牌 한 장을 가지고 손 기교와 관중인 척하는 바람잡이의 협력을 통해, 돈 욕심에 돈을 거는 사람들의 금품을 속여 빼앗는 것이다. 자세히 봤더니, 입속으로 뭐라고 중얼거리는 자는 나보다 반년 앞서 형기를 채우고 출소한 '산뎬三點'이었다. 그가 예전에 했던 일을 다시 하리라곤 생각지 못했다.

나는 시치미를 떼고 다가갔다. 그는 잽싸게 또 한 판을 벌이면서 크게 소리쳤다.

"빨리 거세요! 돈 벌 기회를 놓치지 마세요!"

그를 둘러싸고 지켜보던 사람들은 그가 그림카드를 오른쪽 첫 번째 자리에 던지는 것을 분명히 보았다. 한 사람이 10위안 지폐를 걸었다. 나는 산뎬을 좀 골려 주고 싶었다. 샤민이 준 돈에서 100위안짜리를 꺼내 그의 왼편 첫 번째 카드에 걸었다. 그 자리는, 완전히 잘못 걸었다고 사람들이 생각할 만한 곳이었다. 하지만 그 카드가 그림카드일 게 분명했다.

내가 돈을 걸자 그는 놀라 갑자기 낯빛이 변했다. 누군가가 일부러 방해하러 왔다고 여겼을지도 모른다. 그는 머리를 들어 나를 보면서 은어春典를 내뱉으려 하다가 잠시 멍한 표정을 짓더니 이내 나를 알아보았다. 그는 묘한 웃음을 짓더니 즉시 포커 카드 세 장을 뒤집어 보였다. 그리고 다른 두 장에 건 돈을 내 손에 건네 주며 말했다.

"이분이 따셨네요."

사람들은 뭐라 말은 못하고 흩어졌다. 그 아래에서 일하는 바람잡이들 몇몇이 아직 사태를 파악하지 못하고 주위에서 나를 에워싸며 다가왔다. 그는 나를 잡아끌면서 웃으며 욕을 했다.

"강도가 갈취당한 꼴이네! 여러분, 이분이 바로 내가 말했던 바로 그 '절름발이拐子'(후베이성 우한武漢 방언으로 '큰 형님' '우두머리'를 뜻함)라네. 그만하세, 이쯤 끝내지. 이 형님 모시고 옥당춘玉堂春(목욕탕)에 가서 때나 좀 밀어야겠어."

그는 몇 사람에게 지시를 내리고 나서야 고개를 돌려 나를 잡아끌었다. 걸으면서 그가 말했다.

"언제 나왔어요? 미리 좀 알려 주지 그랬어요? 마중 나갔을 텐데!"

"나온 지 좀 됐어. 갑작스레 결정된 거라, 누구한테도 알려 줄 수 없었네."

"알았어요. 가서 한바탕 놀아 봅시다. 먼저 목욕을 좀 해서 감방 냄새를 좀 빼고요! 돈을 내고 한번 해요. 막 나왔으니 엄청 당기겠죠."

그는 여전히 감옥에서 쓰는 은어를 썼는데, 그 뜻은 내게 아가씨를 찾아 주어 욕구를 좀 풀게 해 주겠다는 것이었다.

나는 손에 쥐고 있던, 조금 전 받은 광고 전단지를 그에게 내밀며 쓴웃음을 지었다.

"괜히 애쓰지 마. 별 가망이 없지만, 마지막 시도라도 해 봐야지. 그냥 술이나 마시러 가지."

산덴三點은 재미있는 사람이었다. 그는 성이 '주朱'였다. 이전에 가구 공장에서 일했는데, 나중에 공장이 시스템을 바꾸면서 노동자들한테 알아서들 살길을 찾으라고 호소했다고 한다. 본래 밑천도 백도 없던 그는, 같은 동네에 사는 건달들과 간이幹藝를 배우는 것밖에는 할 게 없었다. 간이는 강호를 떠돌아 다니던 사람들이 일삼던 갖가지 기예 가운데 하나로 그 유래가 이미 오래되었다. 대대로 스승이 제자에게 전수해 주면서 기술이 전해 오다가, 결국 하구류下九流 사람들의 사기술 가운데 하나가 되었다. 대체 누가 이처럼 절묘한 속임수를 고안해 냈는지 알아낼 길이 없다.

그는 이 사기술 때문에 징역형을 받았는데, 감옥에서도 사람들과 카드놀이를 즐겼다. '관산자關三家'(카드놀이의 하나. 자신이 가진 카드를 모두 다 내어놓는 사람이 이긴다.)를 할 때마다, 그는 늘 나 때문에 마지막 카드 한 장을 내지 못했는데, 카드를 뒤집으면 언제나 가장 작은 수인 3이 나왔다. 그래서 모두들 그를 놀리며 산덴三點이라고 불렀다.

앉아서 술을 마시며, 왜 예전에 하던 일을 다시 하느냐고 물었다. 그는 몹시 화난 소리로 말했다.

"이제 막 나와서 모르실 거예요. 이 세상엔 우리들이 살길은 없어요. 형님은 인재라고 할 수 있죠? 말해 보세요, 이제 형님은 어디 갈 데가 있나요?"

그때, 나도 사실은 돌아갈 집이 없었다.

남의 도시에서 한동안 배회했지만 이 가슴 아픈 도시와 철저하게 이별하고 베이징으로 올라가 일을 하기로 마음먹었다. 길을 나설 즈음에, 친구들이 모아 준 마지막 여비를 털어 고향에 가서 아버지의 유골을 모셔 와 그의 옛 고향에 묻어 드리기로 결심했다. 고향을 떠난 지 이미 오래된 터에, 마음은 얼음처럼 차갑고 옷은 남루한 채로 돌아가자니 옛 친구 누구한테도 번거로움을 끼치고 싶지 않았다.

그때는 설이 얼마 남지 않았을 무렵이었다. 산간 도시인 리촨利川은 지난날과 똑같이 매서운 추위로 뒤덮여 있었다. 사방을 둘러싼 산 중턱에는 눈이 남아 있었고 세상은 여전히 황량하였다. 나는 낮에 봉안당奉安堂에 가서 등록을 한 뒤에 서명하고 도장을 찍었다. 그곳에 맡겨 두었던 아버지의 유골을 받아 나와 혼자 여관에 숨어들었다. 예전의 친구나 아는 사람과 마주칠까 두려웠다.

해질 무렵에 밖으로 나와 옛 거리에서 지짜몐維雜面(닭의 내장을 넣어 만든 국수) 한 그릇을 먹었다. 익숙한 고향의 맛에 옛 추억이

떠올랐다. 예전의 그 온전한 집, 깊은 산골에서도 나름 이름이
난 집안은 잔혹한 비상시국에서 이처럼 사라져 버렸다. 나는 옛
거리를 따라 거닐었다. 걷고 또 걷다 보니 문득 익숙한 오래된
영화관, 이발소, 그리고 리원의 가족들이 예전에 거주하던 다락
집閣樓이 보였다.

갑자기 가슴이 빠르게 뛰기 시작했다. 마치 지난날이 다시 시
작된 것 같았다. 그때는 종종 수업을 마치고 집에 가는 길에 무
심코 그녀를 뒤따라가 모퉁이 계단에서 그녀가 사라지는 모습을
보곤 했다. 지금, 나무집木樓은 굽어서 마치 온갖 병을 다 앓고
있는 노파처럼 보였다. 그녀의 아버지는 유배에서 돌아왔을까?
그녀가 이 황혼에 내 절망 어린 시야 속에 나타날 수 있을까?

나는 가슴을 두근거리며 길 맞은편에서 머뭇거렸다. 멀찍이
서서 나무집 위에 걸린 어슴푸레하지만 아직 밝은 등불을 바라
보았다. 코바늘로 짠, 하얀색 커튼은 보이지 않았다. 창가에서
하늘거리던 난초와 매화도 다시 볼 수 없었다. 틀림없이 그녀는
아직 현성으로 돌아오지 않았을 것이다. 아니면 더 먼 곳으로
갔을 테지. 먼 곳은 얼마나 멀까. 십 몇 년 동안, 세상의 그 격심
한 변화를 나는 도무지 헤아릴 길이 없었다. 만약 이 순간, 그녀
가 아직 이 집에 산다고 하면, 나는 과연 용기를 내어 계단을 올
라가, 문에 기대어 그녀에게 애틋하게 '나, 이제야 돌아왔어'라
고 말할 수 있을까?

24

나는 간단하게 꾸린 짐과 아버지의 유골을 가지고 은스恩施('은
스 토가족 묘족 자치주'의 주 정부가 있는 주성州城)의 시외버스 터미널에 갔
다. 다음 날 우한武漢(후베이성의 성도)에 가는 차표를 사고선 싼 여
관을 찾았다. 개인 여관 한 곳에 들어가 1인실이 있느냐고 물었
다. 프런트 데스크에 있던 여자는 머리도 들지 않고 있다고 말했
다. 하루에 얼마냐고 물었더니 100위안이라고 중얼거렸다. 나는
망설이다가 몸을 돌려 떠나려고 했다. 그 여자는 마침내 머리를
들고 내 옆모습과 뒷모습을 보더니 뒤에서 쭈뼛거리면서 물었
다.

"저기요, 너… 너… 관… 관위보關雨波지?"

나는 놀라서 걸음을 멈추었다. 천천히 몸을 돌려 아무 표정
없이 그녀를 쳐다보았다. 그녀는 조금 나무라며 말했다.

"옛 동창도 못 알아보는 거야?"

나는 애써서 여자 동창생에 관한 기억을 더듬어 보았다. 어디
선가 본 듯했지만 감히 확신을 갖고 물을 수는 없었다.

"네가 샹向… 샹…."

그녀는 하하하 웃었다.

"짝꿍도 했었는데, 잊어버린 거야?"

나는 비로소 알아보았다. 약간 수줍으면서도 기뻐서 말했다.

"너, 샹위어向玉娥지?"

그녀는 관심을 보이며 물었다.

"어쩐 일로 여기 있는 거야? 언제 돌아왔어? 옛 동창들 모이자고 연락도 안 했구나! 어디 묵고 있어? 아, 맞다, 여기 방 잡으러 온 거지? 가지 마, 가지마. 여기 묵어. 돈은 안 내도 돼!"

그녀는 말을 하면서 열쇠를 꺼내어서는, 프런트 데스크에서 나와 나를 잡아끌며 안쪽으로 데리고 가려 했다. 나는 황급히 말했다.

"아냐, 아냐. 고마워, 정말 고마워. 그냥 지나가다가 물어본 것뿐이야."

그녀는 다정하게 말했다.

"여긴 내가 도급을 맡은 곳이야. 사양할 거 없어. 여기 묵어. 나는 곧장 나가서 78학년도 5반 학우들한테 알릴게. 너 환영하는 자릴 마련해야지. 지금 여기 시내로 돌아온 동창들이 꽤 많아. 곧 있으면 설이니까 모두들 돌아온 거지. 너, 오늘은 가고 싶어도 못 가."

그녀는 하하하 웃으면서 2층으로 나를 억지로 끌고 올라갔다. 스위트룸을 열더니 거기다 날 곧장 밀어넣었다.

"이렇게 해. 쓸데없는 소리 말고. 일단 좀 씻고. 나는 가서 친구들한테 알려야겠다."

이왕 이렇게 된 거, 다시 아닌 척하는 것은 적절하지 않은 듯하여 여기 묵겠다고 대답할 수밖에 없었다. 저녁 먹을 때가 되기 전에 그녀가 방문을 두드리고 들어와서는 신바람이 나서 내게 알렸다.

"가자, 거의 다 왔어. 네가 돌아왔다는 말을 듣고 모두들 아주 기뻐했어. 너, 다시 빼고 그러지 마. 설날이 코앞인데, 그동안 우리들도 오랫동안 못 모였어. 오늘 섣달 모임團年을 앞당기는 셈 치지, 뭐."

나는 여전히 얼마간 주눅이 든 채 그녀를 따라 꽤 고급스러운 식당의 예약실로 들어갔다. 동창 일여덟 명이 탁자를 빙 둘러싸고 앉아서는 한가롭게 얘길 나누고 있었다. 내가 들어가자 모두 일어나 인사하며 열렬히 맞아 주었다. 우리는 서로를 그 옛날 아이 때 이름으로 불렀다. 솔직하게 말하면, 그 아명이 아니었더라면 많은 사람이 오가는 길에서는 마주치더라도 서로를 알아볼 방법이 전혀 없었을 것이다.

상위어는 줄곧 차를 따르고 음식을 시키며 시중을 들었다. 모두들 시시덕거리면서 예전의 수줍음이나 거리감은 조금도 없는 것 같았다. 어떤 친구는 가라오케를 틀고 노래를 부르기 시작했다. 내 가까이에 있던 친구는 계속해서 내게 담배를 권하고 차를 따라 주었다. 서로 인사를 나누고 예의를 차리면서도 다정하게 굴었다. 하지만 모두들 나에 관한 얘기는 꺼내려 하지 않는 듯했다. 나는 쓸쓸한 표정으로 동창들의 말을 일일이 받아 주었다. 마음속으로는 슬프고 괴로웠지만 억지로 즐거운 척했다.

갑자기 방문이 와락 열리면서 한 여인이 번개처럼 들어왔다. 남자들은 모두 손뼉을 쳤고, 노래 부르던 친구도 노래를 멈추었다. 모든 눈길이 그 사람에게 쏠렸다. 나는 말없이 일어섰다. 여러 해 동안 보지 못했던 리윈이란 걸 벌써 알아차렸다. 그녀는 예전에 비해 훨씬 더 아름답고 성숙해 보였다. 나는 조심스럽게, 멍한 얼굴로 서 있었다. 그녀가 은스恩施에 있을 줄은 생각지도 못했다. 한바탕 환호가 터져 나왔다. 하지만 그녀는 도리어 낯설어하며 조금은 화난 듯이 나와 서로 잠자코 쳐다보았다. 우리 둘만 알아볼 수 있는 눈빛으로 소리 없는 대화를 순식간에 나누었다. 아무도 우리들의 지난날을 알지 못했으며, 그녀가 내 이름을 잊어버렸을 것이라고 여겼다. 샹위어가 소리쳤다.

"리윈, 어서와. 왜? 누군지 몰라? 얜 우리 반의 유일한 대학생이잖아."

리윈은 걸어와서는 곧바로 내 옆자리에 앉았다. 먼저 동창들과 인사를 나누고는 흥분을 누른 채, 몸을 옆으로 기울이고 작은 소리로 내게 물었다.

"넌 왔으면서 어째 내게 알리지도 않았어?"

모두들 조금 놀랐다. 몇 사람은 놀리며 말했다.

"어이, 미녀, 어째서 유독 개만 기억해?"

나는 속에서 이는 격정을 억눌렀다. 어쩐지 초라한 모습이 부끄럽기도 했다.

"아버지 무덤을 옮기려고 왔어. 설인데, 유골을 들고 남의 집 가기가 좀 그렇잖아. 더구나 난 네가 여기 사는지는 전혀 몰랐어!"

모두들 우리 둘이 소곤소곤 속삭이는 것을 보고는 계속해서 노래를 부르거나 얘기를 나누었다. 그녀가 다급하게 물었다.

"언제 가?"

나는 작은 소리로 대답했다.

"내일 아침 시외버스로 설 전에 급히 성도城都(우한)로 돌아가려고."

그녀는 못 믿겠다는 듯이 말했다.

"차표는? 좀 보여 줘."

나는 내키지 않은 듯이 차표를 꺼내어 그녀에게 보여 주었다. 차표를 받아든 그녀가 곧바로 탁자 아래에서 박박 찢어서 쪼가리로 만들 줄을 어떻게 알았겠는가. 나는 이해가 안 간다는 표정으로 그녀를 바라보았다. 마음속에선 화가 치밀었다. 100위안짜리 이 차표는 나로선 아주 큰돈을 주고 산 것이었다. 그녀는 아무런 설명도 없이 일어나 문으로 향하더니 문 앞에서 돌아서서 사람들한테 말했다.

"너희들 먼저 주문해. 잠깐 볼일 있어서 나갔다 올게. 금방 올 거야. 위어, 맛있는 거 시켜. 오늘은 내가 살게!"

샹위어가 말했다.

"왜 가는 거야? 누가 너더러 계산하래? 빨리 돌아와, 금방 음식 나올 거야."

그녀는 설명도 없이 바람처럼 훌쩍 나가 버렸다.

단짝이었던 무룬유牟倫友가 그녀의 뒷모습을 보며 나를 놀렸다.

"이봐, 위보, 너 그때 남몰래 리원 좋아했던 거 기억나지?"

의형제를 맺었던 톈위안田園이 받았다.

"뭐가 남몰래 좋아한 거야? 대놓고 좋아하던데, 나는 다 알아보겠던데? 하하하!"

샹위어가 톈위안을 가리키며 말했다.

"너도 남몰래 나 좋아했잖아! 나중에 왜 고백 안 했어?"

톈위안은 희죽거리며 말했다.

"됐거든. 분명히 네가 나한테 추파를 던진 거잖아. 아, 그땐 참 순진했어. 꼬실 줄을 몰라서, 결과는 늑대가 고기를 물고는 개한테 먹여 주는 꼴이 되어 버렸지. 하하하."

모두들 즐거운 분위기를 만들려고 애를 썼다. 나도 그들을 따라 웃으며 이야기할 수밖에 없었다. 하지만 여전히 마음속 고독을 숨기기 어려웠다. 여학우 쾅리야王麗雅가 끝내 참지 못하고 금기를 깨고 말했다.

"이봐, 위보, 네가 당한 일은 우리 모두 알고 있어. 모두 너 생각하며 마음 아팠어. 정말 안타까운 일이니까. 아이, 어쨌거나 그 무슨 떳떳치 못한 일도 아니잖아. 다들 이해해. 그러니 너무 속상해하지 마, 알았지?"

나는 겨우 버티며 웃는 얼굴로 말했다.

"나, 기분 좋아. 이렇게 오랜만에 옛 친구들을 만났는데 아주 감격스럽지. 난 괜찮아. 모두들 잘 지내고 있으니 정말로 기뻐."

여학우 천샤오링陳曉玲이 말했다.

"어색하게 왜 이래, 모르는 사이도 아니고. 평소엔 다들 바쁘니까 모이기도 어려운데, 네가 돌아와서 사람들한테 술 마실 거리 준 셈이야."

무룬유가 큰 소리로 맞장구쳤다.

"맞다, 맞아. 속담에 '애인은 피곤하고, 아가씨는 비싸다' 했는데, 차라리 동기 모임을 여는 게 더 낫지. 자고 싶은 사람이랑 자고 몇 커플 깨지면 그만이지, 하하!"

모두들 방 안이 떠들썩하게 웃었다. 샹위어는 짐짓 화난 목소리로 말했다.

"넌 어떻게 된 게 아직도 이렇게 경박하니? 예전의 반성문을 아직 덜 썼군. 여기요, 아가씨, 요리 갖다 줘요, 술도 따고."

시중드는 여직원이 음식을 덜어 나누어 주기 시작했다. 아주 오랫동안 먹어 보지 못했던 고향의 맛, 이 때문에 내 마음은 갈가리 찢어지는 것 같았다. 음식이 막 나오기 시작할 때쯤, 리원이 시원시원하게 방 안으로 들어와서는 친구들이 그녈 위해 일부러 비워 둔 자리로 곧장 와서 앉았다.

자리를 만든 샹위어가 일어나 말했다.

"자, 78학년도 5반 친구들, 관위보는 일찍이 우리 반의 자랑이었으며 지금도 여전히 우리 반의 자랑입니다. 다들 헤어진 지 십여 년 만에 다시 만났습니다. 관위보 동학을 위해 먼저 건배를 하십시다. 그가 돌아온 것을 환영하면서 동시에 그를 환송하기 위해서. 자, 건배!"

모두들 단숨에 잔을 비웠다. 샹위어는 이어서 나를 잡아끌며 말했다.

"위보, 헤어진 뒤 여러 해가 지났는데, 너도 친구들한테 한 마디 해."

나는 어쩔 수 없이 일어나 말을 했다.

"친구 여러분, 이처럼 두터운 정으로 맞아 주니 정말 고맙습니다. 어려움을 겪고서 다시 만났는데, 여러분의 진심이 어제와 다를 바 없는 걸 보고 매우 감동했습니다. 이곳은 나를 낳고 길러 준 곳이며, 일찍이 우리 집이 있던 곳입니다. 무수한 추억과 그리움이 있는 곳이며, 깊고 지고지순한 정이 깃든 곳입니다. 나는 여기 출신으로서 일찍이 이곳의 모든 것을 잊은 적이 한 번도 없습니다. 떠나갔던 지난 몇 년 동안, 이룬 것 하나 없이 아픔만 거듭거듭 쌓았으니, 옛 친구들 앞에서 참 부끄럽습니다. 하지만 이 세상에서 아주 많은 것을 잃어버릴 수는 있어도, 여러분의 따뜻한 마음과 의리는 잃어버릴 수 없다는 것을 잘 압니다."

텐위안은 내가 슬픔에 젖을까 염려해서 곧장 내 말을 자르고 끼어들었다.

"친구, 가슴 아픈 얘긴 그만하게. 마셔, 마시자구."

내가 말했다.

"그렇습니다, 만 마디 천 마디 말이 다 술 속에 있으니, 다시 여러분께 한 잔 올리며, 먼저 잔을 비웁니다!"

나는 술을 다 마시고 앉았다. 다들 어쩔 수 없이 한 모금씩 마시지 않을 수 없었다. 리원은 다른 사람들이 안 볼 때를 틈타 내게로 몸을 돌리고는 비행기 표 한 장을 꺼내 몰래 내게 건넸다. 눈은 딴 데를 보면서 낮은 소리로 말했다.

"네 차표 찢은 거, 비행기 표로 바꿔 주는 거야. 모레 떠나, 이틀 더 머무르면 좋겠어. 성도에 도착하는 시간은 어쨌든 같을 거야. 네게 방해가 되진 않을 거야. 다른 말 마, 네게 그냥 주는 거야!"

그녀가 이러려고 나갔다는 것은 전혀 생각하지 못했던 까닭에 나는 매우 감격하며 어찌할 바를 몰랐다. 자리에 앉은 많은 친구들 사이에서 사양하기도 그래서, 우선 비행기 표를 주머니 안에 넣어 두는 수밖에 없었다. 말없이 그녀의 눈을 보다가, 금세 흘러내릴 것 같은 눈물을 막으려고 입을 크게 벌리며 한숨을 내뱉었다. 그녀는 짐짓 아무 일도 아니라는 듯, 내게 음식을 집어 주며 나지막한 소리로 말했다.

"생각 좀 그만하고, 어서 먹어. 다 고향 음식이야."

옛날 반장이었던 리웨이췬李偉群이 일어서서 모두를 향해 말했다.

"아마도 레닌이 말했었지. 옥살이를 해 본 남자만이 완벽한 남자가 될 수 있다고. 위보, 자격지심 가질 것 없어. 우리들 아버지 세대에는 아주 많은 분들이 그런 경험을 갖고 있지…."

샹위어가 웃으며 그의 말을 잘랐다.

"너 또 제멋대로 꾸며 대는군. 지도자의 어록마저도 뜯어고치다니!"

모룬유가 말했다.

"어쨌든 뜻이 통하면 되는 거지. 자, 우리 둘만 한 잔 하자. 그때 반에서 너를 많이 도와주었는데 지금도 네 눈에 거슬리는 놈이 있으면, 누구든 두들겨 패 줄게!"

콴리야가 화난 척하며 말했다.

"흥, 너희 둘은 어울려 못된 짓 저지를 줄만 알지!"

톈위안이 히죽거리며 이야기를 꺼냈다.

"위보가 현 위원회에서 일할 때가 생각나는데, 내가 위보한테 연애편지 좀 대신 써 달라고 부탁했지. 그러곤 마누라를 속여 손에 넣기를 기다렸지. 마누라가 그 편지를 줄곧 소중하게 간직하는 것을 보고 그거 위보가 쓴 거라고 말해 줬어. 그 결과가 어땠을 것 같아?"

모두 한목소리로 물었다.

"어떻게 됐는데?"

톈위안이 웃으며 답했다.

"마누라는 여기저기 위보의 주소를 알아보고, 날마다 위보가 이혼하기를 바랐지. 그 바람에 오늘 마누라를 데려올 엄두도 못 냈어. 연애편지의 원작자를 찾을까 봐 겁이 났거든. 그럼, 나랑은 끝일 테지."

모두들 배꼽 빠지게 웃었다. 나도 웃음을 터뜨렸다. 리원은 나를 흘겨보았다. 화가 난 척하며 나를 나무라는 의미였다. 천위안리陳元利가 소리쳤다.

"다들 진행을 방해하지 말고. 다음엔 우리 반의 미녀가 한 잔 올려야지!"

모두가 리원을 쳐다보자 리원은 어이없다는 듯 말했다.

"왜 다들 날 봐? 위어, 네가 마셔!"

샹위어가 말했다.

"내가 어떻게, 감히! 내가 미인인 척했다간 모두들 나를 잡아먹으려 들걸! 겸손 그만 떨어!"

리원이 말했다.

"미인은 무슨. 아이고, 어느새 다 늙어 버렸는데. 아무튼 너희들이 이런다면, 미인이든 아니든, 자, 위보, 같이 한 잔 해. 너의 자유를 위해, 건배! 다른 말은 하지 않을게. 다들 살기 쉽지 않아. 즐겁게 살자!"

무룬유가 소리쳤다.

"너희들 눈치 못 챘어? 이 둘 있잖아, 부부처럼 서로 깍듯이 대하는 것 같은데, 이상하지 않아?"

리원이 몸을 돌리며 말했다.

"너, 또 무슨 꿈수를 부리고 싶어서 안달이 났구나."

무룬유가 말했다.

"나 건드리지 마. 화나게 하면 오늘 바로 위보 비밀 확 까발린다?"

리원은 일부러 성을 냈다.

"까발려, 까발려 봐!"

무룬유가 비웃으며 말을 꺼냈다.

"좋아, 오늘 친구들한테 한 가지 고발할 게 있어. 위보가 중학교 다닐 때, 우리 집에서 잔 적이 있는데, 밤에 나한테 말하는 거야. 어른이 되면 리원이랑 결혼해 아내로 삼고 싶다고. 그래 놓고 나중에 천스메이陳世美*가 될 줄 누가 알았겠어. 그러니 벌주를 먹여야지."

리원은 나를 노려보았다. 나는 실없이 웃었지만 마음이 편치 않았다. 확실히 그런 일이 있었던 것 같아서 나로서는 어떤 반박도 할 수가 없었다. 여학우 스방리石邦麗가 궁지에 몰린 나를 구해 주었다.

"위보, 자, 한 잔 해. 당연히 해야 할 말이지만, 너는 불행한 일을 수없이 겪었지. 더욱이 너희 부모님 일은 우리도 알고서 매우 마음 아팠어. 그렇지만 모든 것이 다 잘될 거야. 넌 여전히 우리들 가운데 가장 우수한 인재야. 다들 네가 복귀하길 바라. 자, 건배!"

감정을 자제하기 어려웠다. 눈물이 쏟아져 나올 것만 같아서 이를 감추려고 몸을 돌려 눈물을 닦았다. 리원이 마음이 통한 듯 티슈를 건네 주며 내 손을 꼭 잡아 주었다. 그녀가 말했다.

"오늘 밤엔 이런 얘기 그만하고, 다들 즐거우라고 내가 노래 한 곡 할게."

---

* 전통극 〈진향련秦香蓮〉에 나오는 인물. 10년 공부 끝에 과거에서 장원급제하고 송나라 인종仁宗의 부마가 되지만, 조강지처 진향련과 자식을 버린 것도 모자라 죽이려고까지 한 비정하고 잔인한 인물. 결국 판관 포청천包靑天에게 참수형을 당한다. 이로써 배신자의 대명사가 되었다.

모두가 함께 좋아라고 외쳤다.

"리원 네 노랠 듣긴 어렵지, 어려워! 〈짝꿍同桌的你〉*을 불러 봐!"

리원은 입을 삐죽이며 말했다.

"그건 남학생들이나 부르는 거지. 다른 노래 부를래."

그녀는 자연스럽게 일어나 노래를 불렀다.

잘 잤나요, 젊은 친구

우린 곧 헤어지겠지요.

내 마음속, 깊은 정은

돛대 뒤에 남겨 둘 수밖에요.

물결이 잇달아 일렁거리고

세월은 서로 바짝 따르지만

도리어 사람은 헤어지네.

하나는 서쪽, 하나는 동쪽

갈매기만 남아 슬피 우는 소리

물결 위에 넘실거리네.

마음아, 젊은 마음아

---

* 가오샤오쏭高曉松이 노랫말과 곡을 쓰고 가수 라오랑老狼이 1994년에 부른 노래. 1995년 중국 CCTV 춘완春晩 공연에서 금상을 받으면서 널리 알려진 캠퍼스 가요의 대표작.

고독하게 고동치고 있구나.

　노래 속에서, 리원의 눈에서 눈물이 어리며 맑게 반짝였다.
친구들 모두 무언가를 느끼는 것 같았지만, 누구도 우스갯소리
를 하지 않았다. 나는 고개를 떨구고 몰래 눈물을 닦았다. 이 노
래가 지식청년知靑의 노래이며, 예전 공무자이 강가에서 내가
그녀에게 가르쳐 주며 부른 것임을 아는 사람은 나밖에 없었다.
그녀가 노래를 다 부르고 앉자 모두들 갑자기 침묵에 빠졌고,
둘씩 짝을 이루어 싸우고 죽일 듯이 한바탕 술을 퍼마실 수밖에
없었다.
　모두들 취기가 올랐다. 누군가가 노래 부르고 춤추자고 제안
했다. 불빛이 어두워지자, 나는 소파에 비스듬히 쓰러졌다. 오
랫동안 술을 들이지 않은 위가 견딜 수 없었는지 토하고 싶어졌
다. 세상이 빙빙 돌기 시작했다. 마치 시간의 터널 안에 놓인 것
처럼 느껴졌다. 오색찬란한 빛 속에서 빠르게 빙글빙글 돌면서
나는, 영화를 거꾸로 트는 것처럼 어린 시절로 되돌아가는 것
같았다. 공무자이의 산과 물이 하나하나 재방영되었다. 그 기억
의 원판 필름은 세월 속에 떠돌다가 다시 나타나 가라앉은 뒤
에, 지난날의 사랑과 슬픔을 현상現像해 내었다. 그처럼 거세게
일렁이는 물결을 나는 정말 어찌할 수 없었다. 조금 전에 먹은
맛있는 음식들이 쓸개로 변해 뿜어져 나왔다.

모두들 내가 만취한 것을 이해해 주었지만, 리원만이 끝까지 나를 보살펴 주었다. 계속해서 뜨거운 수건을 바꾸어 주고, 빨아 주었다. 그녀는 내 입을 닦고 얼굴을 씻기고 입을 헹구게 도와주었다. 나는 염치도 잊은 채 그녀의 손을 끌어 잡고 울음을 터뜨렸다. 그녀에게 무슨 말을 해야 할지 몰라서 그저 마음에 가득한 눈물만 소리 없이 흘렸다….

리원의 목소리가 희미하게 들렸다.

"저기, 친구들, 위보는 안 되겠어. 너희들끼리 놀고 있어, 얘 좀 데려다 줘야겠어."

친구들 모두 무언가를 깨달은 듯 한목소리로 찬성했다. 리원은 나를 부축하고는 비틀거리며 방을 나섰다. 샹위어가 따라 나오며 말했다.

"리원, 걔 212호에 묵고 있어. 직원한테 바로 문 열어 달라고 해. 어떻게, 너 혼자서 되겠어? 도와줄까?"

리원이 말했다.

"됐어, 그런대로 걸어갈 수 있어. 걱정 마."

나는 리원에게 기대면서 머리를 축 늘어뜨렸다. 아무 감각이 없는 사람처럼, 그림자가 몸을 따르듯 했다. 샹위어는 익살스런 표정을 지으며 웃었다.

"그럼, 너희들 방해하지 않을게, 에구, 위보의 마음이 괴로울 테니, 네가 잘 좀 위로해 줘."

25

거리가 얼마 되지 않는 큰길과 골목을 지나며, 나는 만취한 가운데 반평생을 걸어온 것처럼 아련한 느낌이 들었다.

의식이 흐릿한 속에서도 여관으로 돌아왔음을 알아차렸다. 남자 직원이 다가와 나를 부축하여 위층으로 데려다 주었다. 리원은 나를 침대에 눕혔다. 재빨리 내 더러워진 윗옷과 바지를 벗기고 화장실에 가서 수건을 빨아 와 온몸을 닦아 주었다. 나는 자는 둥 깨는 둥 하면서 갑자기 통곡을 하다가 또 갑자기 중얼거리기도 했다. 나는 여러 번 손을 잡아끌면서 그녀가 떠나지 못하게 했다. 내 마음을 털어놓고 싶었다. 그녀는 따뜻한 목소리로 속삭이며 나를 달랬다.

"그런 말 하지 마, 말 듣자, 입 헹구고, 물 좀 더 마셔, 우선 좀 자, 움직이지 말고, 말 들어, 응? 이불 좀 덮고, 춥단 말야, 옳지! 말 들어야지!"

그녀의 목소리는 최면제 같은 마력이 있었다. 나는 웅얼웅얼 거리다가 눈이 점점 감겼다. 갓난아기처럼 깊은 잠에 빠져들었다.

한밤중에 목이 말랐다. 조금씩 술이 깨는 것 같았다. 내가 어떻게 돌아왔는지는 전혀 생각나지 않았다. 뜻밖에도 화장실에서 갑자기 쏴 물소리가 들렸다. 나는 놀라서 엉거주춤 반쯤 몸을 일으켰다. 오늘 밤이 무슨 날 밤인지 알지 못했다. 기억이 나는 것도 있고 나지 않는 것도 있었다. 급히 침대에서 내려왔다. 그제야 벌거벗고 있다는 것을 깨닫고는 손에 닿는 대로 베개 수건을 가져다가 허리 아래를 둘러쌌다. 화장실로 가서 문을 벌컥 열었다.

샤워를 한 리원이 젖은 머리를 둘둘 감아올리고 수건으로 가슴과 엉덩이를 두른 채 세면대에서 내 아래위 내복을 빨고 있었다. 나는 눈앞의 아름다운 장면에 어안이 벙벙하고 어찌 해야 할 줄 몰랐다. 마치 벼락을 맞아 바짝 타 버린 나무처럼 그 자리에 서 있었다. 리원은 등 뒤의 인기척을 느끼고는 눈을 들어 거울을 보았다. 거울 속에 굴절된 궁색한 내 모습을 보고 웃음을 터뜨렸다. 그녀는 억지스러운 데는 조금도 없이 미소를 지으며 말했다.

"네 옷 내가 다 빨았어, 뭐가 부끄러워, 호호!"

나는 문득 모든 것을 깨달았다. 두 손을 놓자 베개 수건이 땅에 떨어졌다. 빠른 걸음으로 나아가 그녀를 뒤에서 안았다. 오랫동안 억눌렀던 감정이 한꺼번에 터져 나왔다. 맹수가 물어뜯으려 하는 것처럼 달려들었다. 그녀는 내 품안에서 흐느적거리며 고개를 들고 눈을 감았다. 몸을 비비 꼬며 신음소리를 냈다.

"음, 음, 물지 마… 그만해… 음, 아파…."

오랫동안 억눌러 왔던 사랑과 욕망이 재빠르게 머리끝까지 솟구쳐 올랐다. 나는 물고기처럼 몸부림치는 그녀를 힘껏 끌어 안고 우승컵을 안고 시상대로 가는 것처럼 침대로 향했다. 그녀의 목욕 수건이 내 발 밑에 미끄러져 내렸다. 나는 그녀를 이불 위에 반듯이 누이고 처음으로 그 오랫동안 숨겨 왔던 눈부심을 바라보았다. 침대 가의 부드럽고 평온한 불빛이 그녀의 피부를 비추었다. 그녀는 마치 심해 속의 속이 꽉 찬 진주처럼, 사람들이 입에 물고 싶을 만큼 부드럽고 윤기 나는 빛을 띠고 있었다. 그녀는 두 눈을 꼭 감았다. 조금 벌어진 붉은 입술은 중얼거리듯 신음소리를 냈다. 또한 내 탐욕스러운 눈빛을 피하려는 듯이 물귀신처럼 몸을 배배 꼬았다. 수줍은 듯이 옆으로 돌아누우며 몸을 잔뜩 웅크렸다. 그녀의 부드러운 팔은 담쟁이덩굴처럼 양쪽 어깨를 감쌌으며 아름다운 아래턱은 팔오금 사이에 숨어 들어갔다. 허리께와 둥근 엉덩이는 딱 맞게 완벽한 곡선을 그리고 있었다. 심해 속에서 입을 오므리고 있는 이 진주조개는 손끝이 살짝 닿기만 하면 곧 내게로 벌어질 것이다.

나는 제멋대로 오랫동안 숨겨져 왔던 신비로운 늪을 물어뜯었다. 그녀는 두 손을 꼬아서 꽃떨기 속의 연한 빛깔의 벚꽃 잎을 가리며 쑥스러운 듯이 나의 야만적인 행동을 막았다. 나는 몸을 숙여서 뺨에 키스하면서 그 위를 덮고 있는 젖은 머리칼을 옆으로 넘겼다. 그녀의 눈꺼풀과 코끝에 닿을 듯 가까이 있는 무릎에 키스를 하였다. 그녀의 팔오금 안으로 머리를 드밀어 파고들면서 둘의 혀끝이 서로 닿자, 마치 온 세상에 광풍이 휘몰아치는 것만 같았다. 그녀는 웅크렸던 몸을 펴고 번개가 치고 우레가 울리는 대로 몸을 내맡겼다. 그녀의 팔다리는 등나무 덩굴처럼 내 온몸을 휘감으며 춤을 추었다. 내가 그녀의 가슴으로 힘차게 파고들어갈 때, 그녀는 재빨리 두 손을 옮겨서 오뚝 솟은 앵두를 눌렀다…. 그녀는 포도나무 숲 특유의 달콤한 향내를 뿜어내기 시작하였다. 그녀의 몸은 물고기처럼 아주 매끄러웠다.

나는 온몸이 부풀어 오르는 것을 느꼈다. 불붙은 폭죽처럼 곧이어 하늘로 날아올라 터질 것만 같았다. 나는 붕새가 급강하해서 눈부신 하얀 벌판을 덮는 것처럼 그녀의 아담한 몸을 뒤덮었다. 그녀는 고운 손으로 샘가를 지키고 있었다. 내가 막 그녀의 음순에 이르렀을 때, 몸부림치는 그녀의 손끝에서 내 화산이 때이르게 갑자기 터져 버렸다. 마그마처럼 몹시 뜨거운 분출 탓에 우리는 허둥거리는 난민이 되었다. 나는 바늘에 찔려 펑크가 난 기구처럼 갑자기 베개맡에서 힘이 빠져 버렸다.

나는 부끄럽기 짝이 없었다. 스스로도 화가 안 풀려서 사과하며 자책하였다.

"아, 진짜 미안해. 너무 오래 갇혀 있었어. 안 되겠어. 아마 폐물이 되었나 봐."

그녀는 아무 소리도 내지 않았다. 사방에 적막이 흘렀다. 침대 스탠드 불빛에 공기가 얼어붙은 것 같았다. 그저 불규칙한 숨소리만이 침대에서의 창피함을 일깨우고 있었다. 그녀는 마그마가 터져 나와 흐를 때의 자세를 그대로 유지한 채 그저 가볍게 내 팔뚝을 꼭 감싸 안았다. 그녀의 살갗은 위축된 나를 평온하게 해 주었고, 비단담요처럼 풀이 죽은 나를 꼭 덮어 주었다. 그녀는 손가락으로 가볍게 내 등을 두드리며 위로했다.

"기죽지 마! 우선 좀 누워 있어."

내 뺨을 타고 미끄러져 내리던 눈물이 그녀의 눈물 방울과 섞여 베개에 떨어졌다. 그녀는 자세를 그대로 유지하면서 마그마가 우리들 살갗 사이에서 굳어 버리게 내버려 두었다. 마치 주조하여 조소품을 만드는 것 같았다. 그녀는 자신의 체온으로 나를 위해 평생 잊지 못할 따뜻함을 만들어 주었다. 내 마음에 이는 맹렬한 불길과 불안은 물의 따뜻함과 부드러움 속에서 천천히 사라져 갔다. 나는 가로누워서 그녀를 바라보며 그녀의 뺨에 난 눈물 자국을 지웠다. 그녀는 예쁘게 웃을 뿐 가만히 있었다. 머리를 들어 내 코에 살짝 입맞추었다. 그리고 팔을 빼서 몸을 일으켜 화장실로 가 몸을 닦았다. 이윽고 뜨거운 물에 수건을 빨아 가지고 와선 내 온몸에 묻은 눈서리霜雪를 닦아 주었다. 나는 나른해서 침대 머리맡에 비스듬히 기대었다. 그녀는 담뱃불을 붙여 주고 이불을 덮어 주었다. 등을 끄고는 조용하게 이불

안으로 비집고 들어왔다. 어둠 속에서 나는 두 눈을 부릅떴다. 낙담하고 억울한 마음에 눈물이 조용히 방울져 떨어졌다. 오랜 시간 감옥에 갇혔던 탓에 마치 비바람 속에서 바위가 날로 깎여 나가는 것처럼 나의 본능이 차츰 파괴되었다고 생각했다.

"요 몇 년 동안의 얘기 좀 해 줄 수 있어, 어떻게 지냈어?"

그녀는 내 뺨을 어루만지며 조심스레 물었다. 나는 그녀 때문에 즐겁고 괴로웠던 지난날로 이끌리며 조금 전의 난처했던 일은 차츰 잊어버렸다. 그녀는 일부러 감옥 안에서의 성생활이 어떤지 얘기해 달라고 하고선 내 얘기를 들으면서 깔깔거리고 웃었다. 그녀는 다정스럽게 내 귀뿌리에 입을 맞추고 어깨를 핥았다. 그러더니 그녀의 손이 조금씩 내 아랫도리 쪽으로 미끄러졌다. 줄 끊어진 거문고로 연습할 때의 손놀림처럼, 그녀는 축 늘어진 그것을 되풀이하여 가볍게 퉁겼다. 그녀의 탐방으로 나는 불구가 된 팔다리를 조금씩 되찾는 듯했다. 그녀가 내 귀에 대고 말했다.

"내가 도와줄게, 긴장하지 마. 힘 빼!"

그녀는 이불 속으로 천천히 몸을 움츠려서 마치 어두운 바다 밑바닥으로 가라앉는 향유고래처럼 내 몸 위에서 이리저리로 움직였다. 그녀는 물고기가 물거품을 내뱉듯이 가벼운 신음 소리와 쪽쪽 빠는 소리를 냈다. 오랫동안 깊이 잠들어 있던 내 몸이 다시 깨어나기 시작했다. 마치 화약을 다시 채운 뇌관처럼 가장 격렬한 자폭을 갈망하기 시작했다. 그녀는 생명을 새로 탄생시킨 것처럼 놀라며 기뻐했다.

"아, 아, 됐어!"

나는 그녀를 심해에서 불쑥 끌어당겨서 폭도처럼 그녀의 몸을 내리눌렀다. 그녀는 눈을 감고 아랫입술을 깨물었다. 그녀의 두 손은 질주하는 말처럼 약동하는 내 등 위에서 떨어져 내렸고, 가는 손가락은 베개를 꼭 쥐었다. 환상적으로 울리는 음악 소리 가운데 나는 아름다운 육체가 나의 질주에 호응하고 있음을 보았다. 그녀는 가는 허리를 굽혀 반달처럼 움츠렸다. 그녀의 발목은 쇠사슬처럼 나를 감아 당겼다. 내가 오랫동안 갈망했던 꽃밭이 기적처럼 위쪽으로 떠받쳐졌다. 나는 눈먼 무사처럼 긴 밤에 창을 휘두르며 춤을 추었다. 이미 오래전 낯설어진 꽃 떨기에서 완전히 길을 잃어버렸다. 그녀는 예쁘게 웃으면서 자신의 손가락을 내 입에 집어넣고는 부드럽게 속삭였다.

"서두르지 마, 거기 아냐, 여기, 응… 위쪽, 아….."

찬란한 순간이 이른 것 같았다. 그녀는 침묵에 익숙한 손으로, 축적된 폭풍을 풀어 주어 지나가게 했다. 나는 원시 마을의 춤꾼이 격앙된 리듬을 타면서 다가오는 것을 어렴풋하게 보았다. 더 이상 참을 수가 없었다. 마치 나면서부터 눈먼 사람이 갑자기 눈을 뜬 것 같았다. 술렁거리는 봄날이 마치 부채처럼 천천히 펴지는 것을 보았다. 그녀의 향기로운 들판이 끝없이 펼쳐져 있는 것을 보았다. 나는 가장 열광적인 자세로 마음껏 내달릴 수밖에 없었다.

그 순간 내 온몸은 매로 변신했다. 발톱은 봉쇄된 세월을 찢고도 남을 만큼 뾰족하고 날카로웠다. 나는 얼어붙은 욕망에 다시 피를 주입할 것이다. 이 맑고 깨끗한 노랫소리 가운데에서 다시금 청춘의 소리가 울리게 할 것이다. 이는 억제할 수 없는 비상飛翔이다. 황혼을 타고 날아오르는 것처럼 영원히 지치지 않을 출발이다. 너무 오랫동안 갇혀 있었던 갈망들이 깃털 하나하나에 엄청난 힘을 실어 주었다. 나는 멈추지 않는 상승과 하강 속에서 가장 완벽한 고통과 가장 처절한 기쁨을 느꼈다.

그 예전 눈처럼 순결했던 그녀가 이렇게 녹기 시작하는 것을 보고, 나는 이 얼어붙은 강이 이대로 녹아 흐르도록 내버려 두었다. 그 순간 나는 가장 악랄한 햇빛, 가장 흉악한 바람이었다. 얼어붙은 호수를 녹이고 그녀의 온 살갗에 가득 샘구멍이 나게 할 수 있었다. 그리하여 봄날 계곡물이 하룻밤 사이에 크게 불어나게 하여 땀구멍에서 스며 나오는 파도 같은 웃음소리에 귀를 기울였다. 나는, 물가에 닿기 위해 심연의 바닥에서 힘차게 헤엄치면서 강바닥의 모래와 돌에 찔려 비늘 사이 사이 상처 입는 것도 참아 내는 활력이 충만한 거대한 물고기 떼를 떠올렸다. 나는 나 자신이 오랫동안 침묵하고 있던 화산이라고 굳게 믿었다. 그것이 마침내 폭발하여 용솟음쳐야 창백한 피부는 비로소 불에 타는 듯한 아픔을 느끼게 될 터였다.

한결 성숙하고 아름다워진 리윈은, 그 순간 과수원이 만들어 낸 온갖 풍경처럼 계절을 초월하는 영원함을 지니고 있었다. 땀에 흠뻑 젖은 그녀는 빗속에 반짝이는 불꽃처럼, 여러 해 동안 내가 지녀 왔던 꿋꿋함을 한순간에 태워 버렸다. 우리는 이 흉년 속에서도 아주 잘 익은 열매였고, 사랑은 줄곧 우리 생존이 의지하는 가지였다. 그 열매는 지금 굶주림 속에서 끝내 향기를 모두 내뿜었다….

26
/

  이 하룻밤이 한 시대의 희망, 고민과 방종을 온전히 응축한
것 같았다. 아무런 기대도 할 수 없는 순간에 시간은 거꾸로 흘
러 어제가 다시 시작되었다. 오랫동안 바싹 말라 버린 생명에
다시 물을 주자, 이른 아침 고향 땅에서 꽃이 피었다.

  내가 힘들게 눈을 떴을 때, 그녀는 벌써 침대 머리맡에 비스
듬히 앉아 있었다. 마침 그녀는 가엾다는 듯이 나를 조용히 내
려다보고 있었다. 나는 몸을 돌려 그녀의 허리를 안았다. 그녀
의 아랫배에 귀를 바짝 갖다 대었다. 보송보송한 솜털이 내 푸
석한 얼굴을 간지럽게 쓰다듬었다. 예전에 수없이 상상은 했지
만 한 번도 가져 보지 못한 친밀함을 느꼈다. 그녀는 손으로 내
머리를 긁었다. 고양이 발처럼 부드러웠다. 나는 그녀의 부드러
운 목소리를 어렴풋하게 들었다. 배 속의 자궁 깊은 곳 저 먼 곳
에서 전해 오는 것 같았다.

  "모든 것이 회복될 거야. 난 네가 남자답게 살았으면 해. 예전
자신감과 이상이 넘쳐 나던 너처럼 말이야. 격정과 욕망, 심지
어 청춘의 분노를 영원히 잃지 않는 것, 그게 있어야 비로소 너

라고 할 수 있지. 그래야 넌, 지난날 네 극심한 고난에서 벗어나 내 앞에서 그때 네 모습을 재현할 수 있을 거야."

아, 신비로운 아침이었다. 이처럼 숱한 절망을 겪은 뒤에, 억누를 수 없는 삶의 욕구가 과거의 모든 것이 끝났음을 선언하였다. 나는 감격해서 말했다.

"만일 네가 없었더라면, 이 아침도 없을 것이고, 아마 모든 고통도 아무 의미가 없을 거야."

그녀는 부드럽게 내 귓불을 만지면서 말했다.

"그건 아냐, 그렇게 말할 순 없어. 설령 내가 없더라도 네가 겪은 고난은 그 자체로 의미가 있어. 네가 고통 속에서 쓰러져 다시 일어나지 못할 때에야 그 고난이 아무 의미가 없겠지."

취기가 차츰 가시면서, 그녀의 인도에 따라 온몸의 마디 하나하나가 깨어나기 시작하는 것 같았다. 나는, 죽었다가 다시 살아난 어젯밤의 방종과 위안을 천천히 생각해 보았다. 남은 이슬이 아직 마르지 않은 것처럼, 하룻밤이 지나도 몸에는 매끄러움이 여전히 남아 있는 것 같았다. 갇혀 지내던 날들 속에서의 갈망과 시련, 끊어졌다 이어졌다 되풀이되던 격정 어린 꿈, 놀라 꿈을 깬 뒤에 오랫동안 남았던 쓸쓸함을 생각해 보니 막 지나간 달콤한 밤이 실제 같기도 환각 같기도 하여 믿기 어려울 것 같았다. 나는 따뜻하고 부드러운 그녀의 아랫배에 머리를 기댔다. 손가락으로 그녀의 허벅지 안쪽을 쓰다듬었다. 그곳은 몸에서 가장 보드랍고 고운 곳이었다. 나는 이 순간이 결코 허구일 리 없다고 비로소 믿게 되었다.

"리원, 왜 지금, 내게 이렇게 잘해 줘? 이 아름답고 좋은 순간이 왜 하필 내가 가장 무능한 때란 말이야?"

그녀는 손가락으로 내 입술을 막고 낮은 소리로 중얼거렸다.

"그런 얘긴 하지 마, 묻지도 말고! 난 네가 잘되었으면 좋겠어, 영원히!"

나는 그녀의 꽃길花徑을 거쳐 모체로 되돌아가는 것 같은 느낌을 받았다. 작고 연약한 갓난아기가 편안하고 따사로운 자궁으로 숨어들어가 이 세상으로부터 안전하다는 느낌을 되찾을 것 같았다. 그녀의 손끝이 젖꼭지처럼 내 입술 사이에 물렸다. 나는 조심스레 빨고 핥았다. 나도 모르게 눈물이 흘러 눈가를 지나 조금씩 귓구멍으로 들어갔다.

햇빛은 커튼을 뚫고 나와 창세創世 초의 찬란함을 퍼뜨렸다. 내 청춘의, 캄캄하고 기나긴 밤은 그 어두운 빛이 조금씩 옅어지고 있었다. 세상이 밝아 오기 시작했다. 그녀는 새싹처럼 갓 자란 내 머리털을 가볍게 쓰다듬었고 이따금 몸을 구푸려 내 이마에 입을 맞추었다. 그녀가 몸을 숙여 나를 덮을 때, 그 따스한 젖가슴이 내 얼굴을 눌렀다. 문득 찌릿찌릿 전기가 통한 것처럼 가슴이 두근거렸다.

　그녀는 아이가 놀라 깰까 봐 염려하는 것처럼 조용히 팔을 빼고 몸을 옮기면서 내 머리를 다시 베개에 뉘었다. 그러고는 벗은 몸으로 편하게 일어나서 화장실에 가 소변을 보았다. 졸졸 흐르는 샘물 소리는 봄날 얼음이 녹는 소리 같았고, 처마에서 방울져 떨어지는 낙숫물처럼 조용하게 겨울을 녹이고 있었다. 뒤이어 들린 목욕하는 물소리는 그녀의 물가를 가볍게 두드렸고, 물결처럼 내 생명의 경칩을 환기시켰다.

　그녀는 얼굴을 씻고 매만진 뒤 벗은 몸 그대로 침대 앞으로 와 의자 위에 있는 옷을 주워서 하나씩 입었다. 드문드문 난 그녀의 체모는 곱슬곱슬 노란색을 띠며 발그스름한 입술을 가리고 있었다. 그녀의 엉덩이는 매끈하고 위로 볼록 솟아서 세상에서 가장 완벽한 천도복숭아처럼 생겼다. 엉덩이와 허리 사이엔 양쪽 모두 보조개처럼 생긴 맴돌이가 나 있었다. 그건 바로 조각가가 만들어 낸 '미인의 눈美人眼'이었다. 비너스 이래 모든 미의 여신이 지닌 모반母斑이 오래전 사라졌다가 지금 내 눈앞에 다시 나타난 것만 같았다.

　내가 뚫어지게 쳐다보자 그녀는 얼굴이 빨개졌다. 어떤 억제할 수 없는 감정에 다시 그녀의 '미인의 눈'에 가볍게 입을 맞추자 그녀는 몸을 돌려 내 얼굴을 살짝 때렸다. 수줍어하며 말했다.

　"됐어, 하지 마, 그만 귀찮게 하고, 일어나."

219

나는 일어나 목욕을 했다. 옷을 입으려고 하는데 그녀는 가지고 온 종이 가방에서 새 윗옷과 바지, 양말과 신발 등을 하나씩 꺼냈다. 그녀는 놀라 어리둥절한 나를 침대에 눌러 앉히고는 팬티와 내복, 양말, 스웨터, 바지, 외투를 차례대로 입혀 주었다. 그녀는 심지어 몽타귀Montagut (1979년 개혁개방 후 국제의류회사로는 처음 중국에 진출한 프랑스 의류 브랜드) 허리띠를 꺼내어 천천히 내 허리에 매어 주었다.

그녀는 새롭게 탈바꿈을 한 나를 훑어보고는 자랑스레 웃으며 감탄했다.

"다행히 치수가 예전 그대로네. 잘 맞는 걸 보니, 그 사나이가 맞군."

나는 거울 속에 비친 너무 낯선 내 모습이 당황스러워 어찌해야 좋을지 몰랐다. 그녀가 낡고 더러운 내 옷들을 그 종이 가방에 집어넣었다. 나는 급히 그녀를 말렸다.

"어, 그 옷들, 내 건데, 버리지 마…."

그녀는 내 옷깃을 반듯하게 하고 옷자락을 잡아당겨 주고는 거듭거듭 나를 살펴보면서 말했다.

"옷은 사람의 정신을 반영하는 거야. 과거의 모든 것을 떨쳐버리고 모든 걸 새롭게 시작해. 네가 이 세상에서 떳떳하게 다시 온 힘을 다해 싸워 나가면 좋겠어. 옷만 갈아입었는데, 거울 좀 봐봐, 얼마나 멋있어? 온종일 의기소침한 얼굴로, 시작하기도 전

에 힘이 다 빠져서야 되겠어? 가난하다고 해서 뜻마저 꺾여선 안
되지. '호랑이는 죽어도 기세를 잃지 않는다'고 하잖아."

나는 감격한 나머지 말을 더듬었다.

"저… 돈 너무 많이 쓴 거 아냐? 너, 너무… 너무… 휴! 그 옷들
도 안 버리는 거 어때? 이건 내가 경찰로 일할 때 입었던 거야."

그녀는 한숨을 내쉬며 말했다.

"안 버려, 안 버릴게. 옛정을 잊지 않는 것도 좋지. 나중에 빨
아서 기념으로 남겨 둬. 하지만 다시 입진 마. 반드시 네 몸에서
액운을 떨쳐 버린 다음에야 새롭게 시작할 수 있어."

枯木逢春
말라죽은 나무에 꽃이 피다

그해 산간 도시 은스恩施는 규방에 머물고 있는 처녀처럼 조용했다. 겨울철 칭장清江(양쯔강의 일급 지류)은 물이 말라서 그 물줄기가 추위를 타는 여인의 하얀 팔처럼, 양안에서 기복을 이루며 구불구불 이어져 있는 도시의 집들을 감싸 안고 있었다. 수면 위로 피어오른 하얀 물안개는 마치 용이 천하를 다니듯 이리저리 떠다니고 있었다. 우펑산五峰山 꼭대기의 렌주탑连珠塔(1831년 청나라 때 세운 보탑)은 차례대로 늘어선 농가의 연기 사이로 얼른거렸다. 드문드문 길을 오가는 사람들은 빈둥빈둥 게으름 부리는 이들처럼 보였다. 이러한 여유로움은 바로 지난 시대의 일상을 그대로 간직하고 있었다.

리원은 내게 고향의 풍경을 보여 주고 싶어 했다. 그녀는 내가 예전의 흔적을 되찾기를 바랐다. 이 골목 저 골목으로 다니는 우리 두 사람은 지구에 처음 온 외계인처럼 어울리지 않았다. 나는 그녀의 손을 잡으려고 했지만 그녀는 완곡하게 거절했다. 모든 것이 80년대의 공무자이公母寨로 되돌아간 것 같았다. 그때처럼 쑥스러웠고, 흥분하면서도 자제해야 했다.

그녀는 때때로 이곳저곳을 가리키며 그 변천을 설명해 주었다. 여러 해 동안 모든 것이 변하면서 세상이 완전히 바뀌었다. 그녀는 내게 시대에 대한 감각을 되찾아 주려고 애를 썼다. 그러나 나는 넋을 잃은 사람처럼, 그녀가 손가락을 가리키는 대로 심드렁한 얼굴로 거리를 훑어보았다. 더욱이 나는 옛 친구나 아는 사람과 마주치고 싶지도 않았다. 긴장이 되면서 마음이 불안하였다. 마치 처음 처갓집을 찾은 사위처럼 벌벌 떨었다.

가족과 친척이 떠난 이 작은 도시에서 길손이 된 것처럼 나는 놀랍게도 이곳이 낯설었다. 신기하게 리원이 나타나는 일이 없었더라면, 내가 이곳에서 발걸음을 멈출 일은 웬만하면 없었을 것이다. 설령 피곤한 날개를 잠시 쉬려는 갈망이 있었다 하더라도, 과거의 기억이 내 신경을 건드려 아프게 되는 것은 원하지 않았다. 어떤 도시가 한 사람에게 의미가 있는 건, 많은 경우 거기에 마음을 둔 사람이 살고 있기 때문이다.

치펑교棲鳳橋 옆에 있는 찻집은 여전히 옛날처럼 불그스름하다.

그녀는, 내가 피곤한 기색이 있는 데다 기억 속의 골목을 두려워하면서도 대단찮게 여기는 것 같아 보였는지 나를 그 찻집으로 끌고 들어갔다. 나는 바쟈오향芭蕉鄕(은쓰시 서남부 동족侗族이 사는 마을)의 위루인전玉露銀針(빠쟈오향에서 나는 차茶 이름. 청나라 때부터 유명한 차인데 모양이 은침銀鍼처럼 하얀색에 길고 뾰족하다.)이 떠올라서 두 잔을 시켰다. 일하는 아가씨가 찻잎과 유리잔, 보온병을 갖다 주었다. 끓인 물을 투명한 유리잔에 붓자마자 유리잔 바닥에서 신음 소리가 울려 나왔다. 나는 황급히 금이 간 유리잔을 들어 살펴보았다. 마치 유리잔이 액체가 되어 내 손가락 사이로 천천히 스며 나오는 것 같았다.

겨울 한철 내내, 아니 여러 해 겨울을 지내며 나는 눈물이 흐르는 얼굴을 닦은 적이 없었다. 그 순간, 나는 금이 간 유리잔을 꼭 쥘 수밖에 없었다. 과거에 집착하는 것 같지만, 당연히 뒤따르는 아픔을 분담하고 싶었다. 나는 그 잔의 잔해에 주목했다. 그 잔은 너무 오랫동안 차갑게 지낸 까닭에 이처럼 갑작스러운 뜨거움을 감당할 수 없었다. 나는 사랑의 폐허를 맞닥뜨리고 있는 것 같았다.

리원은 내 손을 들고는 말없이 입김을 불어 주며 내가 손을 데었을까 걱정했다. 그녀는 차 따르는 아가씨를 불러 잔을 바꾸어 달래서는 잔에 끓인 물을 천천히 부었다. 찻잎은 물이 스며들면서 다시 푸른빛을 띠었다. 나는 가만히 잔에 든 차를 응시했다. 차는 마치 산과 들의 은총을 입은 것 같았다. 꽁꽁 싸매어 둔 세월이 갑자기 손 위에서 펼쳐지는 듯했다. 봄날 꽃봉오리가, 벌들이, 그저 물 한 움큼만 있으면 생명은 한 번의 죽음을 넘어설 수 있을 것 같았다.

온갖 풍상風霜을 다 겪은, 계속 잎을 떼어 내도 끊임없이 새로 자라고 번성하는, 비벼서 구겨지고 짓눌리며 찢기는, 불에 덖이고 밀폐된 방에 갇혀 화상을 입은 식물아, 너는 신기하게도 순식간에 다시 청춘의 색을 띠는구나! 고난이 가라앉기 시작함에 따라, 모든 일은 과거가 되어 추억 속에서 평온하고 담백하게 남을 수 있게 된 것 같았다. 한 잔의 차는 내 눈앞에서 이렇게 인간의 우언寓言이 되어 내 부활의 비약秘藥으로 변화하였다.

우리는 마주 앉아 차를 마쳤다. 애틋하게 서로를 바라보는 눈빛은 중고등학생 시절과 다르지 않았다.

어제부터 오늘까지 일어난 동화 같은 기적 앞에서 무슨 말이든 해야 한다고 나는 생각했다. 어쨌든 모든 일이 이미 벌어졌는데, 아무런 설명도 없을 수는 없었다. 그녀는 그동안 대체 어떻게 지냈고, 어떻게 이 도시에 오게 되었는가? 우리가 이 순간에 이르러 감정이 폭발하게 된 것은 눈 깜짝할 사이에 지나가 버리는 환영인가? 내 미래를 잘 모르는 것처럼, 나는 그녀의 과거를 몰랐다. 그 먼 길을 달려와서는 그저 작별만 하고 떠날 수는 없었다.

나는 그녀의 해맑은 눈을 똑바로 쳐다볼 수 없어 고개를 숙이고 우물거렸다.

"내가 만일 감사하다고 말하면, 이건 네게 모욕이 될 거란 걸 아주 잘 알아. 옛날은 물론이고 지금도 이 말은 감히 못 하겠어. 만약 이제 와서 사랑한다는 말을 해야 하면, 나, 나는 그럴 용기가 없어. 이렇게 되면 좀…."

그녀는 자못 진지하게 웃으며 오른손 검지를 내밀어 흔들었다. 나는 이어서 말했다.

"내 말 끊지 마. 오늘은 어쨌든 너한테 분명히 말해야겠어! 리원, 너도 알 거야, 내가 줄곧 널 많이 사랑했다는 것을. 중고등학생 시절 비로소 철이 들었을 때부터 나이 서른이 넘은 지금까지, 심지어 짧은 결혼 생활 중에도 네 모습을 지워 버릴 수가 없었어.

예전 산골에서 넌 완곡하게 나를 거절했지. 그땐 어리고 유치해서, 더욱이 내 마음을 나 스스로도 확신할 수 없었고, 당연히 네 감정이 어떤지 확인할 길도 없었지. 그래서 나는 네 요구와 격려에 따라 멀리 떠났어. 그리곤 너와 연락을 유지하려고 노력했어. 하지만 넌 분명히 날 피했어. 나는 이런 숙명을 바꿀 도리가 없었지. 그저 마음속에 너를 위한 정토淨土를 남겨 두고 말없이 널 기념할 수밖에 없었어.

지금 여러 해가 지나고 참패해서 돌아와 보니 너를 볼 낯이 없었어. 못난 내 모습이 스스로도 부끄러웠어. 내 고향인데도 나는 도리어 길손처럼 조용히 숨어 있을 수밖에 없었어. 그런데 신기하게도 네가 또 나타나서는 이처럼 마음을 써 주니 이제야 나는 내 마음을 똑똑히 알겠어. 넌 정말 내가 평생 갈망하던 행복이야. 예전엔 내가 너를 놓치거나 따라다니길 포기했다고 말할 수 있지만, 오늘은 결코 다시 너를 놓치고 싶지 않아. 리원, 내가 곤경에 빠져서거나 빈털터리가 되었기 때문에 비로소 네게 고백하는 건 전혀 아냐⋯."

그녀는 울먹이면서 내 말을 끊었다.

"그런 말 하지 마. 알고 있어!"

나는 아랑곳하지 않고 계속 말했다.

"오히려 내 현재 상황 탓에 입을 열기가 창피해. 내가 기쁜 일이 있을 때 너랑 그 기쁨을 나누지 못했는데, 어려운 일이 생겼다고 너한테 그걸 분담하자고 할 수는 없어. 하지만 이번 상봉에서는, 다시 널 잃고서 갈 곳을 찾지 못한 내 마음이 다시 떠돌게 하고 싶지는 않아. 그러니 바로 이 순간 이 말은 꼭 해야겠어. 사랑해. 고등학생 때처럼 너를 사랑해. 예전보다 더 깊고 강하며 성숙한 사랑으로 말이야. 이건 갖은 우환을 다 겪은 남자의 고백이니 받아 주면 좋겠어!"

나는 힘겹게 말을 마치고 용감하게 머리를 들어 그녀를 뚫어지게 쳐다보았다. 마지막 몸부림을 치는 것처럼 그녀의 판결을 기다렸다.

그녀는 나와 시선을 마주치지 못했다. 몸을 옆으로 돌려 고개를 숙였다. 눈물 자국이 그녀의 희고 깨끗한 얼굴을 가로질러 나 있었다. 차가운 바람이 얼굴을 스치고 지나가자 눈물 자국은 시냇물처럼 파문을 일으켰다. 그녀의 흐느낌은 끊어졌다 이어졌다 했다.

"알아, 나도… 하지만…."

나는 그녀의 말머리를 낚아챘다.

"'하지만'이란 말은 그만해. '하지만'은 없어. 지금 네 상황이 어떤지 나는 몰라. 사랑이라는 것으로 널 구속할 수 없다는 것도 잘 알아. 하지만 네가 날 믿어 준다면, 나는 내 힘으로 생활할 수 있고 노력하고 분투해서 행복을 만들어 네게 보답할 수 있어. 아버지의 무덤을 고향에 잘 옮겨 드린 뒤에 바로 돌아와서 네 곁에 있고 싶어. 네 곁을 지키면서 너랑 같이 지내고 싶어. 네 곁에서 다시금 일어서고 싶어. 만일 네가 거절하지 않는다면, 너랑 결혼하고 싶어. 중학교 아이 때의 그 맹세를 지키고 싶어."

나는 애걸하듯이 그녀를 바라보았다. 눈이 흐릿해지면서 그녀의 얼굴은 이미 어렴풋해졌다.

그녀는 침묵 속으로 빠져들었다. 무슨 말을 하려다가 멈추었다. 안정을 되찾으려고 노력하면서 눈물을 닦고 탄식하며 말했다.

"아, 정말 80년대로 되돌아가면 좋겠어! 순수한 시대였지, 낭만이 가득하고 세속적인 것은 조금도 없었던… 그 시대라면 모든 것을 다시 시작할 수 있을 것 같아. 오늘, 너는 예전과 같다 해도, 나는… 난 이미 예전의 내가 아니야. 시간이 흘러 상황은 달라졌어. 사람도 변했지. 우린 더 이상 젊지 않아. 어젯밤은 어쩌면 실수 같은 거야. 내 인생에서 그전엔 한 번도 없었던 방종! 내 말 들어 봐, 당연히 그건 내가 원한 거야. 하지만 내 생각엔… 그게 널 오해하게 만든 것 같아. 내 맘대로 한 탓에 오히려 네가 방향을 잃어버린 거지."

"리원, 왜 말을 그렇게 해?"

나는 조금 이해가 안 가서 그녀에게 따져 물었다. 그녀는 가볍게 고개를 가로저었다. 혼잣말을 하는 것처럼 중얼거렸다.

"더 이상 널 속일 수는 없어. 널 사랑하지 않는다고 말하며 나를 속일 수도 없고. 널 사랑하지 않았다면, 그렇게 하지 않았을 거야. 하지만 이런 사랑은 이미 지나간 시대에 대한 일종의 보상이며 확인일 뿐이야. 무슨 맹세를 지키기 위해서가 아냐. 간단히 말할게. 나도 널 사랑해. 하지만 너의 사랑을 받아들일 수는 없어. 네가 지금 가난하고 초라하게 되어서도 아냐."

"그건 또 무슨 말이야?"

"너도 응당 알 테지. 내가 이 나이에 지금까지 독신일 리는 없잖아. 나도 가정과 생활이 있고, 또 져야 할 책임도 있어. 그리고 너는, 당연히 너 자신의 미래가 있고, 다시 시작해야 하잖아. 작으나마 행복이 너를 기다리고 있다고 나는 믿어."

호기심이 없을 수 없었다.

"그이는 뭐 하는 사람이야? 너 어젯밤 집에 안 돌아갔는데…."

그녀는 갑자기 정색하며 말했다.

"그건 너랑 상관없는 일이야. 너한테 말하고 싶지도 않고. 어젯밤 일은 사과할게. 내가 실수한 거라고 생각해 줘. 어쩌면 내가 그런 식으로 널 오해하게 해선 안 되는 거였는데."

"왜 그런 식으로 말해? 리윈, 난 그 일을 평생 마음속에 간직할 거야. 하지만 아직 알고 싶은 게 있어…."

"그러지 마. 우리 이젠 애가 아냐. 위보, 네가 지금 이렇게 낙심하는 건 충격에서 아직 헤어 나오지 못했기 때문이야. 아직 진정한 자신을 찾지 못한 까닭에 자신의 미래를 이성적으로 선택하지 못하는 거고. 난 그저 너를 도와주고 싶을 뿐이야. 남자의 자신감과 매력을 되찾는 데 도움이 되고 싶어. 넌 머지않은 장래에 환하게 빛날 거야. 나는 이미 너의 잠재력을 봤어."

나는 조금 달갑지 않아서 강조해 말했다.

"나는 이성적이야. 이렇게 선택하고 싶어. 사람이 두 번이나 자기 사랑을 놓칠 수는 없어."

"아니, 그렇지 않아. 지금 넌 지나가는 나그네지, 고향에 돌아온 사람이 아냐. 넌 아직 가 보지 못한 길들이 많아. 이 조그마한 풀밭에서 네가 헤매게 내버려 둘 순 없어. 여기서 네가 잠시 쉬는 건 괜찮지만 시간을 낭비해서는 안 돼. 이 다음에 네가 세상에 대한 감각을 되찾게 되면, 이 모든 것을 이해할 수 있을 거야. 위보, 내가 널 사랑하지 않는 것도, 돕고 싶지 않은 것도 아니야. 우리, 이번 생은 이미 놓쳐 버렸어. 모든 것이 70년대부터 이미 운명처럼 정해졌어…"

그녀는 완전히 목이 메어 울면서 말을 잇지 못했다. 얼굴을 가리고 소리 낮춰 울기 시작했다. 나는 무언가 깨닫는 바가 있었고, 눈물이 비 오듯 쏟아졌다. 고개를 돌려 창밖을 보았다. 녹나무들이 하얀 서리를 뒤집어쓰고 묵묵히 강가에 서 있었다. 강물이 얼음 밑에서 흐느끼고 있었다. 우리 세대는 이제 겨우 서른을 조금 넘었는데, 갑자기 늙어 버린 것 같았다. 당초에 놓쳐 버린 운명은 지금도 돌이키기 어려웠다. 나는 어쩔 수 없이 말했다.

"리원, 알겠어. 지금 네 앞에서 고집 부릴 자격 없다는 거 말이야. 넌 나를 두 번째로, 운명의 황야로 쫓아내는 거야. 하지만 난 꼭 돌아올 거야. 비록 지금은 내가 가진 게 아무것도 없지만, 시간의 시련을 이겨 내고 원래 내 소유였던 것들을 되찾을 거야. 우리가 흘린 피눈물은 절대 헛되지 않을 거야. 이 땅에 대한 오랜 사랑으로 땅에 물을 주어서 끝내 꽃을 피워 낼 거야. 봐, 저 석양을. 기억해 둬. 이 석양을 증인 삼아 약속할게. 너는 언제나처럼 내게 처음이자 마지막 사랑이야. 내 고통스러운 마음속에서 너는 언제나 흉년 중에도 풍성한 만찬이며, 집으로 가는 길의 이정표이고, 멀고 긴 타향 길에서 떠올릴 저물녘 켜 둔 등잔이야…. 원아! 언젠가는 너와 함께, 짓밟히고 모욕당한 우리의 생명을 다시 만들겠어. 더 이상 내쫓기지 않는 시대를 다시 만들고야 말겠어."

나는 오후 한나절을 다 써서 반평생에 걸쳐 차마 꺼내지 못했던 진심을 다 쏟아 냈다. 말을 다 하고 눈물이 마를 때가 되니, 큰 병이 막 나은 사람처럼 갑자기 온몸의 기운이 쑥 빠져나가는 것 같았다. 몸이 부들부들 떨리면서 사지에 힘이 풀린 나는 광풍 속의 연처럼 인간 세상에서 얼떨떨한 채로 휘날리고 있었다. 석양은 피처럼 붉었고 우리의 그림자를 길게 잡아 끌었다. 칭장淸江 다리를 건널 때 육유陸游의 시가 떠올랐다. '슬픔에 빠져들던, 다리 아래 봄물은 아직도 푸른데, 아마도 놀란 기러기 그림자 비춰 들었겠지!傷心橋下春波綠, 疑似驚鴻照影來'* 문득 슬픔이 다

---

* 육유陸游(1125~1210)가 지은 〈심원이수沈園二首〉의 첫 수 제3, 4구. 원 시 구절은 "曾是驚鴻照影來"이다. '놀란 기러기驚鴻'는 '아름다운 여인의 나긋나긋한 자태'를 가리킴. 육유는 아내 당완唐琬과의 비극적 사랑으로 유명하다. 두 사람은 1144년 결혼하지만 어머니의 반대로 결국 헤어지고 만다. 각각 재혼한 이들은 1155년 심원沈園에서 우연히 마주치지만, 얼마 지나지 않아 당완은 우울증에 걸려 죽는다. 이때로부터 44년이 지난 1199년, 다시 심원에 놀러 간 75세의 육유는 전 부인 당완을 그리워하며 이 시를 짓는다.

시금 일었다. 강 맞은편에 어젯밤의 그 여관이 있었다. 갑자기 혼자 강을 건너고 싶어졌다. 거기서 손만 흔들면 바로 각자 길을 가게 되고, 끝내는 이렇게 이별을 직면해야 할 테다. 내가 가야 할 먼 길에 그녀를 억지로 끌어들여 보살펴 달라고 할 수는 없었다.

나는 걸음을 멈추고 낮은 소리로 말했다.

"내일 아침에 떠날 거야."

그녀는 '응'이라고 대답했다.

"아마 영원히, 돌아오지 못할지도 몰라."

그녀는 다시 '응'이라고 대답했다. 나는 조금은 단호하게 말했다.

"이제 집에 가! 내일 배웅 나오지 말고. 다시 널 보면 좀 힘들 거야."

그녀는 대답이 없었다. 고개를 숙인 채 말했다.

"응, 너 먼저 가."

나는 그녀를 한참 응시했다. 무슨 말인가를 하려다가 말았다. 나는 의연히 돌아서 갔다. 그녀는 점점 멀어져 가는 내 그림자를 눈으로 배웅했다. 갑자기 그녀가 고함을 쳤다.

"위보!"

나는 걸음을 멈추고 돌아서 멍하게 서 있었다. 그녀는 갑자기 내게 달려왔다. 말없이 내 옷깃을 세워 주고 당부했다.

"바람이 차, 몸 조심해!"

말을 마친 그녀는 눈시울이 붉어졌다. 급히 머리를 숙이고 몸을 돌려 가 버렸다. 찬바람 속에서 바들바들 떨며 허둥대는 그녀를 보았다. 종종걸음 쳐 뛰어가는 그녀의 모습은 놀란 새끼 사슴 같았다.

28

밤이 찾아온 여관, 고향의 차가운 습기가 뼈에 사무쳤다.

나는 쓸쓸히 침대에 비스듬히 기대앉았다. 갈피를 잡지 못하고 깊은 생각에 잠겼다. 담배꽁초는 어둠 속에서 가물거렸다. 잃어버렸다 어젯밤 되찾은 미칠 듯한 즐거움 때문에 오늘의 실망과 허전함이 도드라졌다. 마치 운명이 나를 또 놀리는 것 같았다. 그녀의 등장과 퇴장은 언제까지나 내 인생에서 풀리지 않는 수수께끼였다. 그동안 그녀가 어떻게 지내 왔는지 도무지 알 수가 없었다. 그녀의 일은 어느 것 하나 물어볼 틈이 없었다. 설령 그녀에게 물어보았댔자 그녀가 세세하게 말해 줄 것 같진 않았다. 이 나라가 거대한 변화를 겪는 동안 그녀는 대체 어떻게 살아왔을까. 어젯밤 친구가 부르던 노랫말(《짝꿍同桌的你》)이 떠올랐다. "너의 긴 머리는 누가 틀어 올려 주었니, 결혼 예복은 누가 만들어 주었니?"

하늘은 어째서 내게 이렇게 야박하시나? 왜 나는 한 번도 그녀의 치맛자락을 끝까지 붙잡을 수 없었나? 나는 공무자이에서의 시간을 회상했다. 이름 없는 강과 출렁다리, 그물에 걸린 자잘한 물고기들. 그 예전의 몸부림은 아직 끝나지 않았다. 나는 한평생 그녀의 입술 사이에서 미끄러지기만 할 운명을 지닌 것 같았다. 놓쳐 버린 세월을 붙잡아 원래 우리가 마땅히 누려야 할 봄날을 다시는, 되찾을 수 없게 되었다.

갑자기 울린 주뼛거리는 문 두드리는 소리에 정신이 들었다. 나는 망설이다가 문을 열어 주었다. 문 밖에는 뜻밖에 리원이 서 있었다. 차가운 바람에 그녀는 코끝이 빨갰다. 그녀는 쑥스럽게 나를 바라보다가 재빨리 머리를 숙이곤 자기 손가락을 만지작거렸다.

"어, 너, 어떻게 또 왔어? 무슨 일…."

그녀는 내게 와락 달려들어 나를 껴안고는 흑흑 흐느껴 울었다.

"널 그냥 놔두고 갈 수 없어, 모른 척할 수 없다고. 넌 고생을 너무 많이 했어. 고향에서마저 네가 외롭게 내버려 둘 순 없어…."

그날 밤은 최후의 만찬과 같았다. 우리는 마치 큰물이 거세게 일어나 머리 꼭대기까지 잠길 재난을 앞두고 심취한 사람들처럼, 생명의 찬란함과 쓸쓸한 듯한 아름다움을 함께 누렸다. 그녀는 따스하고 부드러운 혀로 내 모든 물음들을 틀어막고는 쾌락에 탐닉하는 것처럼 훼손된 청춘을 마음껏 즐겼다.

아침 해는 눈치도 없이 일찍이도 떠올랐다. 산간 도시의 겨울철 이 따스한 햇볕이 그 순간에는 그렇게 무심할 수가 없었다. 비행기는 햇빛을 뒤따라 어김없이 나타나서는 소리 높여 슬피 울면서 하강했다. 세밑이 다가온 것이다. 터미널을 나오는 사람들은 모두 귀성객이었다. 비행기를 기다려 산간 도시를 떠나려는 사람은 몇 되지 않았다. 썰렁한 대합실, 비행기 한 대만 서 있는 공항, 이 모든 것이 고립무원을 암시했다.

그녀는 크고 작은 가방을 들고 나오는 부자들을 쳐다보면서 감탄했다.

"모두 설을 쇠러 온 사람들이구나!"

나는 아버지의 유골함과 갈아입었던 헌 옷 한 보따리를 들고 그녀에게 말했다.

"탑승 시간 다 됐어. 그만 돌아가. 갈게!"

그녀는 아랑곳하지 않고 내 옷소매를 꼭 잡고 있었다. 잡았다가 놓았다가, 차마 서운해서 떠나지 못하고 나를 쳐다보았다. 나는 맹세하듯이 말했다.

"리원, 사랑해. 기억해 줘. 멀리 떨어져 있어도, 영원히 널 사랑해!"

그녀는 갑자기 나를 꼭 껴안았다. 편지 봉투를 꺼내 내 옷 주머니에 넣었다.

"네게 쓴 편지야. 비행기 안에서 봐. 잘 가!"

말을 마치자 그녀는 불쑥 몸을 돌려 빠른 걸음으로 대합실을 나갔다. 나는 한 걸음 옮길 때마다 한 번씩 고갤 돌리며 보안검색대로 걸어갔다. 그녀의 아름다운 모습은 더 이상 보이지 않았다.

나는 쓸쓸히 비행기에 올랐다. 비행기는 콰르릉 굉음을 울리며 내달리다 하늘로 날아올랐다. 비행기 창밖으로 대합실 밖의 광장을 뚫어지게 바라보았다. 거기에는 외롭게 선 그녀가 파란 하늘을 향해 가볍게 손을 흔들고 있었다. 문득 눈물이 솟구쳤다. 이 얼마나 착하고 아름다운 여인인가! 그녀는 이렇게 내 항로에서 사라졌다.

창밖으로 내려다보이는 고향 산천은 점점 멀어져 갔다. 나는 눈을 감고 생각에 잠겼다. 문득 주머니에 든 편지가 생각났다. 봉투를 꺼내 뜯었다. 지폐 다발과 편지가 들어 있었다. 편지지를 펼쳐서 읽었다. 눈물이 떨어졌던 종이는 여러 해 지난 매화 꽃잎처럼 아롱졌다.

위보, 널 붙잡지 못해 미안해. 집집마다 흩어졌던 가족들이 한자리에 모이는 이때에 도리어 나는 외롭고 의지할 데 없는 널 다시 길바닥으로 내쫓았구나. 아마 영원히 용서받지 못할 큰 잘못일지도 몰라. 네가 오늘 나를 이해해 주리라 바라지는 않아.

심지어 이 세상 어떤 사람도 이해할 수 없을 거야. 나는 어째서 이렇게 잔인할까. 이런 행동은 누구보다 나 자신에게 더욱 잔인한 일이야.

하지만 나만은 분명히 알고 있어. 네가 길 위의 나그네이며, 길을 걸어야 네 삶이 의미가 있다는 것을. 만일 네가 걸음을 멈추고 나아가지 않는다면 삶으로부터 넌 영원히 버림을 받을 거야. 아마 너는 지금 항만을 갈망하고 있을 테지만 거긴 그저 잠시 머물 곳일 뿐, 피를 핥고 상처를 치료하고 나면 너는 그런 평범한 생활을 달가워하지 않을 거야.

만약 나 때문에 네 스스로 네 날개를 부러뜨린다면, 내 잘못은 더 용서받지 못할 거야. 난 그저 평범한 여자일 뿐이야. 어쩌면 일찍이 너와 비슷한 꿈을 꾼 적이 있었겠지만, 너와 전혀 다른 운명 때문에 이렇게 조용하고 담박한 생활만 누릴 수밖에 없어. 너와 함께 있고 싶다고 해서 지나친 욕심을 부려서는 안 돼. 널 향한 내 사랑이 어제보다 오늘이 더욱 깊기는 하지만, '있어 줘!'라거나 '날 데려가 줘!'라는 말을 꺼낼 용기가 나도 없었어.

나는 이 정도밖엔 줄 게 없어, 위보. 이 보잘것없는 도움이 네 길고 긴 여정엔 턱없이 부족할 테지. 하지만 네가 꼭 기억해야 할 것이 있어. 넌 남자야. 이제부터 반드시 다시 일어서서 너 자신의 삶을 만들어야 하고 필사적으로 싸워 나가야 해….

네가 가고 나면, 나는 조용한 생활로 되돌아갈 거야. 지난 이

틀의 시간은 어쩌면 세상을 감동시킬 수 있겠지만, 우리 두 사람의 숙명을 바꿀 수는 없어. 이 이틀 동안 나는 내 평생을 다 써 버렸어. 그리움까지 감당할 힘이 없어. 아직 남은 사랑이 있다면, 마음속에 묻어 두겠어. 이보다 더 깊은 사랑은 없을 테지. 네게 바라는 건 아무것도 없어. 딱 한 가지 있다면, 내게 약속해 줘, 나 영원히 조용히 지내게 해 줘. 떠나는 순간부터 나를 잊어 줘… 위보, 이제부터, 이제부터는 혼자서 잘살아야 해!"

29

몇 년 뒤 베이징에서 나도 가까스로 허세를 부리는 이른바 성공한 인사가 되었다.

우리 세대는 속세에서 온갖 고난과 시련을 겪으며 시시덕거리느라 더 이상 진지해지기 어렵게 되었다. 그러나 화려한 연회가 끝나고 한밤에 술이 깬 뒤에는 언제나 마음속에 시름이 가시지 않았다. 지나간 청춘을 위해 비분강개하며 분발하지 못해 한스러웠다.

새로운 세기가 시작되었다. 나는 노래방에서 얼근하게 취해서 집으로 돌아왔다. 문을 열고 들어와 차를 우리고 나른하게 전화기의 음성 메시지 버튼을 눌렀다. 갑자기 여자 동창 샹위어의 목소리가 들려왔다.

"위보, 나야, 샹위어. 리원이 어제 암으로 죽었어. 장례식에 올 수 있어?"

날벼락을 맞은 것 같았다. 찻잔이 떨어져 '탕' 하고 울리는 소리가 퍼졌다. 바닥에 눈물이 가득했다. 나는 녹음된 메시지를 세 번이나 듣고서야 황급히 단출하게 짐을 챙겼다. 검은 옷으로 갈아입고 문을 박차고 나갔다. 나는 처참한 얼굴로 차를 몰아 미친 듯이 달렸다.

　요 몇 년 동안 나는 리원의 뜻대로 그녀의 삶을 방해하지 않으려고 노력했다. 그저 샹위어더러 리원에게 관심을 좀 가져 주고 일이 있으면 내게 알려 달라고 몰래 부탁해 두었을 뿐이다. 그런데 샹위어는 내게 연락을 잘 하지 않았다. 연락하더라도 더듬거리며 말을 아꼈다. 길고 구불구불한 산길로 접어들자 리원에 관한 아주 작은 기억들까지 자세히 떠올랐다. 눈물이 흘렀다 말았다 하면서 시야가 흐려졌다.

　위어가 전화로 알려 준 대로 공무자이公母寨에 마련된 리원의 빈소로 곧장 달려갔다. 리원의 유언에 따라, 이미 그녀의 부친이 묻힌 곳, 고향도 아닌 이 산골에서 토가족의 풍습을 그대로 좇아 그녀의 장례를 치르고 있었다. 마지막 밤, 악사들의 태평소, 퉁소, 북소리는 애처로웠다. 소리꾼은 쉰 목소리로 낮고 묵직하게 노래하였고 탸오쌍跳喪(밤새 춤을 추고 노래하며 죽은 이를 애도하는 토가족 특유의 장례 풍습)을 인도하는 춤꾼은 북을 치며 관 주위를 돌며 춤을 추었다. 조문객들의 발걸음이 끊이지 않았다. 마치 성대하면서도 비장한 가무연歌舞宴 같았다. 영전에 꿇어 엎드린 그녀의 딸아이 말고는 친지들은 아무도 보이지 않았다.

　그녀는 이미 못 박힌 캄캄한 관 안에 들어가 있었다. 마지막 얼굴도 볼 수 없었다. 춤추는 박수무당을 따라 나도 그녀의 관

243

둘레를 돌았다. 무거운 나무 관을 가볍게 두드리면서 하늘을 우러러 울부짖듯 노래했다.

역시나 정오의 빛도 미처 마시지 못했는데
밤의 밀물이 곧바로 밀려와서, 사양허撒陽嘘[*]
다시 휩쓸려 가며 한 마리 매와
어지러이 흩날리는 깃털 서른여섯을 데려갔구나.
그 하루를, 바로 그렇게 여정旅程에서
쉽게 찢어가 버렸구나, 사양허.

이제 되었다, 돌고 도는 세월아,
무엇이냐, 저 뽐내는 검은 깃발보다 더
사람들이 겁내며 갈망하는 것이, 사양허.
항성恒星과 같은 유혹 때문에
생명은 비로소 또 다른 공간을 열어젖히고
상처 입은 궤도는 영원의 문으로 나아가네.

생각하네, 죽음으로 창백한

---

[*] 탸오쌍 때 부르는 노래에서 음악적 고려를 위해 넣는 말. '산우화散憂話', 곧 '근심을 흩는 말'이라는 중국어의 음역으로 탸오쌍을 가리키는 말이라는 견해가 있다.

도금한 얼굴들이
깊은 밤을 맞아 어떻게
마지막 조종弔鐘 소리에 엎드리어
구두조九頭鳥**의 피로 새 여명에 제사 지내는지를.

거대한 바위가 쪼개지고 잘려져 비림碑林이 되니
세상이 마침 조기弔旗를 다는구나.
뒤이어 비바람에 침식되어
다시 처음으로 돌아가 돌이 되네.
아, 생기 없는 원자原子들이
인생을 개괄하는 상징인가?

그렇다면 덮어 버려라, 사양허,
너의 그 웅대함으로
이 빛과 물을,
생명이 의존하는 물질들을 휩쓸어 가서
결국엔 그것들을 소멸시켜라,

** 중국 신화나 전설에 나오는 불길한 괴조怪鳥. 《산해경山海經》〈초사楚辭〉 등에 나오며, '구봉九
鳳'이라고도 한다. 목이 10개에 머리가 9개 있는데, 주공周公이 사냥꾼을 시켜 머리 하나를 떨어뜨
렸기 때문이라고 한다. 머리가 없는 목에서는 계속 피가 흐른다고 한다.

약속을 저버린 태양 속에서.

끝내 북소리 멎고
아흔아홉 쌍의 슬픈 손가락을 흩어서
처녀림으로 되돌려라, 사양허.
이렇게 심장 소리를 멈추니
인생의 진정한 끝막이여,
멎는다, 멎는다, 멎… 는… 다

아, 사양허, 사양허, 사양허
사… 양… 허…

　　새벽이 되자 운구할 사람들이 상여를 메고 상엿소리를 부르
며 구불구불 이어진 산길을 따라갔다. 상여를 내려놓고 잠깐 쉴
때마다 샹위어와 다른 여자 동창이 열 몇 살짜리 여자아이를 부
축해서 영구 앞에 무릎 꿇어 서게 했다.
　　구덩이에 관을 내리고 사람들이 흙을 덮었다. 리원의 딸이 슬
프고 아프게 울어서 사람들이 눈물을 흘렸다. 장례 행렬은 멀어
져 갔고, 나는 혼자 무덤 앞에 남았다. 황토 위에서 오랫동안 무
릎 꿇고 앉아 얼굴을 가리고 통곡했다. 한나절이 지나서야 샹위
어가 돌아왔다. 그녀는 나를 부축해서 무덤 초석 계단에 앉혔다.

"위보, 등불은 꺼지게 마련이고, 사람도 죽을 수밖에 없어. 이제 그만 슬퍼해!"

나는 그녀가 원망스러웠다.

"왜 여태 리원의 병세를 안 알려 준 거야?"

그녀는 몹시 죄스러워하면서 우물거리며 말했다.

"처음부터 우리 친구들은 너와 리원이 어떤 사이인지 잘은 몰랐어. 리원이 아프고 나서, 네가 나더러 리원 좀 신경 써 주고 걔 소식을 전해 달라고 한 말을 리원에게 했어. 그랬더니 걔가 나더러 너한테 자기 얘길 하면 절대 안 된다는 거야. 임종 직전에야 걔가 말하더라고. 너희 얘길 모두. 너희 일은 정말 안타까워!"

나는 원망하며 그녀를 탓했다.

"다른 것도 아니고 암에 걸렸는데, 이유가 어쨌든 나한테 알려는 주었어야지."

샹위어는 한숨을 쉬었다.

"나도 리원이 원하는 걸 존중할 수밖에 없었어. 한 가지 일이 있어. 지금 네게 알려 주고 싶어. 어쩌면 네게 더 잔인할 것 같아 걱정이지만…."

나는 황급히 말했다.

"부탁인데 더 이상은 숨기지 마, 알았지? 리원의 일이라면 무엇이든 다 알려 줘."

"이 일은 네가 지금 꼭 알아야 할 것 같아. 사실 네가 감옥에서 나온 뒤 산골에 가서 리원을 만났을 때, 걔는 이미 홀몸이었어. 걔 남편은 주성州城(주州 정부 소재지. 은스시를 가리킴) 버스회사의 운전사였는데, 결혼하고 얼마 되지 않아 차 사고로 죽었어. 걔가 널 정말 사랑해서, 그리고 산골에 널 붙잡아 두고 싶지 않아서 네게 알려 주지 않은 거야."

날벼락을 맞은 것 같았다.

"이런! 모든 일이 왜 이렇게 된 거야? 리원이 어떻게 이럴 수 있어? 나는…."

그녀는 천천히 나를 위로했다.

"너도 알잖아. 걔는 좋은 사람이지만 고집도 세. 네 바람이 이루어지도록 돕고 싶어서 그랬을 거야. 너무 괴로워하지 마. 위보, 네가 이렇게 서둘러 돌아온 것만으로도 걔는 만족할 거야. 리원이 네게 남긴 편지가 있어. 네가 돌아오면 전해 주고, 만약 안 오면 무덤 앞에서 태워 버리랬어. 지금 줄게!"

나는 재빨리 편지를 받아 펼쳤다. 그 편지는 20년 전 고등학교 다닐 때 내가 그녀의 가방 안에 몰래 넣어 두었던 것이었다. 그녀는 그 편지를 고스란히 간직하고 있었던 것이다. 편지에 접힌 선도 그때 내가 접은 그대로였다. 잉크 자국이 번지고 원래 없던 눈물 자국이 새로 생기면서, 편지지는 눈물이 글썽이는 흐릿한 눈동자처럼 넋이 나간 나를 올려다보고 있었다. 문득 나는 모든 것을 깨달았다. 그리곤 다시 헤어 나올 수 없는 침통함에 깊숙이 빠져들었다.

　그 뒤로 나는 그곳에 남아서 49재를 지낼 때까지 리원 곁에 있었다. 나는 샹위어한테서 리원의 지난 일들을 들어 더 많이 알게 되었다. 그것은 리원이 이때껏 내게 말하고 싶지 않았던 처량하고 고달픈 인생이었다. 그녀의 죽은 남편은 외지인이었는데, 그가 죽고 난 뒤 시댁 사람들은 더 이상 그녀에게 연락하지 않았다. 그녀는 고아가 된 딸을 위어에게 보살펴 달라고 부탁했다.

　나는 위어와 같이 주성에 있는 초등학교로 갔다. 아이를 데리러 온 사람들 사이에 서서 수업을 마치고 나오는 아이들을 바라보고 있었다. 위어가 탄식하며 말했다.

　"리원이 진짜 고생 많이 했어. 딸애 혼자 남겨 두면서 마음이 얼마나 괴로웠을까!"

　나는 결연히 말했다.

　"내가 애를 데려갈게. 위어, 고마웠어. 나 믿어 줘."

　"그것도 좋지. 그럴 수밖에 없기도 하고."

　팔에 검은 상장喪章을 낀 소녀가 슬프고 괴로운 얼굴로 우리에게 다가왔다. 나는 몸을 굽혀 엄마를 빼닮은 그녀를 안았다. 눈물이 비 오듯 쏟아졌다.

아이는 이름이 루한茹寒이었다. 베이징에서 나날이 성장했다. 어느 해 생일날, 촛불과 케이크를 준비했다. 나는 그 애가 눈물을 흘리며 어머니를 그리워하는 일이 없도록 애를 썼다. 기타 연주자가 멀리서 노래를 부르고 있었다. 우리는 아버지와 딸처럼 정이 깊었다. 얘기하고 웃으며 음식을 먹고 있다가 나는 갑자기 기타 연주자의 노래에 충격을 받았다. 얼어붙어 말도 나오지 않았다. 추억에 빠졌다.

그 노래는 그때 산골의 향진에서 리원에게 기타를 치며 불러주었던 바로 그 노래였다.

행복하네, 당신과 함께라서
목숨이 다할 때까지 그댈 잊을 수 없네

나는 손을 흔들어 기타 연주자를 불렀다. 돈 한 다발을 찔러주면서 부탁했다.

"우릴 위해 열 번만 더 불러 주세요, 그 곡이요!"

기타 연주자는 한쪽에서 애틋하게 연주하며 노래했다. 나는 슬픈 얼굴로 의아하게 쳐다보는 아이를 바라보았다. 아이의 맑은, 리원을 꼭 닮은 눈을 마주보면서 나는 진지하게 말했다.

"애야, 네가 크고 나면, 얘기해 줄게, 네 어머니 얘기를! 1980

년대의, 멀고 아득하지만 네가 꼭 알아야 할 이야기들….”

2003년 베이징에서 초고

2013년 쾰른 라인강가에서 고침

그 시대에 올리는 소박한 제사

1

어린 시절 아버지를 따라 탄광 여기저기를 쏘다니며 많은 날들을 보낸 적이 있다.

그때 나라는 문화대혁명으로 혼란스러웠다. 탄광에선 우리 아버지를 대상으로 비판투쟁批鬪을 벌이면서도 여전히 석탄을 생산했다. 석탄을 실어 나르는 광차가 공룡처럼 음침한 갱도에서 덜컹거리며 기어 나오는 모습이 나는 늘 무서웠다. 각지의 탄광산업이 거듭 발전해 온 오늘날에도 여전히 탄광 사고가 끊임없이 터지고 있는데, 그때 우리 아버지가 맡아 관리하던 작은 국영탄광이야 더 말할 것도 없었다. 요행히 생존을 해도 장애 때문에 탄광의 작은 병원에 모여 살면서 젊은 나이 때부터 노인처럼 보살핌을 받아야 하는 사람들이 계속 생겨났다.

사람들은 모두 세월이 참 빠르다고들 감탄한다. 하지만 건강한 청년이 갑자기 눈이 멀거나 절름발이가 되면 아주 일찍부터 노년을 향해 절뚝거리며 더듬더듬 나아가야 하니 그것은 확실히 길고 지루한 고통이었다.

그들은 배부르게 먹고 마시고 나면 아주 심심해했다. 병실 밖의 계급투쟁엔 이미 조금도 흥미가 없었다. 그들은 심지어 서로에게 싫증을 냈다. 때로는 상대방 몸에서 아직 멀쩡한 부분을 질투하기도 했다. 마지막에야 그들이 거의 유일하게 흥미를 갖게 된 것은 이따금 찾아오는 어린 나에게 이야기를 들려주는 일이었다.

이제 와서 생각해 보면, 사람이 일단 자신의 미래가 어떻게 될지 훤히 알게 되면, 그에게 남은 관심사는 옛일이나 이야기에 몰두하는 것밖에는 없다. 잠시라도 아픔을 잊을 수 있는 회상 속에서 그들은 기억력과 서술 실력을 암암리에 겨루는 것 같았다. 예를 들어, 똑같이 《수호전》을 얘기한다고 하면, 얘기를 한 회 한 회 순서대로 하는 것이나 '자세한 얘기는 다음 회로 미루겠습니다!'라는 말로 이야기를 끝내는 것은 다들 마찬가지다. 하지만 이야기를 풀어내는 방식은 정말 얘기하는 사람에 따라 그 실력 차이가 확연히 드러난다.

그런데 나는, 다리를 저는 천陳 아저씨가 들려주는 이야기를 가장 좋아하며 들었다. 그는 돤공端公(토가족 박수무당)의 아들이었는데, 강호의 영웅호걸 이야기로 아이를 울릴 수 있었다. 이 때문에 나는 가장 먼저 그의 이야기에 빠져들었다. 그 뒤로 길고 긴 성장 과정에서 나도 이야기하는 솜씨를 조금씩 터득하기 시작했다.

2

외지고 뒤처진, 우리가 살았던 그 우링산武陵山 산간 지역에서 민국民國 시기에 샹시湘西를 떠나 유명해진 한 청년이 있었다. 그의 이름은 선충원沈从文(1902~1988 저명한 작가이자 역사문화 연구자), 그는 대학을 다닌 적이 없다. 베이징에 가서는 골목의 다짜위안大雜院(작은 마당을 가운데 두고 단층짜리 좁은 집들이 네 방향으로 다닥다닥 붙어 있는 다가구 서민주택)에 세 들어 살면서 겨울엔 콧물을 흘리며 글을 쓰기 시작했다. 그때는 신문학운동(1919년 5월 이래 후스胡適, 천두슈陳獨秀, 루쉰魯迅 등이 반전통·반유교·반문언을 주창하며 일으킨 문화혁신, 문학혁명운동)이 시작된 지 얼마 되지 않은 때여서 이른바 각종 문체들이 나중에 여러 교재에서 규정하듯 그렇게 엄격하게 구분되지는 않았다. 그는 글을 써서 돈을 벌었는데 스스로를 이야기꾼이라 불렀다. 그의 이야기는 금방 많은 사람들을 감동시켰다. 왜냐하면 당시 백화문白話文에는 이처럼 독특한 갈래가 없었기 때문이었다. 당시 신문 문예란에 발표되었는데 그가 쓴 글이 어느 장르에 속하는지, 분류하거나 상세히 주를 달아서 이를 밝히려고 하지는 않았다. 다들 글의 스타일이 독특하고 재미있다고 생각해서 그의 글은 호감을 얻고 갈채를 받을 수 있었다.

그는 좋은 글과 이야기를 많이 남겼는데, 당대 사람들이 그의 글을 편집하여 책을 만들려고 할 때 일부 글들은 어느 장르에 넣어야 할지를 몰라서 종종 막막함을 느꼈다. 예들 들어, 〈아진阿金〉, 〈톈산누田三怒〉 같은 글은 산문집에 넣기도 했다가 단편소설집에 넣기도 했다. 왜냐하면 그에게 글은 그냥 이야기일 뿐이어서 문체 구별을 분명하게 하기가 어려웠다. 이처럼 글이 좋다는 것은 서술하는 언어 자체가 좋고 이야기를 풀어내는 솜씨가 좋다는 뜻이다. 이야기 그 자체는 사실 아주 단순하다.

선충원 선생의 〈변성邊城〉은 중국 현대문학사의 명작으로서 우뚝하게 솟아서 꿋꿋하게 영원히 서 있을 것이다. 한 시골에 할아버지와 손녀가 서로 의지하며 살아가고, 강을 사이에 둔 건너편에는 형과 아우가 살면서 둘 모두 그 손녀를 남몰래 사랑하면서 서로 심하게 경쟁한다. 이 두 사내는 문면에는 거의 드러나지 않는데, 끝내 그들 누구도 사랑을 이루지 못하고 아가씨만 홀로 강가에 남는다. 이렇게 간단한 이야기인데도, 선생의 서술은 아주 파란만장해서 읽는 이들은 마음이 갈기갈기 찢어지는 것같이 아파서 두고두고 울적하다.

〈변성〉이란 작품이 있기 때문에 몇몇 사람들은 부끄러워서 아직도 중편소설에 감히 쉽게 손을 대지 못하는 것이다.

3

나는 이 소설에서 '나'를 내세워서 사랑 이야기를 썼다.

요 몇 년 동안 미국 소설가 레이먼드 카버Raymond Carver가 쓴 소설《우리가 사랑에 관해 얘기할 때 말하는 것What We Talk About When We Talk About Love》이 유행하고 있다. 이 명언 앞에서 나도 나 스스로에게 자주 이런 질문을 던진다. 전 세계의 무수히 많은, 가장 정교하게 짜인 사랑 이야기들을 두고 네가 쓰는 사랑 이야기는 대체 무엇을 표현하고 싶은 것인가, 그저 남녀가 서로를 좋아하고 사랑하는 또 한 번의 감동으로 끝나는 것은 아니겠지?

오늘날 이 기괴한 시대에, 사랑이란 이미 입을 열기가 부끄러운 용속한 일이 되어 버린 것 같다. 사랑을 논하거나 글로 쓰는 것은 어쩐지 부끄러움을 모르는, 뻔뻔한 행동처럼 느껴진다. 이원래 진지하게 대해야 할 일이 갑자기 밀란 쿤데라Milan Kundera의 펜 아래에서 '우스운 사랑Laughable Loves'(밀란 쿤데라가 1963년에 펴낸 단편소설집 제목)으로 변해 버렸다. 만약 또 상투적인 슬픈 이야기를 쓰면, 시의時宜와는 완전히 동떨어진 게 되지 않을까? 내가 이 이야기에 푹 빠진 지는 이미 10년이 되었다. 사실이든 지어낸 것이든 끝없는 물음 속에서 모든 것이 기억의 일부가 되었다. 맞다, 바로 추억이다. 이 추억 덕분에 나는 나날이 이 이야기의 진정한 의도를 알게 되었다. 그것은 어렴풋하면서 결코 존재하지 않는 시대를 회상하는 것이다.

　우리 세대는 그 묻혀 버린 시대에서 이 시대로 곧장 건너뛰어 온 까닭에 설령 머리에 월계관을 쓰고 있다 하더라도 발끝엔 아직도 가시가 있음을 느낀다. 수많은 날들을 어지러운 세상을 희롱하며 거리낌 없이 살아온 것처럼 보이지만, 한밤까지도 남은 숙취 탓에 눈물을 다 흘리고서야 비로소 마음속에 여전히 남아 있는 장엄함을 깊이 깨닫게 되었다. 한 세기 가운데 유일하게 깨끗한 그 시대 속에서 우리들은 나뭇잎 하나가 몸에 달라붙는 것을 마치 목에 칼을 차고 거리에서 조리돌림당하는 것처럼 여겼다. 그 시대를 되돌아볼 때마다 머리가 잘리는 것처럼 아팠다. 우리가 사랑을 논할 때, 그것이 결국 사악함도 허물도 없으며 욕심도 후회도 없는 그 청춘에 소박하게나마 제사를 드리는 일임을 나는 안다.

　사실 시대마다 저마다의 사랑은 각자의 역사적 흔적을 지니고 있다. 50년대의 단순함, 60년대의 억눌림, 70년대의 왜곡, 80년대의 각성과 몸부림…. 다시 90년대의 퇴폐와 21세기 이래의 심각한 물신숭배를 보면, 대체로 서로 다른 시대의 사회 분위기와 인심을 검증할 수 있다.

　이 세상에서 대다수 사람들의 사랑은 모두 '붙잡기抓住'를 위한 것이다. 붙잡기는 곧 도달이며, 사랑의 피로연이다. '붙잡기'만 잘하면 마치 신이 내린 숙명을 완성하여 한평생의 아름다움을 거두어들일 수 있을 것 같다. 하지만 나는 이 소설에서 '물리치기拒斥'의 이야기를 썼다. 이는 잔혹한 설정에 가깝다. 왜냐하면 이러한 사랑은 도달하기 위한 것이 아니라, 어디에서든 사랑하는 사람의 소망이 이루어지기를 바라는 것이기 때문이다. 이처럼 그의 '소망이 이루어지기를 바라고 도와주는 것成全'은 봄날 꽃잎이 진흙에 떨어지는 것처럼, 잎 하나 가지 하나가 모두 사람들의 연민을 자아낸다.

이 시대에는 상상조차 할 수 없기 때문에 이러한 사랑이 지나치게 비현실적인 것이라고 느낀다. 그 사랑이 막 출토한 한나라 때의 거울처럼 케케묵은 것이라 생각하여, 비록 그것이 어제 만들어진 것처럼 반짝반짝 빛이 나더라도, 그것으로 자기 모습을 비추어 보려고 하지는 않을 것이다. 왜냐하면 그것이 이 세상의 비천함과 초라함, 감당할 수 없는 갖가지 것들을 쉽게 비출 것이기 때문이다.

4

옛일을 회상하는 것은 현재와 잘 어울리지 못하기 때문이다. 겨우 스물 몇 해 전의 풍경도 마치 다른 세상의 것인 듯싶다. 우리는 어쩔 수 없이 세월의 이편에서 지나간 파도를 뒤돌아본다.

일반적으로 작품에는 역사에 대한 작가의 이해, 동정과 기념이 은연중에 담겨 있기 마련이다. 이처럼 간단한 이야기가 아주 많은 사람들의 운명을 담아내기는 좀체 쉽지 않다. 하지만 번득 스쳐 지나가는 보잘것없는 인물이라 하더라도, 내 삶과 경험, 이해를 거기에 의탁했다. 일찍이 조반파에 가담한 노인, 복권되어 밥 짓던 그 '우파', 그 시대의 민초가 아닌 인물은 하나도 없다. 이처럼 이름도 성도 없는 비극적인 인물들이 바로 우리 당대의 역사를 만드는 것이다.

밀란 쿤데라가 말했다. 어떤 사람의 의식, 상상 세계, 고집을 만들어 내는 것은 모두 그 사람의 전반생에 형성된 것으로 평생에 걸쳐 변하지 않는다고(쿤데라가 앙트완 고드마르A. Gaudemar와 나눈 대담〈소설은 사물의 모호성을 발견하게 한다〉(1984년 2월)에 나오는 첫 구절).

우리 세대 사람들이 줄곧 80년대를 넘어설 수 없는 것은 그 찬란한 세월이 처음으로 우리를 훈도하고 다듬었기 때문이다. 유배를 당하고 무시를 당한 선배들은 모두 그 시대에 살았다. 그들은 우리에게 이 세계를 인식할 수 있는 유훈을 남겨 주어 우리가 다시는 양심에 몽매하지 않도록 했다. 이제 그 시대는 이미 시들어 거의 떨어졌고, 우리들도 석양이 지는 때로 접어들기 시작했다. 반평생을 고달프게 지내다가 다시 글을 쓰게 되었을 때, 나는 삶이 쩔쩔매면서 억지로 길을 지나가는 것처럼 느껴졌다. 내 평생을 뒤지고 조사하여 훼손된 인생 경험을 찾아내는 것은 오직 뒷사람들에게 일러 주기 위함이다. 우리들에게는 확실히, 거의 비현실적일 정도의 아름다움과 고립무원의 애상이 있었는데 바로 우리 민족이 일찍이 지니고 있던 것이다.

2013년 독일 쾰른에 와서, 소년 시절부터 시詩에서 읽어 잘 알고 있는 라인강을 아침저녁으로 마주하면서 문득 이 이야기가 다시금 떠올랐다. 이렇게 조용한 시간이 내겐 별로 없었는데, 꽃과 나무 사이에서 홀로 술을 마시고 그 오래된 강가를 한가로이 거닐며 조국의 과거 슬픔과 기쁨을 멀리서 바라보았다. 나는 그 간절한 이야기를 완성해야겠다고 생각했다. 강물 소리에 맞추어 이야기를 맛깔나게 풀어놓음으로써 되돌아오지 않을 지난 세월을 애도하고자 했다. 이러한 회상은 단순하고도 소박하다. 하지만 그 펼쳐진 역사의 부채에선 여전히 성난 바람소리가 일어난다.

이처럼 서스펜스가 별로 없는 소설이, 만약 오늘날의 독자에게 이해와 사랑을 받을 수 있다면 그것은 내게 영광이요, 더욱이 뜻밖의 기쁨이 될 것이다. 이 자리에서 삼가, 소설 속 인물들과 이야기를 낳아 길러 준 고향에 감사드린다. 너그러운 독자들께, 호의를 베풀어 주신 편집자와 출판사에 감사를 드린다. 내게 잠깐이나마 평온하게 생각하고 글을 쓸 수 있는 기회를 준 쾰른세계예술학원에도 감사를 드린다.

2013년 봄 쾰른 라인강가에서

예푸野夫

글쓰기, 사악한 시대와의 영원한 불화不和

5·18에서 6·4까지

2014년 겨울, 베이징대학 동문 밖의 완성서점萬聖書園에서 그저 제목에 이끌려 이 책을 샀다. 지하철에서 가볍게 훑어보다가 남몰래 눈물을 훔쳤다. 번역하고 싶다는 충동이 강하게 일었다. 한국문학 전공자에겐 어울리지 않는 생각이었다. 명예회복이 완결되지 않은 5·18로 시작한 한국의 80년대와, 반혁명의 낙인이 여전한 6·4로 끝난 중국의 80년대가 묘하게 닮았다고 느꼈다.

1978년에 시작된 개혁개방의 속도와 범위를 놓고 중국공산당 내부에서 다양한 의견 대립과 정치 개혁의 필요성이 집중적으로 제기되었던 중국의 80년대. 특히 1986년부터는 민주화를 요구하는 학생들의 시위가 전국 대학으로 번졌다. 학생과 지식인은 물론 노동자와 시민들까지 톈안먼天安門광장에 모여들어 민주화를 외쳤던 1989년 5월, 계엄군과 대치하다 끝내 잔인하게 진압당했던 6월. 당 중앙 총서기가 후야오방胡耀邦에서 자오쯔

양赵紫阳으로, 다시 장쩌민江泽民으로 연이어 바뀔 정도로 정치적 격변의 시대이자 폭압의 시대.

신군부에 맞서 민주를 부르짖다 학살당한 80년 5·18부터 전두환의 장기 집권을 저지하고 직선제 개헌을 쟁취했던 87년 6·10까지, 군사독재와 싸우며 개인의 안위보다는 사회참여가 더 강조되던 우리의 80년대, 늘 정치적 이슈가 바위처럼 젊은이들의 가슴을 짓눌렀다. 시위대에서 멀찍이 물러서 있던 이들마저 속으로 민중가요를 따라 부르며 마음 숙연하던 때. 그 속에서 가냘프고 아름다운 것들은 때로 대수롭지 않게 여겨지기도 했다. '사랑'이니 '행복'이니 하는 것들이 그랬다. 하지만 어떤 비장함과 순수함을 떠올리게 하는, 그래서 늘 빚을 지고 있다는 생각을 떨쳐 버릴 수 없는 시대.

사랑, 80년대를 기억하는 방식

소설 〈80년대 사랑〉은 80년대에 청춘이었던 이들의 사랑을 그리고 있다. 1982년 가을, 깊은 산골로 일자리를 배정받아 간 주인공(관위보)이 그곳에서 우연히 첫사랑(리원)을 만나 여섯 달 남짓 가까이 지내며 서로 좋아하고 애태우다 또 긴 세월을 헤어져야 했다는 이야기. 이들의 애틋한 사랑은 시간이 한참 흐른 뒤 두 사람이 다시 만나며 이어질 듯했지만, 90년대 중반의 어느 사흘을 못 다 채우고 끝내 영원한 이별의 길로 내몰린다.

소설이 다루는 시간은 80년대 전체가 아닌, 고작 반년 남짓한 짧은 동안일 뿐이다. 더욱이 이들의 사랑은 '결핍'으로 끝난다. 그래선지 '80년대'도, '사랑'도 충분히 서술되지 않은 듯하다. 소설을 읽고 나면 아련하면서도 먹먹한 슬픔이 응어리로 남는다.

어떻게 보면, 소설이 그리는 것이 '사랑' 그 자체가 아닐 수도 있다. 그렇다고 중국의 '80년대'를 오롯이 재현하는 데 관심이 있는 것 같지도 않다. 오히려 리원 부친의 문혁 전후의 삶이 작품의 원경遠景이자 80년대 후반 관위보가 겪을 고난의 전조前兆가 되면서 80년대를 관통하는 시대성이 더 도드라진다.

비로소 우리는 작가 예푸野夫가 후기에서 "어렴풋하면서 결코 존재하지 않는 시대를 회상"하는 데 소설의 의도가 있다고 한 말을 이해하게 된다. 그에게 80년대는 '각성과 몸부림'의 시기로, "70년대의 왜곡"과 "90년대의 퇴폐와 21세기 이래의 심각한 물신숭배"와 날카롭게 대비되는 "한 세기 가운데 유일하게 깨끗한" 시대이다. 그런 시대의 사랑을 얘기하는 것은 "사악함도 허물도 없으며 욕심도 후회도 없는 그 청춘에 소박하게나마 제사를 드리는 일"이다.

그런데 제사가 무엇인가. 다름 아닌 기억의 육화肉化이며 망각에 맞선 끝없는 환기다. 결국 예푸에게 '사랑'은 그처럼 특별한 '80년대'를 기억하는 관건적인 방식이며 순수의 시대를 잊어버린, 또는 잃어버린 세태에 울리는 경종警鐘이다.

263

소설은 리원의 삶을 통해서 순수한 사랑이 폭력적인 정치 현실에 어떻게 억압당했는지 증언한다. 억울하게 우파로 몰려 아내와 생이별할 수밖에 없었던 라오톈의 어이없는 삶은 일종의 복선으로서 사랑의 죽음을 암시한다. 관위보는 리원과의 이별이 "연애와 꿈이 조직에 의해 목 졸려 죽임을 당한 것"(125쪽)이라고 말한다. 이런 뜻에서, 사랑은 자기희생 속에서 시대의 폭력을 고발하는 리트머스 시험지다.

리원, 순수했던 시대의 상징

리원은 다른 중국소설에서는 좀처럼 보기 힘든 독특한 인물이다. 그녀는 아름답고 똑똑하면서도 성실하고 겸손하다. 산골 인민들의 처지와 삶을 공감하고 그 속에 스스럼없이 녹아들면서도 기품을 잃지 않는다. 무엇보다 현실의 정치적 패배 탓에 뼈아픈 고통을 겪으면서도 세상을 원망하거나 탓하지 않으며 선량함을 잃지 않는다. 또한 아버지를 헌신적으로 섬기며 사랑하는 이의 꿈을 위해 자기 사랑까지도 포기한다. 관위보가 더 큰 세상에 나가 자유롭게 꿈을 펼칠 수 있도록 멀리 산간 도시 밖으로 그를 밀어낸다. 그러면서 자신이 사랑하는 이에게 걸림돌이 될까 봐 두려워한다. 사랑을 붙잡는 것이 마치 큰 잘못이라도 되는 듯.

그런데 '남자의' 꿈과 성공을 중시하는 듯한 리원의 모습이 어떤 독자들에게는 조금 불편하게 느껴질 수도 있다. 남성중심 사회에 순응하는 전통적인 여인처럼 주체적이고 능동적인 삶을 포기한 것으로 보이기 때문이다. 그러나 리원을 그렇게만 보기는 어렵다. 설령 그녀에게 그런 면모가 있다 하더라도, 그것은 그가 속한 시대의 한계이지 인물이나 작가의 한계는 아니다.

관위보도 인정하듯 리원은 그에 못지않은 수재였다. 하지만 문혁이 끝나고 반혁명분자로 찍혀 감시를 받는 아버지 때문에 대학 진학을 포기할 수밖에 없었다. 산골에서 늙고 외로운 아버지를 보살피며 사는 것 외에 선택할 길이 달리 없었다. "정치적 보복이 횡행하는 시대"(124쪽)에 산골을 벗어나는 것은 감히 생각할 수도 없었기 때문이다. 반우파투쟁 이후로 출신성분이 나쁘거나 정치 성향을 의심받는 사람은 진학·취직·결혼에서 평생 불이익을 당했는데,[1] 문혁이 끝나고 시간이 흘러도 상황이 크게 달라지지 않았다. 생존을 좌우하고 꿈을 옥죌 수 있는 막강한 권력 앞에서 움츠러들 수밖에 없는 개인에게 수동성을 지적하는 것은 적절하지 않다.

또한 리원 스스로 자신이 그저 '평범한 여자일 뿐'(240쪽)이라고 한 말을 주목해야 한다. 그녀는 정치나 사회 현실에 관심이

---

1) 신성곤·윤혜영,《한국인을 위한 중국사》, 서해문집, 2004, 417쪽.

없다. 아니, 일부러 거리를 두고 멀리한다. 정치투쟁에 실패한 아버지의 비참한 삶을 보았기 때문이다. 아래 인용문처럼, 그녀는 자신이 '조용하고 담박한 생활'을 꾸릴 수밖에 없고 욕심을 부려선 안 되는 이유로 '운명'을 들고 있지만, 실은 그것은 리원 부녀가 놓인 현실 조건으로서의 정치적 구속을 가리킨다. 따라서 그녀가 택한 '평범한 삶'이란 정치적 박해 속에서 살아남기 위한 하나의 방편이 아닐 수 없다.

"어쩌면 일찍이 너와 비슷한 꿈을 꾼 적이 있었겠지만, 너와 전혀 다른 운명 때문에 이렇게 조용하고 담박한 생활만 누릴 수밖에 없어. 너와 함께 있고 싶다고 해서 지나친 욕심을 부려서는 안 돼."(240쪽)

관위보가 서른 넘어 다시 만난 리원은 결혼한 여느 여성과 다를 바 없이 평범하다. 생활력은 물론, 안정감과 여유가 묻어난다. 수줍음 많고 청순했던 리원이 관위보 앞에서 스스럼없이 옷을 벗는 모습이 조금 낯설게 느껴지지만 꾸미거나 과장하지 않은 그대로여서 오히려 인간적이다.

리원의 삶에서 수동적인 면모가 더러 보인다 하더라도, 그녀가 근본적으로 독립적이고 주체적이며 의지가 강한 인물이라는 사실은 달라지지 않는다. 리원은 실의에 빠진 관위보를 격려하고 도울지언정 자기 운명을 개척하는 데 남자에게 기대려 하지 않는다. 자신의 처지를 정확하게 아는 냉철한 현실 인식 위에서 끝내 이별을 택하고 외로운 삶을 꿋꿋하게 견딘다. 자신의 고단한 처지를 관위보에게 조금도 내색하지 않을 만큼 자존심이 강하다.

리원은 자신의 삶에서 70~80년대의 정치사회적 격동과 상처를 그대로 지니고 있는 인물이다. 그러면서도 사회주의적 이상을 표상하는 인민의 전형인 듯, 자유롭고 강인하면서도 선량하다. 향공소 관리가 되어 인민의 삶은 살피지 않고 술만 찾는 관위보가 안타깝고 못마땅해 그가 마실 술에 물을 타고는 그를 큰소리로 나무라는 대목은 이 소설에서 가장 아름답고 감동적인 장면이다. 사랑뿐만 아니라, 인민을 위하는 열정과 진심이 가득한 지혜로운 여성! 그러므로 리원은 '깨끗했지만 지금은 존재하지 않는' 순수한 80년대의 상징이다. 리원이야말로 이 소설의 진정한 주인공이다.

우파의 낙인, 고난의 세월

리원의 삶을 통해 작가가 말하고자 하는 것은 시대의 질곡, 곧 개인에게 가해지는 정치권력의 폭력성이다. 소설에는 작가 자신이 직간접으로 체험한 반우파투쟁, 문혁, 6·4의 시대성이 곳곳에 드러난다. 이런 점에서 〈80년대 사랑〉은 자전적 소설이라 할 만하다.

예푸는 한국에 거의 알려지지 않은 작가다. 여기서 그를 자세히 소개하려 한다.[2] 그의 본명은 정스핑鄭世平, 예푸는 인터넷 필명이다. 토가족 출신으로 1962년 후베이성 은스토가족묘족자치주의 리촨현에서도 가장 외진 작은 마을에서 태어났다. 1968년 소학교에 입학했고, 1972년에 폐결핵으로 천공이 생겨 죽을 고비를 넘겼다. 소학교를 졸업한 뒤 전염병에 걸렸다는 이유로 중학교에 진학하지 못하여 한동안 나무꾼 노릇을 했다. 1978년 여자 동급생에게 연애편지를 쓴 일로 고발당해 학교에서 매일 벌을 쓰고 검사를 받았으며 집에서도 부모님께 꾸지람을 듣고 매를 맞았다. 이 일로 자살을 기도했으나 미수에 그쳤고, 깨어난 뒤에 시험을 쳐서 우한대학武漢大學에 들어가겠다며 혈서로 다짐했다. 1978년 후베이민족학원湖北民族學院 중문과에 입학했다가, 1986년에 시험을 보고 마침내 우한대학 중문과에 편입학했다. 1988년 대학 졸업 뒤 하이난성海南省 하이커우시海口市의 공안국에 배정되어 경찰이 되었다.

1989년 6월 4일 밤, 베이징 톈안먼 앞에서 민주화를 요구하던 시위대를 계엄군이 잔인하게 유혈진압했다는 소식을 들은 그는 "독재정부의 주구와 살육자는 결코 되지 않겠다絶不做獨裁政府的

---

2) 다음 책에 실린 단편 글들을 참조하였다. 野夫, 《工上的母親》, 臺灣: 南方家園, 2010.

鷹犬和劊子手"는 항의의 뜻을 담은 사직서를 썼다. 이튿날 공안국에 사직서를 제출하고 하이난을 떠나 북쪽을 향해 한동안 떠돌았다. 정부의 대수배령이 떨어진 가운데, 민주화운동가를 해외로 도피시키다가 그 자신이 수배자가 되어 쫓기는 신세가 되었다. 1990년 체포되어 반혁명기밀누설죄로 6년의 징역형을 선고받고 복역하다가 1995년에 감형되어 출옥했다. 감옥에 있는 동안 부친은 암으로 세상을 떠났고 출옥한 1995년 늦가을엔 68세의 모친이 양쯔강에 투신했다. 1996년 정월, 베이징으로 가 그곳에서 먹고살기 위해 서적 출판·유통업에 종사했다. 2004년 무렵부터 다시 글쓰기를 시작했다.[3)]

그는 1978년부터 시 창작을 시작하여 1980년에 장편시 〈역사를 위하여—마오쩌둥 동지께爲了歷史, 致毛澤東同志〉를 썼다. 1982년 어시鄂西에서 처음으로 시 동인 '보짜오시사剝棗詩社'를 만들었으며, 1985년에는 후베이성 청년시가학회 상무이사로 활동했다. 1986년에는 후베이성에서 '현대시인 살롱'을 조직하고 시집 《늑대 밤에 울다狼之夜哭》를 출판했다. 지금까지 시, 산문, 보고문학, 소설, 극본 등 많은 작품을 발표하였으며, 시나리오를 쓰고 영화 제작에도 참여했다. 하지만 이들 작품 가운데 상당수가

3) 章詒和,〈山川何處走豪傑, 管絃誰家奏太平〉, 野夫, 上揭書, pp.4-9.

중국에서는 공개적으로 발표하기 어려워 외국의 중국어 사이트들을 떠돌고 있다. 산문집《진세, 만가塵世輓歌》(2008)는 중국에서 합법적으로 출판할 수 없어《강가의 어머니江上的母親》란 이름으로 2010년 대만에서 출판되어 대륙 작품으로서는 처음으로 '대만국제도서전 대상'을 받았다. 2012년 출판한 산문집《고향은 어디에鄉關何處》는 중국의 대표 포털사이트들에서 '올해의 우수도서'에 선정되었다. 2006년 '제3세대 시인 회고전'에서 '걸출한 공헌상'을, 2009년 '당대 중국어 공헌상'을 받았다.[4]

이 소설에는 1957년 반우파투쟁 이전부터 우파로 몰린 그의 어머니와, 1989년 톈안먼 유혈진압에 반대하다 투옥된 예푸 자신 때문에 문혁 훨씬 이전부터 90년대 중반까지 긴 세월 동안 온갖 괴로움을 당해야 했던 그의 집안 이야기가 곳곳에 녹아 있다.[5] 이를테면, '늙은 우파' 라오톈의 이야기도 이와 무관치 않을 것이다.

예푸의 어머니는 꽤 잘나가는 집안 출신이다. 예푸의 외할머니는 쟝한평원江漢平原의 대갓집 규수로, 부친은 민국 초기 8년의 일본 유학 생활을 마치고 귀국하여 간쑤성甘肅省 고법원장으

---

4) 대만판《1980年代的愛情》(2013.10)의 작가 소개 참조.

5) 예푸의 어머니와 집안에 관한 얘기는 다음 글에 자세히 나와 있다. 野夫, 〈江上的母親, 母親失踪十年祭〉, 上揭書, pp.24-38.

로 부임했다. 외할아버지는 명망 있는 유劉씨 집안 셋째 아들로 황포군관학교黃埔軍官學校의 사관생으로 군인의 삶을 시작했다. 항일전쟁 시기에 장개석을 호위하여 서남지역으로 철수했고 나중에 소장少將의 지위에 올랐다. 하지만 난리통에 아내와 딸이 이미 죽었다고 생각하여 새로 결혼해 아들을 두었다. 일본이 물러가고 예푸의 어머니가 아버지를 찾아가자, 그는 결혼한 사실을 숨기고 새장가를 간 터라 자기 딸을 아는 척도 하지 않았다. 이에 분노한 예푸의 어머니는 아버지가 주최한 연회장에 뛰어들어가 한바탕 큰 소란을 피웠고, 화가 난 예푸의 외할아버지가 자기 아내를 다그쳐 이혼하고 말았다. 이 일로 예푸의 어머니는 성과 이름을 바꾸고 자신에게 아버지가 있다는 사실마저 부정했다. 평생 아버지를 용서하지 않았을 뿐만 아니라, 어머니가 아버지를 용서하는 것도 반대했다. 하지만 예푸의 어머니는 국민당 군벌의 딸이라는 힐난 속에서 시달려야 했다. 1957년 반우파투쟁이 벌어지면서 우파의 낙인이 찍혔고, 20년 넘게 모욕과 상해를 당하며 온갖 고초를 겪었다. 자신과 어머니를 버린 아버지 때문에 박해를 받다니, 지독한 아이러니가 아닐 수 없다.

집안의 고난은 문혁이 시작되면서 한층 더 심해졌다. 광산 책임자였던 예푸의 아버지는 문혁이 시작되고 곧바로 타도당했고 외할머니와 학업을 중단한 두 누나는 제각각 군대와 광산으로 흩어져 살아야 했다. 가족 전체가 공소사供銷社 회계였던 어머니의 적은 월급에 의지하여 생계를 유지해야 했다. 어머니를 공격하는 대자보가 집 문과 창에 계속 나붙었고, 툭하면 재산몰수를 당했다. 아버지는 병이 위독해 우한에서 입원했고 어머니는 폐결핵에 걸린 어린 예푸를 데리고 약을 구하느라 온갖 모욕을 견디며 진鎭의 의원들을 찾아다녔다.

예푸의 가족은 1978년이 되어서야 다시 한자리에 모였고 형편이 조금 나아졌다. 아버지가 승진하고 어머니는 명예회복을 받았으며 큰누나는 일자리를 얻었다. 외할머니도 가족들 곁으로 돌아왔다. 예푸는 대학에 붙었다. 그의 어머니는 사람이 선량하면 끝내 보답을 받는다고 믿었다. 예단할 수는 없지만, 역경 속에서도 강인하고 선량했던 예푸 어머니의 모습에서 리원의 그림자가 어른거리는 듯하다.

하지만 예푸 가족이 누린 행복은 그리 오래가지 않았다. 1983년 외할머니 별세, 1985년 부모님 퇴직, 1987년 아버지 암 투병, 1989년 예푸의 경찰 사직과 투옥. 이런 상황을 두고 예푸는 "어머니는 또 우환의 여생을 시작하셨다."라고 썼다. 극심한 고통이 따르는 암 수술을 받으면서도 몸을 조금이나마 움직일 수 있다 싶으면 아내에 의지해 아들 면회를 왔던 아버지는 그가 감옥에 있는 동안 숨을 거두었다. 그리고 예푸가 출옥한 1995년 깊은 가을 오후, 68세의 노모는 자식들에게 폐가 될까 걱정하며 "내 사명은 결국 완성되었다. 나는 이제 너희 아버지를 찾아간

다"라고 적은 유서를 남긴 채 양쯔강에 뛰어들었다. 끝내 시신
은 찾지 못했다.

행동하는 작가

이쯤 되면, 예푸에게는 80년대를 포함한 지난 세월 대부분이
고난과 시련의 연속이 아니었을까 싶다. 그러한 고난과 시련은
외할아버지 때부터 시작된 것이기도 하지만, 한편으로 그 스스
로 초래한 것이기도 하다. 그는 80년대를 깨끗하고 순수한 시
대로 회상한다고 썼지만, 정말 그렇게 아름답기만 한 시대였을
까. 고통스러운 시대를 그 스스로 떠안은 이유는 무엇일까. 여
기에서 새삼 완전히 풀리지 않았던 의문이 떠오른다. 예푸는 정
말 무엇 때문에 이 소설을 쓴 걸까. 나아가 그에게 글쓰기는 어
떤 의미를 지니는가. 2009년 '당대 중국어 공헌상'을 받을 때의
답사 〈누가 거장을 구분하고 가시를 제거하는가〉의 다음 구절을
보자.

"나로 말하면, 올해 6월의 이 특별한 영광은 일종의 생명 같은
무상無上의 의의가 있다. 시비와 은원恩怨의 20년, 우리들은 이
사악한 시대와 악수하며 화해한 적이 결코 없다. 내 마음은 어둔
밤에도 줄곧 칼을 뽑아 들고 활시위를 당기고 있다. 20년 전에
결연히 경찰복을 벗었지만, 그렇다고 진정으로 치욕을 떨쳐 버

릴 수는 없었다. 그 뒤 수의囚衣를 입었지만, 내게서 죄책감을 덜어 주지는 못했다. 창안졔長安街에서 총탄에 쓰러졌던 무고한 희생자들의 피는 구차하게 살아가는 우리에게 영원토록 질문하며 고문한다. 그렇다, 그들은 죽었고, 우리는 살아 있다. 우리들의 모든 존재는 의심스럽다. 울음을 삼키며 하루하루 구차하게 살아남는 것 자체가 죄과이다…. 바로 이러한 원죄와 수치심을 바탕 삼아, 나는 5년 전에 비로소 글을 다시 쓰기 시작했다. 그러나 이는 '옮겨 쓰기寫作'이지 창작創作이 아니다. 왜냐하면 창조와 허구가 없기 때문이다."[6]

그는 20년 전, 곧 1989년 6월에 자행된 정권의 폭압을 상기시킨다. 그러면서 그에 맞서 싸우지 못하고, 그래서 죽지 못하고 구차하게 살아남은 것 자체가 원죄라고 고백하고 있다. 그리고 바로 그 죄책감과 수치심의 바탕 위에서 다시 글을 쓰기 시작했다고 밝히고 있다. 다시 말해, 사악한 시대에 살아남은 것이 죄스러워서, 그 죄스러움을 잊지 않기 위해서 글을 쓴다는 것이다. 이로써 글쓰기는 적어도 그에게는 '사악한 시대와의 영원한 불화不和'이며, "칼을 뽑아 들고 활시위를 당기"는 것 같은 대결이다.

---

6) 野夫,《誰分巨擘除荊》, 前揭書, pp.17-8.

여기에는 예푸 글쓰기의 근본 동기, 또는 동인動因으로서 6·4에 대한 부채의식이 잘 드러나 있다. 또한 그가 바람직하게 여기는 글쓰기의 핵심적인 방법이 담겨 있다. 그는 자신의 글쓰기가 창작創作이 아니라고 했다. 창조와 허구가 없기 때문이다. 없는 것을 지어내거나 교묘하게 꾸며 내는 법이 없다는 뜻이리라. 새로 지어내거나 꾸미는 것이 아니라면, 그러한 글쓰기는 사실과 진실을 있는 그대로 '옮기는 것' 위주일 것이다. '있는 그대로 옮기기'란 '베끼기寫'와 다를 바 없다. 그래서 '寫作'인 것이다. 이렇게 볼 때, 예푸의 글쓰기는 역사적 사실을 그대로 옮기고 진실을 충실히 반영하는 데 초점이 맞추어져 있다. 그의 글쓰기가 결국 사회참여engagement의 하나인 것은 이런 까닭에서이다.

그런데 예푸는 글만 그렇게 쓰는 것이 아니라, 1989년 톈안먼사건 때 그랬던 것처럼 실제 행동에 나서는 사람이다. 두 가지 일화를 간단히 소개한다. 먼저, 류샤오보劉曉波[7]의 출판을 도와 생계에 큰 도움을 준 일이다. 1999년, 두 번째로 출옥한 류샤오보는 돈이 한 푼도 없었다. 출국은 물론, 글을 발표하거나 책을 출판하는 일도 금지되었다. 늘 감시가 붙어서 일을 구할 수

---

7) 류샤오보(1955~2017) : 변호사, 작가, 반체제인사. 6·4 민주화운동에 적극 참여. 2008년 '자유, 인권, 민주' 등을 요구하는 '08헌장憲章' 작성을 주도했다는 이유로 투옥. 옥중에서 얻은 간암으로 가석방되자마자 죽었다. 사실상 옥사였다. 2010년 옥중에서 노벨평화상 수상.

도 없었다. 그럼에도 류샤오보는 남의 도움을 받고 싶어 하지 않았다. '경험자過來人'로서 누구보다 그 마음을 잘 알았던 예푸는 적극 나서서 당시 유명 작가 왕쉬王朔와 류샤오보가《미인이 내게 마취약을 주다美人贈我蒙汗藥》(2000)란 책을 공동으로 출판할 수 있도록 책임편집을 맡고 출판 과정 전체를 주선했다.[8]

다음으로 2008년, 예푸가 쓰촨성 뤄쟝현羅江縣 농촌에 사회조사를 하러 갔다가 우연히 대지진을 만났을 때의 일이다. 당시 그는《대지가 인민을 내다─중국 기층 정권의 작동 현황의 관찰과 우려大地生民, 中國基層政權運作現狀的觀察與憂思》라는 책을 준비하고 있었다. 중국농공민주당中國農工民主黨의 주석을 역임한 작가이자 희곡 연구자인 장디이허章詒和와의 인터뷰에서 밝혔듯이, 그의 조사 연구는 기층정부 내부의 작동 방식에서 독재정부의 안정성의 비밀을 이해하는 데 목적이 있었다.[9] 겉으로 드러내지는 않았겠지만, 그것이 독재정부 극복의 방법을 찾고자 하는 그의 바람과 결코 무관하지 않을 것이다.

아무튼 농촌의 사회조사를 하다 대지진을 만난 그는 재난 현장에서 구조와 재건에 적극 참여했으며, 스스로 강연회를 열어

---

8) 野夫,〈王朔和劉曉波的《美人贈我蒙汗藥》〉(https://chinadigitaltimes.net/chinese/2017/07/564071/)

9) 章詒和,〈山川何處走豪傑, 管絃誰家奏太平〉, 野夫, 前揭書, p.6.

지진의 참상을 알리며 200만 위안의 기금을 모아 '뤄장현 정신 재건기금회'를 만들었다. 나아가 그는 현지 농민들을 이끌어 그들 스스로 대본을 쓰고 연기와 연출을 맡아 텔레비전 단막극을 만들도록 도왔다. 드라마가 완성되자 뤄장현 방송국에 가져가 이를 방송으로 내보냈다. 작가이면서 동시에 매우 열정적으로 사회적 이슈에 적극 참여하는 그의 면모를 확인할 수 있다. 장 다이허는 "예푸는 나와 다른 사람이다. 행동하는 사람行者일 뿐만 아니라, 생각하는 사람思者이다. 그의 팬이 될 수 있다면, 나로선 아주 만족스러울 것"이라고 그를 높게 평가했다.

소설의 의의와 한계

이제 이 소설의 의의와 한계를 간단히 살펴보려 한다. 예푸가 이룬 성취 가운데 가장 먼저 들 수 있는 것은 핍진한 심리 묘사와 숨막힐 듯 적실하고 참신한 비유다. 예컨대, 아래 인용문의 '물고기처럼 팔딱거리는 콩', '결막염에 걸린 눈처럼 깜박거리는 전등', '나와 라오톈의 침묵을 비추는 숯불'은 4년 만에 우연히 첫사랑을 만났다는 반가움이 그녀의 냉대에 금세 당혹감과 아픔으로 변하면서 관위보가 느낀 괴로움과 답답함, 쓸쓸함을 더욱 도드라지게 한다.

나는 라오톈과 술을 마시기 시작했다. 그는 잿더미 아래에 콩

한 움큼을 묻어 두었다. 콩은 깜부기불 속에서 익어 가다가, 마치 시냇물 속의 물고기처럼 팔딱거리면서 뜨거운 잿더미 밖으로 튀어나왔다. 그러면 우리는 한 알씩 주워 손바닥으로 비벼서 먼지를 털어 내고는 곧장 입 안으로 집어넣어 안주로 삼았다.

음력 8월, 산골에서는 벌써부터 바닥화로火塘를 피웠다. 가운데 들보에 걸린 전등은 전력이 부족해서 결막염에 걸린 눈처럼 깜박거렸다. 발 아래 숯불이 나와 라오톈의 침묵을 비추었다. 그러나 내 마음은 여전히 차가웠다. 나는 홀아비 라오톈의 쓸쓸한 삶에서 내 청춘의 적막함을 엿보았다. (33쪽)

징원둥敬文東은 이 책 서문에서 "그의 언어는 성실하고 진실하며 더할 데 없이 절제되어 있다. … 예푸는 중국어 내부의 가장 올바르고 가장 고상한 자질을 회복하였다."라는 말로 예푸의 언어 표현을 극찬했다.

둘째, 이 작품은 소설임에도 작가가 후기에서 고백하듯 허구적 서사가 약하다. 인물이 담담하게 자기 내면을 토로하는 때가 많아서 언어 표현이 차라리 서정적인 산문에 가깝다. 이는 그가 지향하는 글쓰기가 '창조와 허구'에 바탕을 둔 '창작'보다는 있는 그대로를 '옮기는 글쓰기寫作'에 있음과 무관하지 않을 것이다. 어쨌든 이런 문체적 특징 때문에 소설의 화자는 시종 차분한 어조로 과거를 회상하며 자기 내면의 일관성을 유지할 수 있다.

80년대 사랑

셋째, 예푸는 리원 아버지나 관위보의 언어를 통해 문혁에 대한 나름의 인식을 드러내고 있다. 그런데 그것이 "지도자의 오류로 시작해 반혁명집단에 이용되어 당과 국가, 각 민족 인민들에게 엄중한 재난을 초래한 내란是一場由領導者錯誤發動, 被反革命集團利用, 給黨, 國家和各族人民帶來嚴重災難的內亂"이라는 중국공산당의 공식적 평가(1981년 6월)와는 사뭇 다른 시각을 보여 준다는 점에서 의미가 있다. 공식적 평가는 마오쩌둥의 '오류錯誤'보다는 반혁명집단으로 규정된 '4인방' 등의 '이용利用'에 더 큰 책임을 두어, 신중국 성립(1949년) 이후 심화된 사회적 모순에는 거의 눈을 감고 있는 것처럼 보인다. 반면 예푸는 인물들의 말을 통해 관료주의나 출신에 따른 차별처럼 누적된 사회 모순에 고통받아 온 인민 대중의 불만과 변혁의 의지를 문혁의 배경으로 들었다. 관위보는 '이전의 각종 운동에서 쌓인 인민 대중의 원한'(80~81쪽)을, 리원의 부친은 "17년 동안의 독단과 어리석음이 마음에 들지 않았기 때문이고, 다시 새로운 세상을 만들고 싶었"(145쪽)음을 거론했다. 이는 상층 권력 내부의 '권력투쟁'보다는 서로 다른 노선과 세력들 사이의 '사회적 충돌'10)을 중시하는 관점이라 할 수 있다.

---

10) 백승욱, 《문화대혁명—중국 현대사의 트라우마》, 살림, 2007, 15쪽. 문혁에 대한 상이한 관점들은 이 책에 잘 정리되어 있다.

한편 작가는 관위보의 목소리를 통해 문혁의 자기모순성도 놓치지 않는다. 이상주의자인 홍위병의 치기 어린 급진성, 세상을 바꿀 수 있다는 오만함을 비판하고, 맹목적 파벌 투쟁 탓에 모두 '모 주석 옹위'를 내세우면서도 서로 격렬한 폭력과 보복의 악순환을 이어 갔던 역사적 사실을 지적한다. 홍위병이나 조반파 내부의 무장투쟁이 그랬다.

"그런데 문혁 중 가장 우스꽝스러운 것은 생사를 놓고 대립하는 두 파벌이 동일한 기치를 내걸고 있었다는 점이다. '결연히 마오 주석을 보위하자!'"(81쪽)

"사람들은 영문도 모른 채, 적군과 아군으로 나뉘어 원한과 보복을 끊임없이 되풀이했다."(125쪽)

이 대목은 한편으로 문혁 과정에서 이용당하기도 했던 인민 대중의 현실을 그대로 드러낸다. 또한 리원 아버지의 다음 진술은 이용당하기만 했던 대중의 수동성에 대한 자조이기도 하지만 "수시로 변하는 손아귀"에 대한 반감, 최상층 지도부에 대한 은근한 비판을 드러낸다.

"사람들은 그저 역사라는 사반沙盤 위의 소졸小卒에 지나지 않

았고, 수시로 변하는 손아귀에서 조종당하거나 놀아났을 뿐이지."(145쪽)

똑같은 정치적 기치를 내걸고도 "영문도 모른 채, 적군과 아군으로 나뉘어" 서로에게 증오와 폭력을 되풀이하는 상황에서, 피해자와 가해자의 구분은 어려웠고 무의미하기도 했다. 그 구분 기준이 모호하고 그 처지가 수시로 뒤바뀌었기 때문이다.[11] 이런 점에 주목하여 예푸는 문혁 과정에서 나타난, 평범한 이웃과 동료가 폭도로 돌변하는 잔혹한 폭력 투쟁에서 '악의 평범성'에 대한 통찰을 보여 준다. 이는 그와 그의 가족이 문혁 이전부터 6·4에 이르기까지 경험했던 것이기도 하고, 평소 그가 일상에서 맞닥뜨린 것이기도 하다. 한나 아렌트가 지켜본 《예루살렘의 아이히만》이 반세기 전 나치 독일에만 있었던 것은 아닌 셈이다.

"기억하라, 부정부패를 일삼으며 백성을 짓밟는 자들, 벗을 팔아 영화를 구하는 자들, 앞다투어 약자들을 괴롭히는 자들, 명령대로 학살을 자행하는 자들, 견해나 종교가 다른 이들을 가혹하

---

11) 위의 책, 9~10쪽.

게 처벌하고 학대하는 폭력적인 관료들, 그들 모두가 우리와 같은 민족의 한 사람이며 우리와 마찬가지로 부모로부터 나고 자랐으며 똑같이 교육 받으며 성장했다."[12]

이제 소설에서 아쉬운 점을 몇 가지 살펴보자. 위에서 얘기한 의의와 어쩌면 표리表裏의 관계에 놓인 것일 수도 있다.

첫째, 간결하고 압축적인 언어 표현이 인물의 내면의식을 일관되게 묘사하는 데 도움이 되지만 때로는 논리적 순서를 건너뛰는, 비약이 심한 문장들이 불쑥불쑥 튀어나오면서 독자의 감상을 방해하기도 한다.

둘째, 80년대에 대한 인식 문제이다. 작가는 그 시대를 순수의 시대로 기억한다. 하지만 소설에서 그 근거가 구체적으로 제시된 것 같지는 않다. 물론 "일찍이 80년대에 우리들이 미친 듯 추구했던 그 격정 어린 삶, 어디에도 얽매이지 않는 자기 방임…"(182쪽)이란 표현에서 그 일단을 엿볼 수 있지만, 다분히 추상적으로 서술되어 있다. 이런 점에서 작가가 그 시대를 어느 정도 낭만적으로 보는 것으로 생각된다.

셋째, 작가의 문혁 인식이 제한적인 면이 없지 않다. 곧, 문혁

---

12) 野夫,《誰分巨擘除荊》, 前揭書, 2010, p.19.

의 복잡성에 대한 이해가 충분하다고 보기 어렵다. 예컨대 중·
소 갈등, 베트남과의 전쟁, 미국과의 긴장 심화 같은 국외 요인
에 대한 검토 없이 국내의 현상적 결과에 주목할 뿐이다. 이는
관위보나 리원 부친이라는 인물 설정의 한계이기도 하지만, 중
국 내에서 문혁에 대한 다양하고 공개적인 논의가 제한적인 현
실이 반영된 것으로 생각된다.

　무엇보다 문혁의 근본적인 고민이라 할 수 있는 '사회주의적
전망'에 대한 고려가 없음을 지적하지 않을 수 없다. 문혁이 마
오쩌둥의 오류로 촉발된 것이 사실이라고 해도, 그가 제기한
'사회주의 계속혁명론'처럼 문혁이 사회주의와 관련하여 어떤
질문을 하고 무슨 답을 내어놓으려고 했는지도 고찰했으면 어
땠을까 싶다. 그 시대의 폭력성과 어리석음, 그에 대한 고발과
매도만 부각하다 보니 오히려 문혁의 오류를 극복하고 새로운
대안을 마련하는 데 도움이 될 만한 성찰에는 이르지 못한 듯하
다. 그래서 그 격동의 80년대를 회상만으로 끝낸 것은 아닌가
하는 아쉬움이 가장 크게 남는다. 문혁에 대한 작가의 인식이
어떻게든 6·4에 대한 인식으로 이어질 것이라 생각했는데, 그
둘 사이에 접점은 거의 보이지 않는다.

번역, 작가의 고심 읽기

이 소설을 번역하면서 가장 염두에 두었던 한두 가지를 짧게 적는 것으로 이 글을 마칠까 한다.

문학연구자로서 나는 소설로서 재미있게 잘 읽히는 것도 좋지만 원문이 최대한 정확하게 읽히는 것이 더 중요하다고 생각한다. 작가의 고심을 하나도 놓치고 싶지 않았기 때문이다. 그가 애쓴 문장을 손상할까 봐 염려했다. 그래서 원문의 뜻을 최대한 살리려고 직역에 충실하면서 의역은 최소로 하려고 했다. 문체의 특징을 보여 주고자 문장 구조도 가능하면 흐트러뜨리지 않으려 했다. 아울러 문맥 이해를 돕기 위해 그 출처를 밝히고 주석을 달았다. 처음에는 연구자들을 위해 원문의 주해註解도 달았다가 그건 좀 과하다 싶어 대폭 줄였다.

하지만 예푸의 문장이 압축과 비약이 심하고 비유가 '난무'하는 데다, 토가족 방언과 문어 표현이 적지 않아 어지러움마저 느끼곤 했다. 역량의 한계였다. 그러다 보니, 이따금 자연스러운 한국어 문장과 멀어지며 어색한 곳이 생겼다. 그래서 결국 독자의 재미와 작가의 고심 사이에서 최소한으로나마 타협하지 않을 수 없었다.

마지막으로 시일을 한참 넘긴 원고를 오랫동안 기다려 준 앨피출판사에 특별히 감사드린다. 그들의 격려가 없었더라면 벌써 포기했을지도 모른다. 혹 번역이나 주석에 잘못이 있다면 역자의 부족함 탓이다. 독자들의 질정으로 바로잡을 수 있다면 기쁘겠다.

2018년 3월

조성진

80년대 사랑

2018년 3월 25일 초판 1쇄 발행

지은이 | 예푸
옮긴이 | 조성진
펴낸이 | 노경인 · 김주영

펴낸곳 | 도서출판 앨피
출판등록 | 2004년 11월 23일 제2011-000087호
주소 | 우)120-842 서울시 영등포구 영등포로 5길 19 (양평동2가, 동아프라임밸리)
　　　　1202-1호
전화 | 02-336-2776　팩스 | 0505-115-0525
블로그 | blog.naver.com/lpbook12
전자우편 | lpbook12@naver.com

ISBN 979-11-87430-24-7